えにし屋春秋

あさのあつこ

角川春樹事務所

目次

装画　水野朋子
装幀　アルビレオ

えにし屋春秋

その一　花曇り

一

浅草寺《せんそうじ》の賑《にぎ》わいは格別だ。

詣《もう》でた旅人はたいてい度肝を抜かれ、〝江戸〟という町の吐き出す熱に、ある者は中《あた》り、ある者は浮かれ、ある者は呆然《ぼうぜん》とする。

桜のころも紅葉のころも、なにもないころも浅草寺の境内《けいだい》は人で溢《あふ》れていた。桜にはまだ早い。しかし、吹く風は日に日に柔らかく優しくなり、昼間ならそぞろ歩きも楽しめる。今は、そういう季節だ。やはり、浅草寺の参道も本堂裏の奥山《おくやま》も大層な人出で、人気の芝居小屋の前など、進むのもままならない。そんな有り様さえ芽吹きの時季の勢いと重なって、人の心をいやがうえにも浮き立たせた。

如月《きさらぎ》の中浣《ちゅうかん》、江戸の春は日ごとに長《た》けていく。

雷門《かみなりもん》の前には奈良茶漬《ならちゃづ》けと田楽《でんがく》が名物の店、亀屋《かめや》がある。江戸でも名高い料理屋だ。たいていの江戸っ子は知っている。ただ、その裏手にひっそりと仕舞屋《しもたや》が一軒、建っていることに気付いている者はほとんどいない。

その仕舞屋、一見、亀屋の離れのようでもあるが、仲居の行き交う足音も客の声も聞こえてこない。しめやかに静まり返っている。腰高障子《こしだかしょうじ》の表戸を開けると三和土《たたき》と上がり框《がまち》、そして二間の座敷が続いている。周りを背の高い雑木が囲んでいるのだが、中は意外なほど明るかった。よく日が差し込む造りになっているらしい。新しくはないし、豪華でもない。むしろ質素で、ほどほどに古びた家だ。家具らしい家具もほとんどない。それでも侘《わび》しさや貧しさを感じないのは掃除が行き届いているからだろうか。家はどこもきっちりと拭《ふ》き清められていて、埃《ほこり》一つ見当たらなかった。上がり框も座敷に連なる縁側も床の間も、長押《なげし》から障子の桟にいたるまで磨き込まれている。

おまいがここを訪れてから、半刻《はんとき》（約一時間）ばかりになる。

たった半刻だ。それなのに、今までの日々と遥《はる》かに隔たった気がする。不安も心地よさも怯《おび》えも驚きも、全《すべ》てが溶け合い、ぐるぐると回っている。その渦に巻き込まれて、おまいも一緒に回っているみたいだ。ここが浅草寺の直《す》ぐ傍らだということさえ、朧《おぼろ》になる。

我が身に何が起こったのかほとんど呑《の》み込めていないし、これから何が起きるかなんて見当もつかなかった。自分は身代わりだ。わかっているのはそれだけだった。

「さ、これでよし。全てできましたよ」

耳元で囁《ささや》かれた。女のものにしては低い、その分落ち着きを感じる声だった。耳から身の内に、じわりと染みてくる。

「目を開けてごらんなさいな」

諭すように言われ、おまいは自分が固く目を閉じていたと気が付いた。瞼《まぶた》を上げる。光が飛び込んできて、眩《まぶ》しい。

「まっ」

息を呑んでいた。よく磨かれた手鏡の中に女が映っている。入念に化粧され、きっちり島田髷《しまだまげ》を結われ、その髷には珊瑚《さんご》玉の付いたぴらぴら簪《かんざし》が挿《さ》されていた。

「さ、こちらの衣紋鏡《えもんかがみ》で総身を見てくださいな」

全身が映る大鏡の前に立たされた。ここでもまた、息を呑み込む。

「これが……あたし」

薄紅色の紬縞《つむぎじま》の振袖《ふりそで》姿だ。黒繻子《くろじゆす》の半襟がかかっていた。十になるかならずかで奉公に出された貧しい職人の子ではなく、かなりの大店《おおだな》の娘の装いだった。晴着とまではいかない、ちょっとした普段着の形《なり》だが、お仕着せの他は木綿の古着一枚持っているだけのおまいには、自分が袖を通しているのが信じ難いほど豪奢《ごうしゃ》な出《い》で立《た》ちだった。

「これが……あたし」

同じ言葉を繰り返す。繰り返しても、現《うつつ》とは受け取れない。この姿は夢か幻だ。

「ええ、おまいさんですよ。とても、お綺麗《きれい》ですねえ」

綺麗？　あたしが？　まさか。

「綺麗だなんて、生まれて初めて言われました」

肌こそ白いが目も鼻も口もちんまりと納まり、華やぎとも艶《つや》とも無縁の顔立ちだ。どこといって目立つところはない。地味でありふれて、他人から称されたことなど一度もなかった。むしろ、貶《けな》されることの方がよほど、多かった。

「おまえみたいな不細工じゃ、女衒《ぜげん》も素通りしちまうよ」

「もうちょっと、ましなご面相に生まれてこられなかったのかねえ」

「泣くんじゃないよ。醜女《しこめ》が泣いた顔なんて見られたもんじゃないんだからさ」

物心がついたときから母親に言われ続けてきた。母は情愛の全てを、おまいとは三つ違いの妹に注いでいた。妹は愛くるしい、良い器量をしていたのだ。おまいが奉公に出されたのは、妹の薬礼のためだった。もともと、さして丈夫ではなかった妹は、その年の春口から咳《せき》が止まらなくなり、しょっちゅう高い熱を出すようになった。医者は肺の臓に性質《たち》の悪い腫物《はれもの》があると診立《みた》て、高直《こうじき》な薬を勧めた。父は経師《きょうじ》職人であったが店を持つほどの腕も甲斐性《かいしょう》もなく食べていくのがやっとの稼ぎしかない。小料理屋の仲居をしていた母は妹につきっきりとなり、仕事を失っていた。日々、暮らしていくのに精一杯な家のどこにも、薬を購《あがな》える余裕はなかった。

「妹のためだ。おまえ、奉公に出な」

母はあっさりと言い切った。おまいが奉公すれば、その手付金と前借する賃銭で薬が買えるのだと。おまいは頷《うなず》いた。妹のためにではない。家から出られる方便ができたと思ったのだ。妹しか眼中にない母にも、暮らしに疲れ果てまるで覇気のない父にも、親の愛を一身に集めて姉を見下す妹にもうんざりしていた。自分の居場所はどこにもない。

家に未練はなかった。これで全て捨てられると清々《すがすが》しい心地さえした。

奉公先は、浅草今戸町《あさくさいまどちょう》の利根屋《とねや》という油屋だった。抜きんでた大店というわけではないが中堅どころよりやや上の身代《しんだい》で、内証は豊かだ。少なくとも、おまいの眼《め》には利根屋の何もかもが輝いて、煌《きら》めいて、眩しく映った。この世のものとは思えない。冗談でも大げさでもなく、桃源郷、別天地、そんな風に感じた。

二十人ほどの奉公人が忙しく立ち働く様子も、主《あるじ》、利根屋平八衛門《へいはちえもん》の地味でありながら粋《いき》な出で立ちも、店と店に続く屋敷の造りも、台所の四つの竈《かまど》で湯気を上げている釜《かま》も鍋《なべ》も、どれもこれも見たことのないものだ。

利根屋には子が二人いて、息子の相一郎《そういちろう》は品川《しながわ》宿の遠縁の店に修業に出ていた。お玉《たま》という娘はおまいより一つ年上なだけだが、おまいが奉公を始めたときには既に今戸小町とほめそやされる佳人だった。目鼻立ちは整い、肌と髪は艶やかで美しい。お玉が振袖を揺らしながら通りを歩けば、たいていの者は振り返り、見入った。

美しい娘を平八衛門は溺愛《できあい》し、飾り立て、さらに美しく装わせた。お玉が欲しいと言えば、値の張る簪だろうと反物だろうと帯だろうと躊躇《ためら》いもせず買い与える。それは、母親、平八衛門の女房のお多美《たみ》も同じで、お玉は二親《ふたおや》の寵愛《ちょうあい》をたっぷりと浴びて育ったのだ。

同じ年ごろ、同じ江戸の娘でありながら、あまりに違い過ぎる。けれど、おまいの内に妬心《としん》や不平は微塵《みじん》もわいてこなかった。

お玉と自分の境遇を比べてあれこれ思うこと自体が間違っている。池の石に上がるのがやっとの泥亀《どろがめ》と高く天を行く白鳥。それよりもっと開きのある二人だ。羨《うらや》ましいの、妬《ねた》ましいのと感じるのさえも憚《はばか》られる。お玉は別天地の住人。おまいとは縁のない世界で、美しくもきらびやかにも幸せにも生きていく人なのだ。

生まれ落ちたときから定めは決まっている。泣き叫んでも、怒り狂っても、怨《うら》んでも悩んでも変わりはしない。何一つ、変わりはしない。

諦《あきら》める術《すべ》も、割り切るやり方も、己を抑え込むこつも心得ていた。

利根屋での日々は楽しくはなかったけれど、苦しくもなかった。台所の下働きとして雇われ、夜が明けてから日が暮れるまで、働き続けた。平八衛門もお多美もお玉もとりたてて優しいわけではなかった。でも、冷酷でも非情でもなかった。意味もなく怒鳴り散らしたり、腹立ちまぎれに罵《ののし》ったりもしない。お玉は、お八《や》つの余りである菓子や果物を分けてくれるときもあった。むろん、気紛《きまぐ》れだ。それでも「これ、おあがりよ」の一言とともに手渡される甘物は、おまいの今生を彩ってくれる。親の許《もと》にいたころには、決して口にできなかった上等の菓子を味わいながら、おまいは十分な満足を噛《か》みしめることができた。

妹が亡くなったと聞かされたのは、奉公に上がって半年余りが過ぎたころだった。長屋の大家から知らせが入ったと、お多美が伝えてくれたのだ。

「薬のおかげで持ち直していた病がぶり返したらしいよ。一月《ひとつき》ほど寝付いて、一旦《いったん》はよくなりかけてたのに一昨日《おととい》急に加減が悪くなって、とうとう……。かわいそうにねえ。どうする？　一日ぐらいなら暇をあげるから、仏さまに手を合わせに帰るかい」

普段より幾分湿った声で、お多美が問うてくる。

暫《しば》らく考えた。妹の顔が浮かぶ。

幼いころの笑顔だった。二つか、三つか。「ねえね」、回らぬ舌でおまいを呼び、にっこりと笑った。求めるように手を差し出し、ひらひらと振った。

おゆき。妹の名前を胸内で呼んでみる。

おゆきが死んだ。もう、いなくなった。どこにもいなくなった。

胸の奥が信じられないほど冷えていく。魂のどこかが剝《は》がれ落ちて、そこから凍《い》てた風が吹き出ているみたいだ。

おまいは固くこぶしを握った。胸の凍えが意外で、どうしていいかわからない。狼狽《うろた》えてしまう。妹のことなど、どうでもいいと思っていたはずだ。

生きようが死のうが、あたしにはもう関《かか》わりはない。

おゆきもおっかさんもおとっつぁんも、あたしには関わりない。

なのに寒いのだ。胸の奥が冷えて冷えて、凍り付くようなのだ。

「葬儀なんてたいそうなものはしないけど、お坊さまがきて枕経《まくらぎょう》はあげてくださるそうだ。帰るんだったら、今日は泊ってきていいから支度をおしな」

お多美が促す。おまいは首を横に振った。

「いえ、帰りません」

「帰らない？　こっちの仕事はいいんだよ。何とでもなるんだから。へんな遠慮をするんじゃないよ。せっかく家に帰れる……いや、妹が死んだのにせっかくは、ないね。ともかく、利根屋は身内の葬儀に奉公人を帰さなかったなんて嫌な評判、たてたくないからねえ。それに、死に顔なりと見とかないと、お墓の下に入ったらもう二度と逢《あ》えないんだからさ」

世間体と悼みの綯《ない》交《ま》ぜになった女主人の言葉をおまいは神妙に聞いた。でも、やはり首は横にしか振れない。

「お内儀《かみ》さん、ありがとうございます。でも、いいんです。あたし、帰りません」

家を出るときに覚悟してきました。もう二度と、ここには帰ってこないって。だから、今更、帰ったりしません。帰る場所じゃないんです。

あたしが捨てたんです。妹も二親も捨てたんです。あたしが捨てられたんじゃないんです。

心内を上手《うま》く言い表せない。心根も顔つきも実の年端《としは》より大人びているとよく言われるけれど、おまいはまだ十一にもなっていなかった。

「そうかい。おまえがそこまで言うならしかたないねえ」

お多美が息を吐き出す。

「まあ、里心がつくと、こちらに戻るときが辛《つら》いかもしれないね。おまえだって、まだ親に甘えたい年じゃあるんだものねえ。じゃあ、うちから心ばかりの香典を届けておくよ。おまいはよく働く、いい子ですと文でも付けておこうかね」

女主人の心配りに、おまいは黙って頭を下げた。

世間体を慮《おもんぱか》っての面もあるだろうが、本気で案じてくれる気持ちも伝わってくる。ありがたいと思う。けれど、見当違いだとも感じた。

おまいが恐れているのは里心ではなく、母の拒みだ。たいせつな娘を失った母は、残った醜い娘に何を叫ぶだろうか。

「おまえが死ねばよかったんだ。おゆきじゃなくて、おまえが死ねばよかったんだ」

そんな一言をぶつけられたら、心底から母を憎んでしまう。一生、怨んでしまう。その憎悪が怨嗟《えんさ》が怖い。心の内に鬼を棲《す》まわせるのと同じだ。形《なり》は人でも心は鬼に支配されてしまう。物《もの》の怪《け》になってしまう。怖い、怖い。そんな怖い目に遭《あ》うくらいなら、離れていたい。顔を合わせたくない。せめて、誰《だれ》も憎まずに怨まずに生きていきたい。

おまいは家に帰らなかった。一日も帰らなかった。藪入《やぶい》りでさえ、利根屋に留《とど》まった。利根屋は藪入りの際、紅白の餅《もち》と幾ばくかの金子《きんす》を土産《みやげ》として奉公人に与える。おまいは誰もいない女中部屋で一人、焼いた餅を頰張《ほおば》りながら夜を過ごした。この淋《さび》しさが自分には、一番しっくりくると強がりでなく思っていた。

それから、懸命に働いた。十五の年から、僅《わず》かながら給金がもらえるようになった。父と母が長屋を引っ越したと聞いたのも十五のときだ。大家がわざわざ利根屋まで足を運んでくれたのだ。

「おゆきちゃんが亡くなってから、おっかさん、えらく老けこんでしまってねえ。傍《はた》で見ているのも気の毒だったけど、やっと引っ越しできるだけの金が貯《た》まったから他所《よそ》に移るとさ。うちの長屋にいるといつまでも、おゆきちゃんのことが忘れられないと言ってたね。本所《ほんじょ》の石原町《いしわらちょう》の方に移ったらしいから、たまには顔を見せてやりなさい。そしたら、おっかさんの気持ちも晴れようってもんさ」

気のいい、親切な大家は土産の饅頭《まんじゅう》と所書の紙をおまいに手渡した。ありがとうございますと答えたけれど、四つに折られた紙は開かぬまま荷物の中に押し込んだ。

母はまだ妹の死から立ち直っていない。辛さを抱え、悲しみを引きずっている。おまいが訪ねても気は晴れないだろう。生き残った娘に逢いたいなら、家移りを口実に今戸町まで来られたはずだ。大家が為《な》してくれた訪問を母はしなかった。しようとしなかった。

おっかさんを元気にするような力、あたしにはない。

もういいのだ。もう、放《ほう》っておいてほしい。大家の思いやりや気遣いが重い。忌々《いまいま》しい。

ああ、やっぱり鬼がいるんだ。

胸を押さえ、呻《うめ》く。他人の親切を忌む鬼が確かにここに巣くっている。

自分の呻き声を獣の唸《うな》りに似ていると感じた。

「おまい、おまい、どこにいるの」

お玉が呼んでいる。このところ、お玉付きの女中としての仕事が多くなった。

おっとりした気質である反面、妙に気短で気紛れなところもあるお玉に仕えるのは、正直、骨が折れる。どこで機嫌を損ねるか、損ねた機嫌がどこで直るか見極めが難しい。けれど、おまいの生きていける場所は利根屋の中にしかなかった。

「おまい、おまいったら」

「はい、ただいま参ります」

生きる場所があるのは幸せだ。自分に言い聞かせ、おまいは主の許へと走った。

「ええ、お綺麗ですとも。おまいさんは肌理《きめ》が細かいし、若いから艶がたっぷりありますからね。化粧映えするんですね。紅を差すだけで引き立ちますよ」

女が笑う。そういう女こそ、透き通るような美しい肌をしていた。かといって、目立つような目鼻立ちをしているわけではない。どちらかというと、慎ましい造作だと思う。切れ長の目はそれなりに美しくはあるけれど、ぱっとみて人の覚えに残る容姿ではなかった。ただ、声はよかった。気持ちよく低く、豊かで、優しい。長唄《ながうた》の師匠でもしているのだろうか。

ふふっと女がまた、笑んだ。笑むと目尻《めじり》が下がった。とても若く見える。丸髷を結っているから誰かの女房なのだろうが、まだ、娘といっても通る気がする。かと思えば目を伏せた横顔が臈《ろう》たけた大年増《おおどしま》そのものにも見えた。

得体《えたい》がしれない。

江戸の女は身分や年齢、立場で髪型や身に纏《まと》っている衣、所作や物言いが違ってくる。武家は別格としても、商家の娘、職人の女房、まだ子を生んでいない新妻、年増、粋筋……一目でわかるのだ。しかし、今、傍らにいる女は謎《なぞ》だった。形《なり》は確かに町方の、そこそこに年を経た女房だが、そこにすっぽりと当てはまるとは思えない。どこかが、はみ出している。

何者なんだろう、この人。

ふっと考えてしまう。心が少し惹《ひ》かれた。これまでの十五年の日々で、こんな正体のわからない人に出会ったのは初めてだ。

「あら、そういえば、まだ名乗ってもおりませんでしたねえ」

女が軽く首を傾《かし》げた。心内を見透かされたようで、おまいは身を縮めた。

「あたしは、初《はつ》と申します。今日一日、おまいさんのお世話をさせていただく者です。どうか、よろしくお願いいたします」

「はつ……おはつさんでいらっしゃいますか」

「はい。初物の初、です。えにし屋《や》で働いております」

「えにし屋？」

初めて耳にする店の名だ。そこで、おまいは息を吸い込んだ。

初。名前の通り、何もかも初めてだ。

「えにし屋さんて……何を商っていらっしゃるのですか」

おそるおそる尋ねてみる。相手を不快にしない物言い、不躾《ぶしつけ》にならない問いかけ、丁寧な言葉遣い。利根屋の奉公人とどこで名乗っても恥ずかしくないようにと、お多美や女中頭のお喜代《きよ》からみっちり仕込まれてきた。

「何だと思います」

お初が笑みながら、問い返してきた。

「おまいさんはあたしの商い、何だと思われますか」

顎《あご》を引く、美しい肌の女を見詰める。あまり見詰め続けては無礼だとわかりながら、目が離せない。視線を外せないのだ。何だか少しだけ胸の鼓動が速くなる。

「化粧師《けわいし》さん、でしょうか」

思いつくまま口にしてみる。この仕舞屋の戸を開け、名乗るなり、すぐに座敷に通された。鏡と化粧道具が用意され、振袖が衣桁《いこう》に掛かっていた。案内してくれたのは、顔色の悪い痩《や》せた老人だったけれど、座敷に座っていたのはこの人、お初だった。

ほんの半刻ばかり前のことだ。なのに、ずい分と昔に思える。


「お待ちしておりました。利根屋のおまいさんでいらっしゃいますね」

「あ、は、はい。まいですが……。あの……」

「どうぞ、こちらへお座りください。ご安心を。全ては承知しておりますので」

そんなやり取りの後、鏡の前に座らされた。後ろから手が伸びてきて頰を挟まれたのには仰天したけれど、その手がとても温かくて仄《ほの》かに甘い香りまでしたものだから、すぐに気持ちは落ち着いた。もっとも、不安が消えたわけではない。

これからどうなるのか。何が待っているのか答えが摑《つか》めない。不安は消えるどころか、募るばかりだ。

「そんなに固くならないで。お顔も肩も首も凝り固まってますよ。ちょっとほぐさないと、血の流れがよくなりませんねえ。ほら、身体《からだ》の力を抜いて、あたしにもたれかかってくださいな。ええ、遠慮しなくていいですから。そうそう、ちょっと目を閉じて」

低くて心地よい声が耳朶《じだ》に触れる。

力を抜く？　どうすればいいのだろう。いままで歯を食いしばることや、構えることは多々あったけれど、身体を緩ませる機会はめったになかった。夜具に入って眠りに落ちるあの一瞬のように全てを忘れたらいいのだろうか。

指が動く。柔らかくおまいの頬を持ち上げ、目の周りをゆっくりと押さえていく。

心地よい。夢見心地になる。身体が知らぬ間に倒れ、女にもたれかかっていた。

抱っこを思い出す。乳の匂《にお》いのする胸にしっかりと抱かれていた記憶が、頭の中で弾《はじ》けた。ぱちっと音を聞くぐらい鮮明に弾けて、目の前に広がった。

おっかさん？

記憶を手繰り寄せようとしたけれど、駄目だった。すぐに霞《かす》み、滲《にじ》んで、消えてしまう。

「だいぶ、ほぐれましたね。じゃあ化粧を始めましょうかね。髷も結いなおしますよ。そのあとに着替えをしていただきますからね」

囁きが染み込んできた。

半刻が過ぎて、おまいは今、衣紋鏡の前に立っている。鏡の中には艶《あで》やかな娘がやはり立ってこちらを見ていた。

これが、あたし？　まるで、別人だ。

「あの、やはり、そうなんでしょう。化粧師さんなんですね」

「そう思いますか」

「はい。でなければ、こんなにきれいな化粧はできないもの」

「できますよ。その方に合った化粧のやり方さえわかれば造作もないことです。おまいさんは若いから薄化粧で少し濃い目の紅を差しただけで、顔が艶めくんですよ。もしかしたら、自分の顔のこと、そんな風に考えたことなかったんでしょうか」

「ありません……。あたし、不細工だから」

いつも俯《うつむ》いていた。他人に見られたくなかった。嗤《わら》われたくなかった。顔が艶めくなんて、考えるわけがない。

「しゃんとしろ！」

不意に若い男の声で叱《しか》られた。背中をとんと叩《たた》かれた。

「えっ？　えっ、え」

驚く。慌てる。周りを見回す。掃除の行き届いた座敷はしんと静まり、微《かす》かに白粉《おしろい》の匂いが漂っている。その匂いも縁側から吹き込んでくる風にさらわれて、束《つか》の間《ま》で消えていった。

誰もいない。おまいとお初の他は人どころか猫の子一匹いなかった。

でも、今の声は……男の人だった。

「ほら、しゃんと顔を上げて」

お初の指がおまいの顎を持ち上げた。首の後ろが伸びる。

「下を向いてばかりだと、顔がくすんでしまうんですよ。影ができて、病み疲れた顔になります。

反対に、顎を上げて前を見てるとね、顔つきが若やいでくるんです。背中もまっすぐになるでしょう。ほら、確かめてごらんなさいな」

「は？　た、確かめるって？」

「こうやって、背中を丸めて顔を俯けて、そうそう、首が縮んでしまうでしょ。その格好で鏡を覗《のぞ》いてみてください。何が見えますか」

何が見えるか？　おまいは横目で衣紋鏡を見やり、声を上げそうになった。美しい振袖を纏い、化粧を施しながら、暗い眼をした陰気な顔立ちの女が映っている。

「次は背を伸ばして、顎を上げて、ええ、そうです。心持ち胸を張って、口元を緩めて……。そう、それでいいですよ。さっ、今度はどうです」

お初が鏡を指さす。

年相応の華やぎを身に着けた娘がいた。さっき面《おもて》に貼《は》り付いていた影はなく、陰気な気配も拭《ぬぐ》い去られている。まるで手妻《てづま》だ。鏡の中に二人のおまいがいて、代わる代わる姿を見せているかのようだった。

「驚いたでしょ。姿勢や表情だけで、見た目ががらりと変わってしまうんですよ。これに物言いや声の質が加わると、ほとんど他人みたいになってしまいますからね。ふふ、おもしろい生き物ですよねえ、人って。こんな商売をしていると、つくづく思いますよ。こんなにおもしろくて、おかしい生き物はいないってね」

こんな商売とやらが何なのか、お初は言明しない。

ただの化粧師じゃないんだ。もっと別の、あたしの知らない商売をしている。それに、さっきの男の声はいったい誰？　あたしの聞き間違いじゃないはず。

立ったまま、おまいは化粧道具を片付けているお初を見下ろしていた。

この人は何者なんだろう。

「陰気なのが悪いわけじゃありません。いつも明るく、生き生きと振舞うなんて無理ですからね。無理をしちゃあいけません。無理をした分、どこかに歪《ゆがみ》ができちゃうもんなんですよ。でも、ずっと俯いているのもどうかと思いますよ。自分の顔に陰を刻み込んでしまうなんて、馬鹿馬鹿しくありませんか。おまいさん、お幾つでしたっけ」

「十六です」

「十六。若さの盛りじゃありませんか。もっともっと、自分の若さを誇っていいですよ」

「お初さんは、お幾つなんですか」

「え、あたしですか？　ふふ、幾つに見えますかね」

「わかりません。まるで、見当がつきません。あたしとそう変わらないようにも見えるのに、三十の坂を越しているようにも思えます。ほんとに、わからない」

正直に答える。答えてから、自分がとても知りたがっていると気が付いた。

お初さんのことを知りたい。

炙《あぶ》られるように望んでいる。こんなに何かを欲した覚えは今までに一度もない。ここでも、初だ。お初といると、初めての想《おも》いが次々に引きずり出されていく。それなのに、お初ははぐらかす。生業《なりわい》も齢《よわい》もはっきりと教えてくれない。

「おや、どうやらお見えのようですよ」

「え？　誰がですか」

「利根屋の旦那《だんな》ですよ。約束の刻にはまだ少しばかり早いのに、いても立ってもいられなかったんでしょうかねえ」

「旦那さまがお出でに？　どうして、そんなことがわかるんです」

「ここを使ったんです」と、お初は自分の耳朶を引っ張った。

「あたしの耳は自慢の一つでねえ。とっても聡《さと》いんですよ」

お初が言い終わらないうちに、腰高障子の開く気配が伝わってきた。

「お邪魔しますよ。利根屋平八衛門ですが」

聞き覚えのある主の声だ。相手をしているくぐもった声は先刻の老人だろうか。

「利根屋さん、こちらの用意は整っております。どうぞ、お入りくださいな」

お初が襖戸《ふすまど》を横に引いた。風が流れ込んでくる。髪に挿したぴらぴら簪が揺れて、小さな澄んだ音を立てた。

「おお、これは。なかなかの出来栄えだ」

おまいを見るなり、平八衛門は大きく息を吐いた。

「背恰好《せかっこう》が、お玉さんとよく似ていますからね。そっくりじゃないですか」

「うむうむ。これなら遠目からだと別人とは思わんだろうな。ああ、いいよ、おまい。畏《かしこ》まらなくたって、そのまま楽にしておきなさい。おまえにはこれから一仕事が待ってるんだ」

膝《ひざ》をつこうとしたおまいを制し、平八衛門はもう一度、吐息を漏らした。

「頼むぞ、おまい。利根屋の命運はおまえにかかってるんだからな」

いつになく張り詰めた、重い物言いだ。

主の分厚い手が肩に乗った。頼むぞ、頼むぞと平八衛門が繰り返す。おまいの鼓動がまた、速くなり始める。息が痞《つか》えそうだ。背中に冷たい汗が流れた。

「利根屋さん、そんなに念を押さなくたって、おまいさんは立派にやりとげますよ。かえって、気持ちが張り詰めちゃうじゃないですか。下手な励ましは止《や》めときましょうよ」

お初がさりげなく、助け舟をだしてくれた。困ったものだというように、眉《まゆ》を顰《ひそ》めて平八衛門を軽く睨《にら》む。平八衛門は眩しげに瞬《まばた》きして、月代《さかやき》のあたりを叩いた。

「そうか、すまん、すまん。どうしても焦ってしまってな。まさか、こんな羽目に陥るとは夢にも思ってなかったもんで……。ああ、えにし屋さんにも大変な迷惑をかけてしまって、せっかく、結んでくださった縁だったのに申し訳ない」

「いいですよ、そんなこと。この商売にはよくあることです。それに、まだ縁が切れたわけじゃありませんからね」

「しかし、お玉は……」

「利根屋さん、手前どもはえにし屋ですよ。縁《えにし》を結ぶのも解《ほど》くのも、繋《つな》ぐのも切るのも仕事の内です。今回のこと、最後までお任せくださいな」

お初は胸元に手をやり、微笑《ほほえ》んだ。女のおまいさえぞくりとする妖艶《ようえん》な笑みだった。えにし屋。縁を結ぶのも解くのも、繋ぐのも切るのも仕事の内。

お初の言葉を胸裏で呟《つぶや》いてみる。

風が吹いて、ぴらぴら簪がまた音を奏でた。

二

浅草寺の境内を歩く。

初めてではむろん、ない。お玉のお供《とも》で何度も足を運んだ場所だ。お玉は賑やかな場所が、華やかなところが好きだった。行き交う人の多さまで気持ちを浮き立たせると言っていた。もっとも、娘と呼ばれる年端の女なら、たいていは惹かれるだろう。この賑やかさ、この華やかさは別天地だ。

水茶屋、楊枝《ようじ》店、江戸土産、端《は》切《ぎ》れ、古手《ふるて》、小間物、唐津《からつ》、茶葉、草履……。仲見世《なかみせ》には、この世のあらゆる品々が並んでいる。そんな思い違いに容易《たやす》く落ちてしまう。浅草がその昔、隅田《すみだ》川口《がわぐち》の一寒村に過ぎなかったなどとうてい信じられない賑わいだ。

「おまいさん、もう少し、お顔をお上げなさいな」

お初が後ろから声を掛けてきた。低いけれど伸びがある。いい声だ。

「そんなに俯いてちゃ、前が見えないでしょ。人にぶつかっちまいますよ」

「え？　あたし、俯いてましたか」

気が付かなかった。真っ直ぐ前を向いているつもりだった。

「どうやら習い性となってるみたいですね」

お初の手が背中に添えられた。

「習い性となってる？　俯くのがですか」

「そうですよ。人の身体ってのは、すぐに形を覚えちまいますからね。おまいさん、頭《こうべ》を垂れて顔を見せない癖がついてるんですよ」

そんな風に考えたことはなかった。しかし、言われてみれば思い当たることは幾つもある。長屋の路地の泥濘《ぬかるみ》、表通りの風と共に舞い上がる土埃、利根屋の磨き込まれた廊下、そして、自分の足指の爪《つめ》。記憶を辿《たど》れば足元の光景ばかり浮かんでくる。頭上に広がる空とか、遠くに霞《かす》む山々とか、屋根の向こうに沈む夕日とか、ほとんど覚えがない。

「ここが肝心なんですよ」

お初の指が首の付け根を押した。それから、腰のあたりをやや強く、今度は手のひらで押す。それだけだ。べつに痛くも痒《かゆ》くもない。なのに、首が伸びた。背筋が伸びた。足元ではなく、人々の頭や顔が見えた。仲見世の軒に揺れる提灯《ちょうちん》や暦や色取り取りの端切れが見えた。

「そうそう、それでいいですよ。このまま、歩きましょう」

「あ、はい」

人の流れに乗って、参道を進む。流れを滞らせない程度の速さで歩く。言葉を交わすのに障りのない速さでもある。お初がすっと横に並んだ。

「俯くにしても、顔を上げるにしても、ずっと同じ姿勢でいちゃ駄目なんです。どうしても、無理が溜《た》まりますからね。おまいさんは若いからまだ何とも気が付かないでしょうが、ちょっと年を取ると、溜まった無理が出てくるんですよ。腰が曲がったり、膝が痛くて足を上げられなくなったりとかね」

「そうなんですか。じゃあ、あたしこのままだと首が曲がっていたのでしょうか」

「そうですね。曲がらないまでも、好きに動かせなくなったかもしれませんよ。くるりと回すとか、急に振り向くとか、そんな動きができなくなっちまうかも」

「えっ、嫌だ。そんなの困ります」

思わず目を見張り、首に手をやる。はははとお初が笑った。いかにも楽しげな声だった。

「大丈夫ですよ。これからお気をつけなさいな。俯くのも結構。ずっと胸を張ってちゃ腰をやられちまいますからね。要は程合いです。俯く。胸を張る。足元に目を落とす。遠くに目をやる。程合いが大事なんですよ、おまいさん」

「程合い、ですか。あの、それって……」

「はい、何か？」

問いの言葉を呑み込む。お初と目が合った。切れ長のきれいな眼だ。黒眸《こくぼう》が殊《こと》の外《ほか》、美しい。

その眼が促すように、瞬きした。さっきと同じように背中を押された気がした。眼差《まなざ》しに励まされる。

「あの、そういうの、身体のことだけなんですか。それとも、気持ちも同じなんでしょうか。やっぱり、気持ちも習い性となるんでしょうか」

「なりますよ」

お初の返答が、あまりにあっさりしているものだから、おまいはうっかり聞き逃《のが》しそうになった。歩きながら、お初が続ける。

「身体と気持ちってのはぴったりと重なりはしないんです。でもね、密に繫がってはいるんですよ。ほら、病は気からなんて言うでしょ。あれは正しくはないけれど、あながち間違ってもいないんです。気持ちが挫《くじ》けると身体のあちこちに不具合が生じます。反対に身体の具合が悪いと気持ちも沈んで憂いが多くなったりするでしょう。俯いてばかりだと、知らぬ間に気持ちが萎《な》えることも、胸を張ってばかりだと他人に尊大になることもあるんでしょうよ。だからね」

ふふっとお初が笑った。やはり楽しげだ。暖かな春の風のようだった。

「歩き方、身振りや表情を見たら、だいたい、その人の性質みたいなものがわかるんです。ああ、この人はずっと己の心を押し殺してきたんだなとか、周りに心配りなんてしたことがないんだろうなとか、何か深い思い煩《わずら》いを抱えているなとか、ね。もっとも、的外れなときもありますよ。こちらの見方とまるで違ってたなんてことも存外にあるんです。そこが、人間のおもしろさ、一筋縄ではいかないおもしろさなんでしょうね」

「おもしろいんですか」

「ええ、おもしろいですよ。これだけの人がいるのに一人として同じ者はいないでしょう」

お初の言葉に誘われて、おまいは視線を巡らせてみた。

武士がいる。町人がいる。若い女も男も、老いた女も男もいた。うららかな光に照らされて、みんな幸せそうに……見えるだろうか。

視界の隅に黒い影が映った。瞬きして、改めてそちらに目をやる。

瘦身《そうしん》で白髪が目立つ、おそらく五十がらみだろう男が立っていた。納戸《なんど》色の縞の小袖に雀茶《すずめちゃ》の羽織を纏っている。そこそこ裕福な店《たな》の主のようだった。その男は目を伏せ、足元を見詰めていた。そこに、何か大事な印が刻まれてでもいるように。それでも、時折、ひょいと顔を上げる。首を伸ばして辺りを窺《うかが》い、ため息を吐《つ》く。その繰り返しだった。男の目元には深い皺《しわ》が刻まれていた。加齢というより、憂慮の皺のようにおまいには思えた。よくよく目を凝らせば、道行く人の中にも不満げに口を歪《ゆが》めたり、眉を曇らせている者がかなりの数いる。光の眩しさと場の賑やかさに包まれて、誰も彼もが笑い、これからの季節を言祝《ことほ》いでいるわけではないのだ。

「ね、おもしろいでしょ。一人一人、みんな違う」

「……お初さんには一人一人の違いがわかるんですか」

「誰だってわかりますよ。ちゃんと見さえすればね。まっ、大抵の人は見過ごしてしまうかもしれませんねえ。自分に何の関わり合いもない赤の他人のことなんて、そうそう興を覚えたりしないでしょうからね」

「お初さんは興を覚えるんですね」

問いかけ、さらに問いかける。こんな風に人にあれこれ尋ねるなんてめったにない。いや、生まれて初めてではないだろうか。

おや、ここでも〝初〟が現れた。

「覚えますね。おもしろいし、何より役に立ちますもの」

「役に立つって……何の役に立つんですか」

「化けるのに、ね」

「え、化ける？」

「化ける、化けさせる。あるいは、化けているかどうか見極める、ですかね」

意味がよくわからない。おまいが首を傾げたとき、怒鳴り声が響いた。

「この餓鬼《がき》、ふざけやがって」

ざわりと空気が揺れ、不穏な気配が過《よぎ》る。

「捕まえたぞ、この野郎。ただじゃおかねえからな」

「嫌だよ。放してよ、ごめんよ、ごめんよ」

捩《ね》じり鉢巻きに法被《はっぴ》姿の男が、子どもの襟首を摑んで大声を上げている。子どもは蓬髪《ほうはつ》の、おそらく男の子だ。襤褸《ぼろ》と呼んで差し支《つか》えない膝丈の着物を身に着けているが、そこから覗いた手も足もひどく汚れている。その手足をばたつかせて、喚《わめ》いていた。

「放せ、放せったら、助けてぇっ」

「うるせえっ。見世《みせ》の品を盗みやがって。今日という今日は勘弁しねえからな」

子どもの手から茶色い塊が滑り落ちた。鰹節《かつおぶし》だ。どうやら、子どもは乾物の見世から鰹節をくすねようとしたらしい。浅草界隈《かいわい》には頼るべき大人のいない宿無し子がけっこういる。何かのわけで二親を失った子も、親に捨てられた子もいた。生きるために物貰《ものもら》いをし、盗人《ぬすっと》になり、懐中の金を狙《ねら》ったりもした。捕まれば、容赦ない仕置きが待っている。その日暮らしの大人たちには、ひもじさに震える子どもたちを憐《あわ》れむ余裕はない。品物を盗まれれば、金を掏《す》られれば明日からの日々が立ち行かなくなる。賑やかで楽しそうで満ち足りた現の膜を一枚剝がせば、悲惨や困窮の光景が横たわっていた。

ただ、おまいが立ち竦《すく》んだのは、男の怒鳴り声のせいでも子どもの泣き喚く声のせいでもなかった。記憶が一つ、深い奥底から浮かび上がってきたのだ。

源《げん》兄さん。

源助《げんすけ》の顔だった。えらの張った四角い顔に太い眉毛、固く口を閉じればひどく頑固で一途《いちず》な顔つきになった。それが、頭の中に浮かび、消えて、また浮かんでくる。

同じ長屋の生まれだけれど、おまいより五つほど年嵩《としかさ》だった。おまいが五つのときに、母親とともに長屋から消えた。夜逃げ同然にどこかに行ってしまったのだ。

源助の父親は柿葺《こけらぶ》きの職人だったが、酒に呑まれた。二六時中酒瓶を手放さず挙句の果てに酔って屋根に上がり、足を滑らせたのだ。したたかに頭を打ち付け、三日間寝付いて亡くなった。働き手を失って、源助の家はおまいの家よりもさらに貧窮していく。

何とかしてあげたかった。源助は長屋の内で誰より深く、おまいを気遣ってくれた。母の勘気に触れて路地に放り出されたときも、心無い言葉を投げつけられ一人で唇を噛みしめていたときも、源助は目総《めざと》く見つけ、慰めてくれたのだ。

「おまいちゃん、泣くな。泣いたって何も変わらんぞ。ほら、これ、やるから」

源助は団栗《どんぐり》で作ったやじろべえや、一文菓子をときどき手渡してくれた。むろん、父親が亡くなるまでの話だ。一文菓子どころか米を買う余裕さえなくなって、源助はみるみる痩せていった。目が落ち窪《くぼ》み、頬の肉がそげる。恩を返したかった。せめて握り飯の一つなりと渡したかった。だが、叶《かな》わない。妹のおゆきが生まれ、母は愛らしい赤子に夢中になっていた。おまいが受けた恩など歯牙《しが》にもかけない。

どうしよう、どうしよう、どうしよう。

どれほど思案しても、思い悩んでも良い策などまるで浮かばない。気のいい長屋の住人たちは何くれとなく世話を焼き、米や野菜を届けていた。おまいの母は何もしなかった。米粒一つ、漬物一切れ施さなかった。「何のお世話にもなってないからね」と言い捨てさえした。

違う、違うよ、おっかさん。あたし、源兄さんに助けてもらったんだ。いっぱい、いっぱい助けてもらったんだよ。

母にむしゃぶりついて訴えたかったけれど、できなかった。頬を叩かれるか足蹴《あしげ》にされるかだとわかっていたからだ。

源助を最後に見たのは、どこかの寺の境内だった。浅草寺には比べようもないが、葦簀《よしず》張りの小さな見世が並んでそれなりに賑わっていた。どこの寺なのか、祭りの宵だったのかまるで覚えていない。珍しく父親に手を引かれて、人混みの中を歩いていた。

「泥棒だ」

突然、声が響いた。父親が前を確かめるように首を伸ばす。そして、叫んだ。

「ありゃあ、源坊じゃねえか」

源兄さん？　泥棒？

「あっ、おい、おまい。どこに行くんだ」

父の手を振り払って、人垣の前へ出る。そこで、おまいは立ち竦んだ。

源助が地面に押し付けられている。押し付けているのは、屈強な体軀《たいく》の男だった。

「この餓鬼がぁ、商売物に手を出しやがって。ただで済むと思うなよ」

源助が呻いた。鼻から血を流している。その横に鰹節が転がっていた。

「勘弁して、勘弁して。ひもじかったんだ。腹が減って死にそうだったんだよ」

源助の涙と鼻血が混ざり合う。こけた頰に小石がめり込んでいた。

「勘弁できるかよ。よくも、見世を荒らしてくれたな。盗人が」

男がこぶしを振り上げる。力任せに源助の頭に打ちおろす。ぼくっと鈍い音がして、源助が悲鳴を上げた。男はさらにこぶしを高く上げた。

「やめてっ」

おまいは飛び出していた。藁草履《わらぞうり》が脱げたけれど裸足《はだし》で走り寄った。

「やめて、やめて。源兄さんを打《ぶ》たないで」

泣きながら、源助に覆い被《かぶ》さる。男は僅かだが、たじろいだ。

「な、なんでえ。てめえも泥棒の仲間か」

「やめて、やめて、殴らないで。ひどいこと、しないで」

幼いおまいは泣くことしかできなかった。泣いて、「やめて」と繰り返すことしかできない。

「おい、もう勘弁してやれよ」人垣の中で誰かがそう言った。「そうだそうだ。鰹節一本で鼻血が出るほど殴るこたぁねえだろう」、「小さな子が泣いているじゃないか、かわいそうに」、「もう許してやんなさいよ。お寺の境内で子どもを殴るなんて仏さまの罰がくだるよ」、「そうだそうだ、ちょっと惨《むご》いじゃねえか」、「やめろ、やめろ、おまえは鬼か」。

男からすうっと力が抜ける。唾《つば》を吐き捨てて、立ち上がる。

「けっ、好き勝手なこと言いやがって。おい、坊主、こんどこんな真似《まね》したらぶん殴るだけじゃすまないからな。半殺しだぞ。覚悟しとけ」

もう一度、唾を吐き、鰹節を手に男が去っていく。人垣が崩れ、何事もなかったかのように人々が行き交い始めても、おまいは泣いていた。涙が止まらない。

「おまいちゃん、もう泣くな。泣かなくて、いい」

源助が言った。おまいを慰め、支え、力づけてくれたあの声だった。涙がぴたりと止む。

「……源兄さん」

「おまいちゃん、ありがとうよ。恩は忘れないぜ」

一言囁くと、源助は駆け出した。そして、瞬く間に人混みに紛れてしまった。おまいが源助を見たのはそれが最後になった。翌日、源助と母親は長屋からいなくなってしまったのだ。

大家の伝手《つて》で、源助がさる商家に奉公に出た。母親は夜鷹《よたか》として夜な夜な隅田川土手に立っている。いや、二人目の亭主を見つけ、そこそこの暮らしをしているらしい。

暫くの間、長屋のおかみさん連中は井戸端での話柄にしていたけれど直《じき》に飽きたらしく、季節が変わるころには、もう誰も源助母子《おやこ》の噂話《うわさ》など口にしなくなっていた。おまいも、利根屋に奉公に出され、必死に懸命に働く日々の内に源助の思い出は褪《あ》せて、薄れていった。

それを突然に思い出す。思い出せば、褪せるどころか薄れるどころか、鮮やかによみがえってくるではないか。

源兄さん。


「痛いよ、やめて。堪忍してくれよ」

襟首を摑まれ子どもが哀願する。涙が垢染《あか》みた頰の上に二つの筋を作る。

「勘弁できるわけがねえだろう。この泥棒猫。覚悟、しやがれ」

法被姿の男が子どもをがたがたと揺する。子どもの涙が四方に散った。

「やめてください」

おまいは、振袖の裾《すそ》を高く摘《つ》まみ上げ、男に近寄っていく。さすがに、もう泣かない。

あたしは、泣くことしかできない幼子ではないもの。

泣くことしかできない幼子ではない。では、何ができる？　今のあたしに何ができる？

「何だよ、おじょうさん。悪いけど、引っ込んどいてくれねえかな。おじょうさんみてえな人とは関わりねえんだよ」

男の物言いが、心持ち柔らかくなった。おまいの形のせいだ。どこかの大店の娘と思い込んだのだろう。

「お願いします。その子を許してやってください」

おまいは深々と頭を下げた。それがおまいにできる唯一のことだ。

「お願いします。一度だけ、一度だけ見逃してやってくださいな」

「一度見逃したら、こいつら図に乗るんだよ。どんどんつけあがりやがって、見世の品を残らずかっぱらうとこまで行っちまう」

「そこを何とか、何とか、お願いします。どうかお慈悲を」

「じゃあ、おじょうさんが買ってくれるのかい」

「え？」

男は屈《かが》みこみ鰹節を拾うと、おまいの鼻先に突きつけた。

「この鰹節だよ。上物だぜ。二両は下らねえやな」

「二両！」

あまりに並外れた値だ。驚くより、呆《あき》れてしまう。

「どうなんでえ。あんたがこれを買い取ってくれるんなら、今日のところは全て無し、きれいに水に流してやらあ。この餓鬼だって、とっとと放免してやるぜ」

「そんな二両だなんて……」

「そうですよ。初鰹だって一本二両二分が相場じゃありませんか。どさくさ紛れのあこぎな商売、するんじゃないよ」

お初がすっと前に出てきた。男が目を細める。そこに、荒々しい光が宿った。

「言いてえことを言ってくれるじゃねえか。後で悔やんでも知らねえぜ」

「悔やむ？　まさか」

お初がにやりと笑う。笑ってすぐ、目元と口元を引き締めた。お初の背丈は、男とそう変わらなかった。お初はすっと屈みこみ、男の耳に何かを囁いた。何を囁いたのか、おまいには聞き取れない。男の顔から血の気が引いていく。大きく目を見開き、息を吸い込む。それを吐く間もなく、くるりと背を向けた。あっという間に、見えなくなる。

「おやまあ、逃げ足の速いこと」

お初は振り向き、くすりと笑った。

「こちらの逃げ足も並じゃないみたいですよ」

お初が顎をしゃくった先では、さっきの子どもが駆け去ろうとしていた。

「お初さん、すみません」

「何で詫《わ》びたりするんです。おまいさんは謝らなけりゃならないようなこと、何にもしてないでしょ」

「いえ、後先考えずに飛び出してしまいました。お初さんが助けてくれなかったら、どうなっていたか……」

「どうもなっちゃあいませんよ。この昼間、これだけの人の目があるんだ。大それたことはできませんよ。それほど度胸があるようにも見えなかったしね」

「あの、あの、でも、あの男の人、何で急に逃げ出したんです。お初さんが何か囁いたとたん、青くなって逃げ出したようですが」

お初が肩を竦める。仄かな笑みが浮かんでいた。

「おまいさん、喉《のど》が渇きませんか」

「喉？　あ、そういえば、少し渇いています。何だか、ずっと気が張り詰めていたから」

「でしょうね。あそこの水茶屋に座りましょうか。美味《おい》しいお茶でもいただきましょうよ」

「え？　で、でも、あたしにはお役目があって……」

「お役目はあらかた、終わってますよ。もう、十分じゃないですか。ええ、十分です」

お初がおまいの指先を摑んだ。温かだ。温石《おんじゃく》のように温かで、握られただけで血の巡りがよくなる気がする。おまいは指先が冷える性質で、寒い季節は辛かった。

水茶屋の床几《しょうぎ》に腰を掛け、お初は茶と桜餅を二つ注文した。運ばれてきたそれらは、香ばしく甘く美味なことこの上ない。こんな美味しいものを口にできるなんて夢のようだ。

「おまいさん」

茶をすすり、お初が名を呼んでくる。おまいは「はい」と小さく答えた。

「あなたのお役目、どんなものかわかっていますね」

「はい。おじょうさまの身代わりとして見合いをすること、です」

お玉に縁談が持ち上がったのは、一月ほど前、まだ冬の名残で風は冷たく、霜が降りるのも珍しくないころだった。相手は、本所亀沢町《ほんじよかめざわちよう》の油問屋有明屋《ありあけや》の主人惣之助《そうのすけ》。同じ油屋だが、有明屋の身代は利根屋より一回り、二回り大きかった。本所随一の大店なのだ。惣之助はお玉より四つ五つ年上で、所帯を持ったことは一度もないという。この縁談に平八衛門もお多美も大いに乗り気になった。ほとんど狂喜したと言っても差し支えないだろう。無理もない。利根屋夫婦の心内は、おまいにも容易に察せられた。

有明屋と縁が結ばれれば、利根屋にとってどれほどの益になるか計り知れない。利根屋の商売が行き詰まっていたわけではないが、順調に肥え続けているわけでもなかった。有明屋を後ろ盾にすれば、淀《よど》み始めた商いに新たな水流を引くことができる。奔流となって商いに力をつけ、淀みを流してしまえる。

「平八衛門さん、ほんとうに喜ばれてねえ。いい縁を結んでくれてありがたいと、そうですね、つごう十回はおっしゃいましたかね」

「では、有明屋さんとのご縁を結んだのは、お初さんなのですね」

「えにし屋の仕事です。あたし一人じゃ何にもできませんよ」

何もできないようには思えない。おまいは茶を飲み、ふっと息を吐いた。

話はとんとん拍子に進み、今日のこの日、浅草寺の境内での見合いが決まった。見合いといっても、本人同士が顔を合わせるわけではない。娘は境内をそぞろに歩き、男はその姿をどこかから眺める。それだけだ。男が気に入れば嫁入り話はさらに前にいき、祝言の日取りが早々に決まってくる。

「でもね、中には娘さんが嫌がってご破算になる縁談もたんとあるんですよ。ふふ、このごろの娘さんは強いですからね。みんながみんな、親の言う通りの男に嫁いでいくわけじゃありません。男がやたら身体ばかりを欲しがるのに興ざめして縁を切った娘さんも、どうしても相手の顔が気に入らなくて縁切りした方もいらっしゃいますからね」

「そうなんですか。あたし、娘は親に逆らえないのだとばかり思ってました」

「思わされてたんでしょ」

湯呑《ゆのみ》を手に、お初を見上げる。思わされていた？　何のこと？

「親に逆らわず、親の決めた相手に嫁ぐのが娘の道。そう教え込まれてしまうと、なかなか抜きれませんよね。でも、縁というのはね、おまいさん、その人の中から出ている糸なんです。飽くまで、その人のものなんですよ。あたしたちの仕事は、その人が一番その人らしく生きられる相手に糸を結びつけること。親のためでも、店のためでもなく、自分のための縁なんですよ」

「……よくわかりません」

正直に答えた。自分のための縁だなんて、考えたこともなかった。おまいは、目の前に手を広げてみた。どこかから、見えぬ縁の糸が出ているのだろうか。それは、ふわふわと浮遊するだけでなく誰かとしっかり結びつく糸なのだろうか。

「そうそう。このごろの娘さんは頼もしいんです。自分で相手を決めてしまいますからね。もちろん、間違った相手のときもあります。目が眩んで、正しい断が下せなかったんですね。そういうときは、こんどは、あたしたちが縁切りに動くんです。ふふ、でもまあ、お玉さんのように見合いの前日に駆け落ちしちまうなんてのは、珍しい例ですよ」

お玉が置手紙を残して、利根屋からいなくなったのは昨日だった。お琴の稽古《けいこ》にいくと言って家を出たまま、夕暮れが迫っても帰ってこない。お琴の師匠宅にやった小僧が今日は稽古に来ていないとの返事を携えて帰ってきたとき、利根屋は上を下への大騒動となった。

かどわかしにあったか厄介事に巻き込まれたかと、お多美が倒れ込んだ。平八衛門の顔色も真っ青だ。血の気がまったくない。そんなとき、おまいがお玉の部屋で置手紙を見つけた。紛れもないお玉の筆致で、好きな男がいる。その男と所帯を持つために家を出る。有明屋のご主人には申し訳ないが、他の男と所帯を持つ気はさらさらない。と記されていた。最後に、平八衛門とお多美に今まで育ててくれた恩を謝し我儘《わがまま》を詫びて、文は結ばれていた。

「何だ、これは」

読み終えて平八衛門は青白かった顔を紅色に染めた。文を持つ手がわなわなと震えた。

「ど、どういうつもりなんだ。お玉は、何を考えてる」

「でも、あの娘《こ》。かどわかされたわけでも、とんでもないことに巻き込まれたわけでもないんですね、ちゃんと生きてるんですね。よかった」

お多美がその場にへたりこむ。

「馬鹿、何がよかっただ。見合いは明日なんだぞ。明日だ。有明屋さんに何て言えばいい」

「そりゃあ……正直に申し上げるしかないでしょ。隠し立てしてもいずればれるし」

「そんなことできるか。あの有明屋さんだぞ。気分を害して、利根屋を潰《つぶ》しにかかったらどうするんだ。うちなんて一たまりもない。潰れる。利根屋は潰れる」

「そんな、そんな……」

「ともかく捜せ。お玉が行きそうなところを虱潰《しらみつぶ》しに捜すんだ。店の者を全部使って捜せ」

平八衛門が唾を飛ばし、腕を振り回す。日ごろは温厚で落ち着いている主人の、思いもしない一面だった。

お玉はいなかった。おまいも心当たりの場所は残らず捜し、走り回ったけれど、どこにもいない。「何てこった。何てこった」。平八衛門が頭を抱える。お多美が這《は》うようにして亭主の傍《そば》に寄った。袖を引っ張る。

「ねえ、あんた。えにし屋さんに来てもらいましょう。何もかも、話をするんですよ。いえ、あたしたちが行きましょう。今、すぐに」

お多美は立ち上がると、妙にきらつく双眸《そうぼう》で平八衛門を見詰めた。

三

仰天。驚いて天を仰ぐという意味らしいが、おまいは本当に頭上を見上げてしまった。驚きのあまり、ひっくり返りそうになったのだ。もっとも見上げた先に天はなく、天井の板目模様が飛び込んできただけだった。

利根屋平八衛門の居室だ。客間ほどの贅《ぜい》はなく、どちらかといえば、約《つま》しい造りだった。

平八衛門の後ろにはお多美が控えていた。いつもの気さくな風は微塵もなく、酷《ひど》く強張《こわば》った表情で座っている。

「あ、あたしがおじょうさまの身代わり？」

「そうだ。頼む、おまい。うちには、お玉と年や背恰好が重なるのは、おまえしかいない」

「そんな、む、無茶です。あたしにおじょうさまの代わりなんてできる」

わけがありませんと続けようとして、おまいは口を閉じた。平八衛門が両手をついて、頭を深く下げたからだ。

「おまい、この通りだ。頼む。利根屋を助けると思って引き受けてくれ。この見合いだけは反故《ほご》にするわけにはいかんのだ。利根屋の命運がかかっている。だから、頼む」

「だ、旦那さま。おやめください。おやめくださいませ。もったいのうございます」

おまいも慌てて平伏する。主から頭を下げられる場面など、考えたこともなかった。主人一家が頂きに棲む鳥なら、自分は麓《ふもと》の草むらに潜《ひそ》む虫だ。そのくらいの差がある。なのに頭を下げられるなんて、ひたすら狼狽えるしかない。

「じゃあ、引き受けてくれるんだね」

お多美が躙《にじ》り寄ってきた。おまいは思わず、尻込みしそうになる。

「え？　あ、いや、でも、あたしにおじょうさまの代わりなんて」

「おまい、こんなことは言いたくないけどね、おまえを引き受けてからさ、あたしたちはそれなりに可愛《かわい》がって面倒を見てきたつもりだよ。そりゃあね、娘のようにってわけにはいかない。けど、読み書き算盤《そろばん》は一通り教えただろう。裁縫も花の活《い》け方も教えてやったじゃないか。おまえが年ごろになったとき、どこに嫁いでも恥ずかしくないように躾《しつ》けてきたつもりさ。もちろん、おまえが働き者で才があると認めたからだよ」

「は、はい。お内儀さん、旦那さまのご恩は身に染みてわかっております」

嘘ではなかった。利根屋で大切にされたわけではないが邪険にも粗略にも扱われなかった。奉公人たちの質が上がれば利根屋にも益になる。そう考えた上であったとしても、厳しいだけでなく手厚く躾けてくれたのだ。何より、居場所を与えてくれた。生きていく場を手渡してくれた。恩は確かに感じている。

お多美が笑んだ。唇の端が微かに持ち上がっただけのぎくしゃくとした笑みだ。その笑顔のままおまいの手を取る。血が通っていないのかと疑うほど冷たい指先だ。

「ね、おまい、助けておくれよ。身代わりになっておくれ。身代わりったって人身御供《ひとみごくう》じゃないんだからね。お玉の振りをして浅草寺の境内を歩いてくれるだけでいいんだ。向こうだって、じろじろ見詰めるわけじゃない。遠目で様子を窺うだけなんだよ。誤魔化せるから。いや、ちゃんと誤魔化せるようにするからさ」

「でも、おじょうさまとあたしでは器量が違い過ぎて……」

「だからそこんとこは、えにし屋さんがちゃんとやってくださる。おまえが気に病むことなんて何にもないんだよ」

えにし屋？

何だろうそれはと首を傾げたけれど、あえて問わなかった。そんな余裕はなかった。

「わかりました。あたしにできることなら、やります」

そう答えてしまったのは、お多美の眼の下にくっきりと隈《くま》ができていたからだ。頬も心持ちこけたようだった。お玉の身も店の行く末も心配でたまらない。口には出さない、出せない心労が濃く滲んでいる。お多美のやつれを前にして、拒み通す気力はなかった。

「ありがとうよ、おまい」

お多美も平八衛門も面《おもて》を明るくさせ、安堵《あんど》の息を吐いた。

「でも、あの、それなら、あたしはどうすればいいのでしょうか。有明屋のご主人が縁談を断ってくれるように振舞えばいいのでしょうか」

「まっ、そんなことしなくていいんだよ。おまえは、ちょいと俯いて歩いていればいいんだからさ。後は任せておいて大丈夫。ともかく、この見合いだけを乗り切ってしまえば、後は何とかなるはずさ。お玉だって見つかるだろうし」

「おじょうさま、お帰りになるでしょうか」

「帰ってくるに決まってるだろう。お玉は利根屋の一人娘だよ。世間の風も波も知らないで育ってきてるんだ。そんな娘が世間並みの苦労なんかできるわけがないさ。すぐにべそをかいて帰ってくるよ。だからそれまでの刻を稼いで欲しいのさ」

おまいではなく自分を納得させるように、お多美は声音に力を込めた。

そうだろうかと、おまいは胸の内で考え込む。お玉は確かに箱入り娘だ。大切に大切に育てられた。そういう者が、えてして身に付ける驕慢《きょうまん》が少しもないとは言い切れない。けれど、生まれ持っての性質は逞《たくま》しく、したたかでさえあるのではないか。ずっと傍にいて、ずっと仕えてきて、そう感じている。

いつだったか何かの用事の帰り、お玉の供をして通りを歩いていたときだ。子どもの悲鳴がすぐ後ろで聞こえた。振り返ると、三つ四つばかりの女の子が首を押さえて泣き叫んでいる。足元に三寸（約九センチ）ばかりもありそうな百足《むかで》がのたくっていた。古手屋の軒下から落ちて、女の子の首に噛みついたらしい。

「まっ、たいへん」

お玉は駆け寄ると、草履の裏で百足を踏み潰した。それから、女の子を抱え上げる。

「おじょうさま、お湯で洗うんです」

おまいは叫んでいた。昔、長屋に住んでいた薬売りから聞いたことがあったのだ。百足に噛まれたら、まずは湯で洗い流せと。「薬はその次さ。ま、おれの薬は効かないけどな」。よく肥えた初老の薬売りは、冗談とも本気ともつかぬ台詞《せりふ》を口にしてからからと笑った。

お玉は女の子を抱えたまま古手屋に飛び込んだ。古手屋はその女の子を知っているという。裏手の長屋に住んでいるらしい。すぐに傷口を洗い、薬を塗ってくれた。その後どうなったのか記憶は曖昧《あいまい》だが、お玉がとっさに、的を外さず動けることを改めて思い知った一件だった。お多美には悪いが、あのお玉が意を決して家を出たからには、あっさり帰ってくるとは思えない。

ともかく、おまいは身代わりになった。

美しく着飾って、お初とともに浅草寺を歩き、今は水茶屋にいる。

えにし屋のお初。不思議な人だ。どういう人なのか、摑めない。えにし屋とは、人と人との縁を結ぶ、あるいは切るのを生業にしていると言う。そんな商いがあるのだろうか。仲人《なこうど》とはまた別のようだ。仲人は縁を結んでも、切ったりはしない。お初の口にする〝縁《えにし》〟とは男と女、嫁入り婿入りだけに限られるものでもなさそうだ。

よく、わからない。

「あの、お初さん」

茶を飲み干し、おまいは問うてみた。喉の渇きが満たされて、ほんの少し舌が軽くなる。いや、もしかしたら茶ではなくお初のせいかもしれない。ふっと、口を軽くさせる気配のようなものをお初は纏っているのだ。

「どうしました。やけに不安そうなお顔ですね」

言われて、おまいは頰に手をやった。どんな顔つきになっていたのだろう。

「この先、どうなるのかと考えたら、少し怖くなってしまって。あの、えっと、ほんとにおじょうさまはお帰りになるでしょうか」

「さあ、それはどうでしょうか。わかりませんね」

にべもない返事だ。けれど、調子は妙に明るい。

「でも、お帰りにならなければこの縁談、壊れてしまいます。そうなったら利根屋は」

口をつぐむ。そうだったのかと、思い当たった。

「あ……、そうか、もしや」

「え？　どうしました。何か」

お初がこちらを覗き込んでくる。その眸《ひとみ》を見返して、唾を呑み込む。

「おじょうさまは今戸小町と呼ばれるほどお綺麗な方です。有明屋さんがその噂を聞いて、この縁談に乗り気になったのなら、きっと、今日は落胆されましたよね」

「落胆？　どうしてです」

お初は僅かに首を捻《ひね》った。おまいの言葉が解《げ》せなかったようだ。どうして、解せないのだろう。わかりきったことなのに。

「だって、幾ら遠目とはいえ、あたしとおじょうさまではまるで違います。違い過ぎます。有明屋さんがおじょうさまのお顔を知らなかったとしても、わたしではやはり代わりはできなかったんです」

どれほど着飾っても化粧をしても、お玉の美しさに近づけるわけもなかったのだ。有明屋の主人がどこから見ていたかはわからないが、今戸小町とは程遠い娘の容色に当てが外れたことだろう。腹立ちもあるかもしれない。それで、この縁談はご破算になる。相手側から断ってくれれば、利根屋が咎《とが》められることはない。

そういう筋書だったのだろうか。この見合いは、縁を結ぶためではなく切るためのものだったのだろうか。

「おまいさん、背中」

「はい？」

「また丸くなってますよ。背筋を伸ばして、顔を上げて、下ではなくて前を見る」

「あ、はい」

鏡に映った自分の二様を思い出す。項垂《うなだ》れた陰気で老けた姿と、人目を引く華やぎはなくとも、十分に若い生き生きとした姿を。

「変に勘繰らないでくださいよ。この縁を切るために手を尽くしてる人なんて、利根屋にはどなたもおりませんからね。むろん、有明屋さんにもね。この際だから言っちまいますけど、このご縁、実は有明屋さんから持ち込まれたんですよ。どうしても結びたいってね」

「ですから、それはおじょうさまの噂を聞いてのことでしょう」

お初は鬢《びん》に手をやって、すっと撫《な》でた。それだけの仕草なのに色香が零《こぼ》れる。

「確かにね、お玉さんはお綺麗な方です。目鼻立ちもご気性もすっきりしていらっしゃる」

「おじょうさまをご存じなんですか」

「存じておりますとも。この仕事はどれくらい人を知っているかが肝なんですから。何にも知らないで縁結びも縁切りもできやしませんよ」

「そうなのですか。でも、お武家さまやご高位の方々は一度も会ったことのない、まるで知らない相手に嫁いだり、そういう相手を娶《めと》ったりなさるでしょう」

その日暮らしの長屋の住人ならいざ知らず、相応の格式や財、身分を持つ人たちが好きだ嫌いだと心のままに一緒になれるわけもない。相手の為人《ひととなり》どころか容姿や気質、年さえ知らぬまま嫁いでいく女たちは多い。人と人ではなく、家と家が結びつくのが婚姻というものだ。

お初がまた鬢を撫でる。撫でながら、ちらりとおまいを見る。

「申し上げたでしょう。あたしたちえにし屋は自分のための縁だけを縁と呼ぶのです。でないと、人は幸せになれませんよ」

「幸せになるための縁なのですか」

「そうですよ。覚えておいてくださいな。ほら、また俯き加減になってますよ」

「あ、すみません。つい……」

「ちょいと厄介な癖がついちゃってるんですよ、おまいさんは。俯く癖、身を縮める癖、人目を避ける癖、自分を貶《おとし》める癖。ええ、ほんと厄介だこと」

「貶めるだなんて……。ただ、あたしは不細工だから、どうしても俯いてしまうんです」

「不細工？　おまいさんが？　まさか」

「不細工なんです。どうしようもない醜女で、あまり顔を見せたくないんです。わかってるんです。自分が醜いって。でも、どうしようもないじゃないですか。どんな顔に生まれてくるかなんて決められないいんだから、しかたないじゃないですか」

口を押さえる。奥歯を噛みしめる。頬がかっと熱くなる。

そうだ、わかっている。わかっているから、下手な慰めなんか聞きたくない。この化粧を落として、簪を抜いて、古ぼけた木綿の小袖を着たら、いつもの不細工な娘に戻る。いや、化粧をしていてもどんなに着飾っていても、やっぱり、あたしは醜いのだ。

「やれやれ」

お初が息を吐き出した。独り言のように呟く。

「おまいさんたら、すっかり騙《だま》されてるんだ」

「騙されてる？　何のことですか」

「騙されてますよ。思い込まされていると言った方がいいですかね。あたしは不細工、あたしは醜い。そんな風に思い込まされて、そこから出てこられなくなっちまってる」

おまいは口を結んだまま、暫く黙り込んだ。言葉が見つからない。

騙された？　思い込まされた？　どういうこと？

不意に母から投げつけられた一言、一言がよみがえってきた。

「おまえみたいな不細工な娘、生むんじゃなかった」

「いつまで泣いてんだよ。よけいにみっともない顔になるじゃないか」

「おまい、おまえは本当に醜女だねえ。先が思いやられるよ」

ため息や嘆きや蔑《さげす》みの眼差しと一緒に投げつけられた罵詈《ばり》は、思い出したとたん針の先となって突き刺さる。おまいは胸を押さえ、顔を歪めた。

「だって……だって、あたしはちっとも綺麗じゃないから、だから……」

「綺麗だの不細工だのって誰が決めるんですかね」

「え？」

「誰がどこに線引きしてここからは綺麗だ、ここからは不細工だって決めてあるんですか」

「は？　まさか、そんな線引きなんてできるわけありません」

「じゃ、おまいさんはありもしない線を勝手に引いて、勝手に分けて、勝手に思い込んでいるわけですね」

この人は何を言っているんだろう。さっぱり解せない。

戯言《ざれごと》？　冗談？　それとも……。

何も言い返せない。戸惑いに気持ちが揺れる。何も言い返せないけれど、何か言わなければならないような気がする。

おまいは唾を呑み込んだ。

お初が立ち上がる。

「さっ、帰りましょうか。そろそろ仕上げにかからないといけませんからね」

「仕上げ？」

「ええ、どんな仕事でも仕上げってのが一番、力が入り用なところでしょう。人ってのは終わりが見えてきたらどうしても、ふっと油断をしがちですからね。最後の詰めこそ丁寧に細心に、がえにし屋の心得なんですよ」

「仕上げとか、最後の詰めとかってどういうものなんですか。あたしには見当がつきません」

「そうですねえ。まあ、そのうち嫌でもわかりますよ。乞《こ》うご期待を、ってね」

お初は茶代を払うと、さっさと店を出ていく。おまいも慌てて後を追った。

人混みの中をさっきとは逆に歩く。

仕舞屋で初めてお初に出逢ってから、まだ二刻（約四時間）も経《た》っていないはずだ。それなのに、とてつもなく長い刻が過ぎたように感じる。お玉のお供で何度も訪れた浅草寺が、見知らぬ土地のようにも感じる。疲れていた。手も足も頭も重くて僅かに痺《しび》れている。このまま、しゃがみこんでしまいたい。けれど、心のどこかが弾んでいる。どくどくと鼓動をきざみ、高鳴る。

どうしてだろう。どうしてだろう。

不意にお初が立ち止まった。ほんの少し、首を回す。ちらりと見えた眼つきが鋭い。それはおまいが息を呑み込み、竦んだほどの鋭さだった。

お初さん、どうしたんですか。

おまいもとっさに後ろを向く。

お初よりさらに鋭い眼差しがぶつかってきた。髪の毛が逆立つような恐れに見舞われる。

これは……なに？

殺気を受け止めたことなど一度もないが、これは殺気そのものではないのか。相手を殺そうとする気配。この上なく剣呑《けんのん》で酷薄な冷気。けれど、それは一瞬で消えた。どんなに目を凝らしても一瞬の殺気がどこから誰から飛んできたのか定かにはならない。

「お初さん」

おまいは身震いして、思わずお初の名を呼んだ。

「大丈夫ですよ、おまいさん。怖がることなんて何にもありません」

お初がふっと笑んだ。柔らかな笑みが、おまいの怯えを拭う。気持ちが軽くなった。よくわからないなりに、確かに大丈夫だと思えるのだ。

一息《ひといき》を吐いて、おまいは亀屋の裏手、あの仕舞屋へと歩き出した。


えにし屋のお初から利根屋に文が届いたのは、浅草寺の見合いから三日が経った昼下がりだった。僅か三日の間に春の色は一際、濃くなっていた。これなら、明日にでも桜の便りが届くのではと江戸雀《えどすずめ》たちが騒ぎ始めたころだ。

おまいは台所仕事に精を出していた。床を磨き、米を研ぎ、竈の火を絶やさないように用心する。器を洗い、膳《ぜん》を拵《こしら》え、奉公人たちの食事の世話をする。いつも通りの日々が過ぎていくと、浅草寺での一時《ひととき》が幻のようにも思える。

しかし、お玉はいない。戻ってこないのだ。平八衛門もお多美も番頭も手代も他の奉公人たちも、表だってお玉の名前を口にしない。むろん、平八衛門たちは必死で捜し回っているけれど行方《ゆくえ》は摑めないままだ。「もしかしたら、おじょうさまは江戸にはいないのでは」と口にしたお徳《とく》という女中がいて、手代の一人から泣き出すほど厳しく叱られた。お徳が店の誰の胸にも萌《きざ》している気掛かりを、あっさり言葉にしてしまったからだ。

おじょうさまはどうなさったのだろう。

どこに行かれてしまったんだ。

利根屋のおじょうさまが、とんでもないことになって。

あっさり言葉にできない気掛かりは溜まり、沈み込み、利根屋を暗く包み込むようだった。おまいも不安で心配でいたたまれない心持ちになる。お玉がいなくなってみて、気が付いた。お玉の何気ない優しさやからりとした明るさが、好きだったのだと。一緒にいて楽しかったのだと。

おじょうさま、どうかご無事で。

神にも仏にも祈るような心持になる。お多美の憔悴《しょうすい》していく姿にも胸が疼《うず》いた。

「おまい、本当に心当たりがないかい。おまえはよくお玉のお供をしてたんだから、一つや二つ出てこないかねえ。思い出しておくれよ」

と、責められるのではなく縋《すが》られたりすると、余計にいたたまれない。応《こた》えられない自分が情けなくてたまらない。でも、いくら考えても、心当たりなど一つも思い浮かばないのだ。

おじょうさまに好いた相手がいたなんて。あ、でも……。

行く先の心当たりはないけれど、思い当たることは幾つかある。お玉は、憂い顔でため息を吐くことが多くなっていた。「ねえ、おまい」、「はい、何でしょうか」、「ううん、やっぱりいいわ」。そんなやり取りが何度もあった。

そうか、おじょうさまはあたしに打ち明けようとしてくださったんだ。それなのに、あたしはちゃんと耳を傾けなかった。ただの世間話やたわいない相談事だと決めつけて、さして気持ちを向けなかった。だから、おじょうさまは黙り込んでしまわれたのだ。

唇を噛む。血が滲むほど噛んでも、悔やんでも、どうしようもない。

「ねえねえ、おまいちゃん、これ見た?」

お徳がすっと寄ってくる。おまいより二つほど年上だが怠《なま》け性《しょう》なのか、よく仕事を放って誰彼となくおしゃべりをしていた。お玉のことで叱られてからは、少し控えていたが、今日は出入りの魚屋と何やら話し込んでいたようだ。

「今、魚屋さんからもらったの。読売、ほら、おもしろいことが書いてあるよ」

「読売?」

「そうそう。おまいちゃん、百足の与吉《よきち》って夜盗のこと知ってる?」

「夜盗? いえ、知らないです。今初めて聞きました」

「だよね。あたしも知らなかった。夜盗なんて貧乏人には関係ないもんね。けど、何年も前に江戸の町を荒らしていた夜盗の頭《かしら》だったんだって。押し入った家に火を付けたり、家の者を皆殺しにしたり、とっても怖い一味だったたってさ。捕まらないままで、ふっと江戸の町から消えたらしいよ。まるで草紙みたいだよね」

「ええ……、でも、その百足の何とかって夜盗はもういないんでしょ。それとも、また、どこかのお家が狙われたんですか」

だとしたら、自分たちに関わりないとは言い切れない。利根屋ほどの身代なら夜盗の獲物に十分なり得る。しかし、お徳は肉の付いた丸い顔を横に振った。

「違うの。捕まったんだって。それも、南茅場町《みなみかやばちょう》の大番屋の近くに両手両足を縛られて転がっていたらしいよ。背中に百足の与吉って書かれてさ。ほら、見てよ。似顔絵が載ってるの」

お徳が読売を差し出す。月代の伸びたいかつい男の顔が描かれている。粗い線がかえって、男に禍々《まがまが》しい気配を与えていた。

息を呑み込む。

この男、見たことがある。月代を剃《そ》って、少し老けさせて、捩じり鉢巻きを着けたら……。

血の気の引いていく音が、耳の奥にこだました。

そんな、まさか、そんな。

「おまいちゃん、どうかした」

お徳が顔を覗き込んできたのと、「おまい」と呼ばれたのは、ほとんど同時だった。振り向くとお多美が立っていた。化粧で隠してはいるが、顔色はひどく悪い。血の気がないのだ。お徳が慌てて読売を懐《ふところ》にしまう。そのまま、そそくさと台所を出て行った。

「おまい、ちょいとお供をしておくれ」

「あ、はい。畏まりました。どちらにお供すればよろしいのでしょうか」

「この前のお家さ。あたしは行ったことがないけれど、おまえはよく知っているだろう。亀屋さんの裏にあるお家だよ。案内しておくれ」

「あ、はい。あそこにお出かけなんですね」

「そうさ。えにし屋さんに会わなくちゃいけないからさ」

「お初さんに？　それで、お内儀さん、お出かけになるんですか」

「当たり前じゃないか。有明屋さんとの縁談をどうするか相談しなきゃならないんだよ」

お多美の声音が上ずる。重いため息が漏れた。

「おまえに身代わりになってもらって刻を稼いだつもりだったけど、このままじゃ、どうにもならないさ。やはり有明屋さんにお断りするしかないね。それをえにし屋さんに伝えなくちゃ……。でも、もうそんなことはどうでもいい。ほんとに、どうでもいい」

お多美の顔が歪む。唇が震えた。

「お玉が……あの娘《こ》が帰ってきてくれさえしたら、縁談なんて破れようが消えようが、かまやしないんだ。ほんとに、お玉はどうしているのか……」

「お内儀さん」

「無事に帰ってきさえしてくれたら、他には何にも望まないよ」

お多美が目頭を押さえる。

おまいの腹の底が僅かだが熱くなる。

あたし、腹を立てている？　おじょうさまに怒りを感じている？

怒りだろうか。妬心だろうか。

ここまで心配してもらえる。ここまで想いを馳《は》せてもらえる。何て幸せなんだろう。おじょうさまはご自分の幸せを何一つ、わかっていないのだ。

忙《せわ》しい足音がした。

「お多美、お多美」

平八衛門が廊下を走ってくる。おまいたちの前で、たたらを踏み、危うく転びそうになった。

珍しい。こんな慌てた様子の主人を見るのは初めてだ。お玉がいなくなったときでさえ、平八衛門はやつれた顔はしていたが、慌てふためいた様子はなかった。むろん、傍目《はため》にそう見えただけで、内心は相当な嵐《あらし》であったのだろうが。

「まあ、おまえさん、どうしたんです？　そんなに走って危ないじゃないですか」

夫婦《めおと》とはおもしろいもので、亭主と女房で上手く均衡を取ろうとするものらしい。平八衛門のいつにない乱れに、お多美が落ち着きを取り戻す。しかし、その均衡は平八衛門の一言で砕け散った。

「お多美、お玉が、お玉が見つかった」

「ええっ」

お多美がのけぞる。喉がひくひくと震えた。束の間だが声が出ない。ややあって、亭主の腕に縋り掠《かす》れ声で問うた。

「それで、それで、お玉は無事なんですね。生きているんですね」

「無事だ。怪我《けが》も病気もしていないそうだ。えにし屋さんから、たった今、文が来た」

「えにし屋さん？　えにし屋さんが見つけてくださったんですか」

「詳しいことはわからん。と、ともかく、お玉はあの家にいるそうだ。お多美、行くぞ。すぐに浅草寺に行く。お玉を迎えに行く。早く用意しなさい。駕籠《かご》を呼ぶぞ」

「用意なんていりません。このまま行きます。おまえさん、早く駕籠を」

「よしきた。友吉《ともきち》、友吉、駕籠を呼べ。早く、急げ」

平八衛門が駆け出す。お多美も後を追う。二つの足音がぴたりと重なって響く。おじょうさまが見つかった。おじょうさまが帰っておいでになる。ご無事でお帰りになる。さっきの怒りや妬心は跡形もなく消えて、胸はどこまでも高鳴った。

よかった、よかった、よかった。

主人夫婦の駕籠に付いて行きながら、何度も呟く。その呟きの底から、微かな疑念が頭をもたげた。お初さんはどうして、おじょうさまを利根屋まで連れてこないのだろう。どうして、わざわざ、あの仕舞屋に呼び出すのだろう。

考えてもよくわからない。駕籠の足は速く、遅れないようにするのが精一杯だった。あれこれ思案する余裕がなくなる。おまいは、ただ一心に走った。

仕舞屋はやはり静かだった。全ての賑わいを周りの木々が吸い取っているかのようだ。青葉の中にひっそりと建っている。

案内を乞うと、あの老人が現れ、おまいの分まで足洗の湯を運んでくれた。利根屋夫婦にすればそれどころではないだろうが、さすがに焦燥も苛《いらだ》立ちも抑え、案内された座敷で端座する。おまいも座敷の隅で膝を揃《そろ》えた。

待つ間もなく、廊下の障子戸が開き、お初が入ってきた。藍《あい》色の結城紬《ゆうきつむぎ》の縞小袖を身に着けていた。どこから見ても、店者《たなもの》の女房にしか見えない。

「お待たせいたしました。お呼び立てして申し訳ありません」

まずは詫びの言葉を口にする。平八衛門の腰が僅かに浮いた。お多美も大きく目を見開く。

お初の後ろから、背の高いがっしりした体躯の男が座敷に入ってきたのだ。

「まあ、有明屋さん」

お多美が叫ぶように、男を呼んだ。

四

おまいは、お多美より大きく目を見張っていた。走ったせいで噴き出ていた汗が、一時にひいていく。寒気を覚えるほどだ。

有明屋さん……この方が？

浅葱《あさぎ》色の唐桟《とうざん》に羽織。黒の定紋《じょうもん》付小袖ほどの礼装ではないが、改まった装いだ。大店の主人としての貫禄《かんろく》と品の良い出で立ち、そして若さがあいまって生き生きとした気配を有明屋惣之助は醸《かも》し出していた。

この方が有明屋のご主人なんだ。でも……、いえ、そんなことあるわけがない。

おまいは胸の内でかぶりを振って、俯いた。

「まさか、ここにお出でとは……。あ、申し訳ない。慌てて店を飛び出してきたものでこんな形で……」

平八衛門が普段着の胸元を直す。

「いやいや、何もお知らせしないままお呼び立てしたのは、こちらです。どうか、気になされませんように」

惣之助の声音は深く、口調は穏やかだった。

「え？　では、有明屋さんがわたしたちをここに？」

平八衛門の眉《まゆ》が吊《つ》り上がる。亭主を押しのけるようにして、お多美が前に出た。着物の格も乱れも意に介していない。血走った眼で、惣之助を見詰める。

「有明屋さんは、お玉が、娘がどこにいるかご存じなんですか。ご存じなんですね。教えてください。あの娘は無事でおりますか。元気でおりますか。お願いします。教えてください。この通り、この通りです、有明屋さん」

お多美は畳に額を擦《こす》り付けるほど頭を下げる。

「わたしたちはあなたを騙そうとしました。このおまいを使って、何とか有明屋さんとのお話が破談にならないようにしようと……、その場凌《しの》ぎの姑息《こそく》な手を使って、騙そうといたしました。誤魔化そうといたしました」

「お、おい、お多美」

平八衛門がさらに慌てる。あまりにあからさまな白状だった。

「どのようにでもお詫び申し上げます。罰を受けます。ですから、お玉の居場所をお教えください。あの娘に逢わせてくださいまし。お願いいたします。お願いいたします」

お多美の身体が震えている。おまいは、その後ろで倣《なら》うように低頭した。胸が震える。想いが突き上げてくる。お玉の笑顔が浮かび、弾けた。

おじょうさま、ご無事なのですか。

「あたしも同じ罪です。どのようなお咎めも覚悟しております。どうか、お教えください。おじょうさまを……おじょうさまを……」

頭の上で、ため息の音が聞こえた。長い、重い息だ。続いてお初の声がした。これも重い。沈み込んでいくような重さがある。

「謝らなきゃならないのは、こっちなんですよ」

おまいは顔を上げた。お初と目が合う。ひどく弱々しい眼つきだと感じた。

お初さんがこんな眼をするなんて。

少し驚く。お初の何を知っているわけでもない。ほんの数刻を一緒に過ごしただけだ。それでも十分に惹かれた。不思議でおもしろく、興の尽きない人だと感じた。底が深くて見通せない。それが恐れではなく、ときめきに繋がっていった。知らない世界がお初の背後に垣間見《かいまみ》えるようであり、自分の内からお初によって引き出されたようでもあったのだ。

不思議で、凛《りん》として、嫋《たお》やかで、強い。

おまいはそう感じていた。こんな気弱な眼つきをするなんて思ってもいなかった。

「お内儀さん、おまいさん、頼みますから、そんな真似をしないでくださいな。申し訳なくて、いたたまれないですよ。ね、有明屋さん」

「ええ。えにし屋さんのおっしゃる通り、お詫びを申し上げねばならないのは、こちらの方なのですから。どうか、お顔を上げてください。お願いいたします」

お多美とおまいは顔を見合わせていた。平八衛門が眉を寄せる。そして、

「そりゃあ、どういう意味です。どうして有明屋さんが手前どもに謝らなきゃならないんで？　わたしには、何のことやらさっぱりですが……。でも、今は、一刻も早くお玉に逢わせてください。詫びるの何のはその後です」

と、急《せ》いた口調で告げた。お多美ほどではないが、両眼が赤い。寝不足と心悸《しんき》で白目が赤らんでいるのだ。

「はい。そういたしましょう。でも、その前に気持ちを落ち着けてもらいましょうか」

お初の一声が合図だったのか、土間の奥から丸盆を掲げた二人の男が現れた。一人はあの老人、もう一人は若いというより童の年端の……。

「まっ、あなたは」

口元を押さえる。驚きの叫びが飛び出しそうになったのだ。

「あ、いえ、違いますよね。す、すみません人違いをしてしまって」

「違わないよ。その通り」

湯呑をおまいの前に置き、少年がにっと笑う。無造作に後ろで束ねているけれど髪は艶やかで、顔も手も白く滑らかだ。筒袖《つつそで》の上着に短袴《たんこ》といった出で立ちが、いかにも身軽そうで、よく似合っていた。

「え、あ、違わないって、でも、あの」

おまいは唾を呑み込む。目の前にいるのは、あの子ども、浅草寺の境内で鰹節を盗もうとした子どもだ……ろうか。とても似ているけれど、同じとは思えない。蓬髪で襤褸を纏い、泣き叫んでいた姿と小ざっぱりした形の潑剌《はつらつ》とした様子がどうにも重ならない。

「おいら、太郎丸《たろうまる》ってんだ。おねえさん、いい眼してるな」

「は？」

「おいらのこと一目でわかったじゃないかよ。たいした眼、してるって。さっどうぞ」

少年、太郎丸は手のひらを上に向け、ひらりと振った。おまいの驚きがおもしろくてたまらない。そんな顔つき、眼つきだ。

「うちの茶は、美味《うま》いんだ。飲むと気持ちが落ち着くさ。落ち着かないと、他人《ひと》の話をまともにゃ聞けないからな」

世慣れた大人のような口を利く。まだ十にはなっていないだろう姿と物言いのちぐはぐさが、おかしい。笑う余裕はないけれど、少し気分が軽くなる。

茶は確かに美味しかった。微かな甘さがあり、ほっと息を吐ける。心が静まるところまでは、とてもいかなかったが。

「お茶を飲むどころではないんですけどねえ」

お多美の一言が恨みがましく響いた。茶を飲んではいけないような気になり、おまいは湯呑を置こうとした。中身が僅かだが手の甲にかかった。

「これで拭きなよ」

手拭《てぬぐ》いを渡された。紺色の地に白い筋が二本、手拭いの端で輪結びになっている。

「うちの暖簾《のれん》印さ。ちょいと洒落《しゃれ》てんだろ。へへ、その手拭い、おねえさんにあげるよ」

にやり。太郎丸がまた、笑う。はきはきしている。声音が澄んで明るいのだ。利発で明朗な性質がしのばれた。

「あなたも、えにし屋の人なの」

「そうさ。これでも、一人前に働いてんだ」

「じゃあ、あの浅草寺でのことは」

「おねえさん、ほんと聞きたがり屋だね。おいらのことより、ほら、話が始まるぜ。じゃあね」

太郎丸は敏捷《びんしょう》に立ち上がると老人の後ろから、土間の奥に消えていった。跳ね回る子兎《こうさぎ》を思わせる。兎ではなくて鹿《しか》、だろうか。束の間、考える。しかし、おまいの思案は太郎丸よりお初に向けられた。

「平八衛門さん、お多美さん、お二人が、お玉さんをどれほど大切に想っておいでか、十分にわかりました。何よりもお玉さんの身を案じていらっしゃるのですね」

お初の声はもう沈んでも、重くもなかった。淡々としているがよく通る。

「親ですよ。当たり前じゃないですか。子どもを案じない親がどこにいます」

お多美が身を乗り出す。焦心が口調にも面にも滲み出ていた。

「えにし屋さん、お玉はどこです。なぜ、こんなにも焦《じ》らすのですか。本当にあの娘は、無事なんでしょうね。早く、早く、逢わせてください」

「お店の行く末と引き換えにできますか」

「え？」

お多美が顎を引いた。平八衛門は息を吸い込み、吐き、身体を前に傾けた。

「店の行く末と引き換え？　それはどういう意味ですかね。えにし屋さん、正直、言われていることがわかりかねますが……」

暫く黙り、お初が続ける。言葉を探し選んでいるのか、口調がどことなくぎこちなくなる。

「こういう言い方は些《いささ》か荒っぽいかもしれませんが、利根屋の身代とお玉さんを天秤《てんびん》にかけたとき、どちらに傾きますか。平八衛門さんやお多美さんの心の内にある天秤で、ちょいと量《はか》ってみてくださいな」

平八衛門とお多美が一瞬、顔を見合わせる。しかし、一瞬だった。お多美は視線をお初に戻し、言い切った。

「お玉に決まっています」

挑むような、鋭い口吻《こうふん》だ。眼つきもきりきりと尖《とが》ってくる。

「亭主はどうあれ、あたしにとってお玉はかけがえのないものなんです。お玉のためなら、利根屋の身代なんて惜しくはありません」

「おいおい、お多美、それは言い過ぎだろう」

平八衛門が軽く咳払《せきばら》いする。落ち着きを取り戻した男は、店を切り回す主の風格をも取り返していた。

「えにし屋さん、わたしは商人です。わたしの肩には利根屋という店が乗っかっているんですよ。奉公人たちの暮らしが、取引先との約定が、お客さまからの信用が全部、乗っかっています。それをお玉一人のために捨てるわけには参りません」

「おまえさん！」

「お多美、おまえだって商家のお内儀だ。商人の生き方がどんなものか骨の髄までわかっているだろう。店を捨てるというのは、わたしたちを信じ、利根屋のために働いてくれる奉公人たちを捨てるってことなんだぞ。路頭に迷わすことなんだぞ。そんな真似、できるわけがない。お玉一人のために利根屋を潰すわけにはいかんのだ」

お多美が俯く。もう、何も言い返さない。代わりのように有明屋惣之助が口を開いた。

「利根屋さん、わたしとお玉さんとの縁談もむろんお店のためですね」

「……そうです」

躊躇いながらではあったが、平八衛門ははっきりと頷いた。

「有明屋さんとご縁を結ぶことで、利根屋の商いをさらに盤石に、さらに大きくできる。そういう思惑が確かにございました。けれど、婚姻とはそういうものでございましょう。当人同士よりも家と家とが、どう結びつくかが肝要なのでは。有明屋さんは、そうはお考えにならなかったのですか」

惣之助が微かに笑んだ。

「利根屋さんのおっしゃることは、よくわかります。わたしも商人の端くれです。店がどれほど大切か解しているつもりです。そして、利根屋さんの商いへの真摯《しんし》なお気持ちも、奉公人への温情もわかりました。ただ……わたしは幸せになりたいと思っております」

「幸せ？　有明屋さんは、今、幸せではないというわけですか」

平八衛門が心持ち、首を傾げた。惣之助は、有明屋という大店を若くして継いだ。それなりの苦労はあるだろう。あって当たり前だ。しかし、苦労は不幸とは違う。苦労の果てに惣之助が摑むものは並ではない。商いの苦労は幸せの糧《かて》になるではないか。

おまいには、平八衛門の胸裏での呟きが聞こえるようだった。幻の呟きは、惣之助の耳にも届いたらしく、笑みが静かに広がる。

「わたしは幸運に恵まれております。ご存じかもしれませんが、わたしは有明屋先代の実子ではありません。養子です。先代は血縁でもない、取引先の店の奉公人に過ぎなかったわたしに目を留めて、親子の縁を結んでくださいました。そして、商人としても倅《せがれ》としても慈しんで育ててくれたのです。たいそうな幸運としか言いようがありません」

「確かに稀《まれ》な幸せかと思います。けれど、今、あなたが有明屋のご主人となられておるのは、それだけのご器量があったからでございましょう。いえ、これはおだてや世辞ではありませんよ。

わたし、本心の思いです」

その言葉通り、平八衛門の物言いには格上の相手に阿《おもね》る卑屈さは感じられなかった。

「お武家は血筋を守り家を守るのが定めでしょうが、商人は血筋より商いそのものに拘《こだわ》ります。店を守り、盛り立てていける者でないと後は任せられない。有明屋のご先代は、あなたに店を託せるだけの器量を見たのですよ。そして、その眼は間違っていなかった。確か、ご先代夫婦は既に鬼籍にお入りでしたね」

「はい。昨年、相次いで亡くなりました」

「あなたという跡継ぎを得て、心安らかに旅立てたと思いますよ。それはまた、ご先代にとっても幸せなことでしょうね」

惣之助が頭を下げる。

「ありがとうございます。心に染みるお言葉です。両親が憂いなく最期を迎えられたとしたら、少しは恩返しができたとも思えるのですが……正直、わたしにはそうだと言い切れる自信はありません。これから、精進して両親に恥じない商人になりたいと思うております。利根屋さん、わたしにとっては有明屋は命です。養父母の恩に報いるためだけでなく、生きる居場所としてなくてはならぬ場となりました。だからこそ、有明屋で共に生きてくれる相手、最期までの長い年月を共に生きられる相手と夫婦《めおと》になりたいのです。先代のように。先代夫婦は子宝にこそ恵まれませんでしたが、お互いを慈しみ合っておりました。そういう夫婦になれるのが、わたしの幸せなのです。わたしは幸せになることで、有明屋の揺るがぬ柱になりたいのです」

平八衛門が身じろぎした。ちらりとお多美と目を見合わせる。

「有明屋さんの話を聞いておりますと、何ですかな、その……既に心に決めたお方がおられるように聞こえますが……」

「夫婦になりたい相手はおります」

「それは、うちのお玉では……ない？」

「はい。他の女人です」

まっとお多美が声を上げげた。両のこぶしが強く握りしめられる。

「有明屋さん、それはどういう意味なんです。心に決めた相手がいながら、お玉との縁談を進めたってわけですか。それじゃ、あんまりじゃないですか。あたしたちを何だと思っておられるんです。ええ、あんまりですよ。蔑《ないがし》ろにするのもほどほどにしてくださいな」

惣之助が何か言う前に、お初が口を挟んだ。

「では、お多美さんはどうなんですか」

「は？　あたし？　あたしがどうだって言うんです」

「手紙ですよ」

「手紙？」

「お玉さんが家を出るときに置いてった手紙です。あたしに見せてくれましたよね。あそこに書かれていたこと、覚えていますか」

「覚えていますよ。何十回も読みましたからね。好きな男ができたとか何とか……」

お多美の黒目が左右に動いた。お初の眼差しは微動だにしない。真っ直ぐに、お多美に向けられている。お多美が意を決したかのように、その視線を正面から受け止めた。

「えにし屋さん、お玉は悪い男に騙されたんですね。そそのかされて、その気になって、家を飛び出してしまった。あの娘、どうなったんですか。まさか、女郎屋になんか売り飛ばされたりしてないですよね。ともかく、返してくださいな。お玉の顔を見せてください」

「お玉さんが帰ってきても、有明屋さんとの縁は戻りませんよ」

「わかっています。このご縁は諦めました。有明屋さんに決めた相手がいるのなら、端《はな》から縁のない話だったわけですからね。でも、そんなことはもうどうでもいいです。お玉が無事に帰ってきさえしたら……帰ってくれさえしたら……それでいいんです。ご縁はまた、探せばいいこと。利根屋の娘に相応《ふさわ》しい縁談は幾らでもありますからね」

「それじゃ、同じじゃないですか」

お初の一言に、お多美の黒目がまた揺れた。

「お多美さんは今しがた、有明屋さんに腹を立てましたね。蔑ろにされたと」

「え……ええ、そうですよ。だって、そうじゃないですか。お玉と夫婦になる気などなかったくせに縁談を進めるなんて、こちらの気持ちを軽んじているわけでしょ」

「ええ、そこのお腹立ちはもっともです。でも、お多美さんも同じではありませんかね。有明屋さんではなくお玉さんに対してです。お玉さんの気持ちを軽んじておられましたね」

お多美の喉が上下に動く。息を呑み込んだのだ。

「あたしが?　お玉を?　そんなことあるわけないでしょ」

「そうでしょうか。お玉さんの身を死ぬほど案じて、無事を祈りはしても、お玉さんがどんな気持ちで家を出たかちらっとでも考えられましたか。いえ、その前に、有明屋さんとの縁談をお玉さんがどう思っているか、一言でも尋ねて差し上げましたか」

お多美は縋るような眼差しで亭主を見た。平八衛門の口元がへの字に歪む。その顔つきのまま、お初ににじり寄った。

「尋ねるも何も、願ってもない良縁ではないですか。有明屋さんのお内儀になれるんですよ。これ以上の望みはありませんでしょう。お玉も喜んでいるに決まっていると」

平八衛門が口を閉じる。

喜んでいるに決まっている。そう決めつけて、娘の心内など確かめもしなかった。その事実に行き当たったのだ。

平八衛門やお多美が横暴なわけではない。利根屋ほどの店になると、縁談、婚礼においては何よりも〝釣り合い〟が重んじられる。家の格、店の身代、商いの有り様などが見合わなければ話は進まない。実家と同等の、あるいは上の家に嫁ぐことが娘の幸であり福なのだ。おまいもそう信じていた。だから、お玉の行く末を素直に言祝いだ。でも……。

思い出す。

部屋の隅に座り、俯いていたお玉を。何かを追い求めるように空を見上げていたお玉を。その眼差しの暗さと強さ、一文字に結ばれた唇を思い出す。

あたしも、おじょうさまを軽んじていた。

良縁に恵まれた幸運な娘、生まれてから死ぬまで、苦労知らずに生きられる幸せな人。そう決めつけていた。おじょうさまの心の内に思いを馳せることをしなかった。そこにどんな悩みや嘆きがあっても、所詮《しょせん》、世間知らずの取るに足らない思い煩いに過ぎない。と、どこかで軽んじていた。お玉の覚悟にも決意にも気付かなかった。いや、目を向けなかったのだから、気付けるわけがない。気付こうともしなかったのだ。

胸を押さえる。鼓動が手のひらに伝わってくる。

申し訳ありません。おまいは声にならない声で詫びた。

おじょうさま、申し訳ありません。お許しください。

「だって、えにし屋さん、有明屋さんとの縁談を持ってきたのはそちらじゃないですか」

お多美が僅かに腰を浮かす。こぶしが震えていた。

「よいお相手をと頼んだのはあたしたちですよ。えにし屋さんの評判を、幸せな縁を結んでくれるとの評判を聞いたからです。ええ、そりゃあ、お玉は器量よしだし、利根屋の娘だし、縁談なんか星の数ほども持ち込まれましたよ。でも、あたしたちはお玉に幸せになってもらいたかった、選び抜いて最も立派な相手に嫁がしたかった。だから、えにし屋さんにお頼みしたんじゃないですか。なのに、こんなことになって……。今更、有明屋さんに違う相手がいただの、お玉の心内がどうのって……。この騒ぎ、もとを正せば、えにし屋さん、そちらの手落ちなんじゃないですか」

お多美の両眼から涙が溢れた。

「でも、もういいですよ。誰の手落ちでも、誰の咎でももういいです。お玉さえ無事ならいいんです。早く、早く逢わせてください。後生ですから、えにし屋さん、お願いします」

お初が二度、三度、点頭する。

「お多美さんのおっしゃる通りです。もう、よしといたしましょう。焦らしてしまって堪忍《かんにん》ですよ。でも、最後をきっちり詰めないと、せっかくの目論見《もくろみ》が崩れちまいますからね」

おまいは、立ち上がったお初を思わず見詰めてしまった。

目論見？　何のことだろうか。

お初が襖に手を掛ける。向こう側はあの部屋、おまいが化粧を施された部屋ではないだろうか。そんな気がする。

襖がゆっくりと、音もなく開いていく。

お多美が悲鳴のような、叫びのような、人の声ともならない声を上げた。

「お玉」

平八衛門は、はっきりと娘の名を口にした。

お玉が指をつき、深く頭を下げる。

「おとっつぁん、おっかさん。ほんとうに……ほんとうに、ごめんなさい。とんでもない心配をかけてしまって……親不孝でした。お許しください」

「お玉、お玉」

お多美が飛び出していく。お玉を抱きかかえる、というより、むしゃぶりついたように見えた。

お玉の方が両手でしっかりと母親を受け止めている。

お玉は木綿の小袖に昼夜帯を締めていた。小袖は薄鼠《うすねずみ》色の至って地味な縞で、帯も古物のようだった。髪も島田ではなく丸髷だ。絹の振袖をまとい、簪や櫛で飾った利根屋での華やかな姿からは懸け離れている。ただ、髷には一本、紅珊瑚の玉簪が挿されていた。珊瑚色の手柄とその簪だけが今のお玉を彩っていた。

「おまえは……どこに行ってたんだよ。死ぬほど案じて……お玉、お玉、もうこんな真似、しないでおくれよ。ほんとにどれだけ心配したか……」

お多美が嗚咽《おえつ》を漏らす。お玉も頬を濡《ぬ》らしていた。

「堪忍してちょうだい、おっかさん。本当にごめんなさい。でも、こうするしかなかったの。こうしないと、あたし、作蔵《さくぞう》さんと一緒になれなかったの」

「作蔵さん？　誰のことだい」

お多美が問うのと同時に、横合いから女の子がお玉にしがみつく。

「やだ、やだ。おっかさんを連れて行かないで」

女の子は泣きながら、お多美を押しのけようとする。

「は？　な、なんなの、この子は。おっかさんて……」

「あたしの娘です」

お玉は女の子を胸に深く抱き込んだ。

「花《はな》って名前なの。次の正月で五つになります」

「は？　む、娘？　五つ？　お玉、おまえ何を言ってるのさ」

「そ、そうだ。何のことだかさっぱり、わからんじゃないか。おまえに五つの子がいるわけないだろう。何だこれは？　どうしてこんな芝居をしてるんだ」

「あたしの娘なんです」

お多美と平八衛門を抑えつけるように、お玉がきっぱりと言い切った。

おまいは身を乗り出す。女の子に見覚えがあった。

「おじょうさま、その子は百足に嚙まれた、あのときの」

そうだと言う代わりに、お玉が頷く。

「そう。古手屋の前で泣いていた子よ。少し、泣き虫なの。お花、もう泣くのはお止め。言ったでしょ。おっかさんはどこにも行かないよって」

「ほんと、ほんとに……行かないよね。おっかさんは、ずっと花のおっかさんだよね」

「当たり前でしょ。約束したじゃない。ずっとお花とおとっつぁんの傍にいるって」

お玉の指がお花の涙を拭いた。母の仕草だ。おまいたちの目の前にいるのは、利根屋のおじょうさまではなく、小さな女の子の母親だった。

お玉の背後で、空気が揺れた。奥の暗がりから、男が現れる。

三十前後だろうか、がっしりした身体つきではあるが、眼の中には一欠けらの険もなく、穏やかな気配が漂っていた。お玉同様に地味で質素な形をしている。

「利根屋のご主人さま、お内儀さん、この度は大変なご心配、ご苦労をおかけいたしました。まことに、申し訳ございません」

男がその場に平伏する。

「作蔵さん、やめて。作蔵さんが謝ることなんて何一つ、ないんだから。全部、あたしが仕組んだことなんだから」

お多美の眉間に皺が寄った。

「作蔵さんってのは、あんたの名前なんですね」

男がゆっくりと身体を起こした。

「へい。浅草黒船町《くろふねちょう》の銀杏《いちょう》長屋で焼継師《やきつぎし》をしておりやす」

「焼継師……。そんな人が何でここにいるんです。この子どもは何なんですか」

「お花は、あっしの娘です。亡くなった先の女房との間の……」

「あんたの女房なんて知りませんよ。どうして、この子はうちの娘をおっかさんなんて呼んでるんです」

お多美の声が上ずる。それまで黙っていたお初が、母と娘の間に割って入った。

「お多美さん、平八衛門さん、順を追ってお話しいたしましょう。でないと、何が何やらおわかりにならないでしょう。その前に、どうぞお茶で喉を潤してくださいな」

「いりませんよ、お茶なんて」

「おっかさん、その湯呑を見てみてよ。ね、じっくり見てみて。おとっつぁんもおまいも、自分の湯呑を眺めてみて」

お玉に促されて、お多美は仏頂面のまま湯呑を取り上げた。顔のあたりに掲げ、手の中でくるりと回してみる。平八衛門もおまいも、小さな湯呑に目を凝らした。白地に青い網目模様の入った器は品が良いけれど、格別、変わったところもなかった。

「これがどうしたって言うのさ」

「焼継の跡がわかった？」

「え？」

「それね、縁のところが欠けていたの。それを作蔵さんが直したのよ。ね、お初さん」

「ええ。あたしが粗相しましてね、棚から湯呑を落としちゃったんですよ。三つとも縁が欠けてしまいましてねえ。ちょいと謂《いわ》れのある器だったもので、惜しくてね。それで、作蔵さんに直しをお願いしたんです。そしたら、きれいに継いでくれました。欠けた場所がほとんどわからないぐらいに、ね」

「ね、ね、すごいでしょ。すごい技でしょ。作蔵さんてすごいの。どんな器でも直しちゃうの。とっても評判なのよ。家宝の茶碗を直してくれってお武家さままで来るの」

「ああ、そうかい。そりゃあたいしたもんだ。けどね、だからどうだって言うのさ。あいにく、うちは油屋だからね。焼継の技なんて無用なんだよ」

お多美が鼻を鳴らす。作蔵が肩を窄《すぼ》めた。お玉がお花を抱き締め、叫ぶ。

「あたし、作蔵さんが好きなの。だから押しかけ女房になったのよ」

その一言に、お多美は目を剝《む》いた。

「お、押しかけ女房だって」

「そうよ。家を出て、銀杏長屋に転がり込んだの。あたしを女房にしてくださいって作蔵さんに、頼み込んだのよ。あたし、そのころにはもう、他の男と所帯を持つなんて考えられなかった。だから思い切って家を出たんです」

「お、おまえ、いつの間に……この男とそんな仲に……」

「お花が百足に嚙まれたのをたまたま助けたの。その後、どうしてだかこの子のことが気になって。百足の毒って人によっては命取りになることがあるでしょ。だから、お琴の稽古の帰りに銀杏長屋を覗いてみたの。古手屋のご主人から、裏の長屋に住んでる子だって聞いてたから。そこで、作蔵さんに逢ったのよ」

そういえば、おまいではなくお徳がお供について出たことが何度かあった。

「おじょうさまに茶店で、お饅頭をご馳走《ちそう》になったよ。知り合いの家を覗いてくるから待ってろって言われてさ。美味しかった。得しちゃったよ、あたし」

お徳が嬉々《きき》として語っていたことがある。

「おじょうさま、あたしをお供にして、時々、お饅頭ご馳走してくれるってさ。ふふ、悪いね、おまいちゃん」

そんな風にも言っていた。あのとき、変だと感付くべきだった。目の前の仕事に追われ、深く考えることをしなかった。

おじょうさまは、お徳さんを茶店で待たせて、この人と逢っていたんだ。

作蔵に目をやる。端座し、膝の上でこぶしを握っている。これから沙汰《さた》を告げられる罪人のようだ。お花はいつのまにか寝入っている。お玉に抱かれ、安心しきった寝顔だった。

五

「申し訳ありやせん」

不意に作蔵が畳に手をついた。そのまま、這いつくばるように頭を下げる。

「大切なおじょうさんをあっしみてえな者が……申し訳ねえ」

「作蔵さん、止めてって言ったでしょ。あんたが謝るようなことじゃないんだって」

「おめえは黙ってろ」

作蔵が短く言った。お玉に口をつぐませるだけの厳しい口調だった。

「あんただって、おめえだって、まるで」

お多美も口をつぐむ。喉元がまた、ひくりと動いた。「まるで夫婦じゃないか」の一言を呑み込んだのだ。平八衛門は口を結んだまま、作蔵を睨んでいる。親の仇《かたき》を見るような眼つきだ。殺気に近い気配さえ含んでいると、おまいは感じてしまった。

「本来なら、おじょうさんはすぐにでも利根屋に帰っていただかなきゃあいけなかった。よく、わかっておりやす。あっしも初めはそのつもりでやした。いや、むしろ、おじょうさんの方から帰ると言い出すと思ってやした。裏長屋の職人の暮らしに辛抱できるわけがねえって。利根屋とじゃああんまり違い過ぎまさぁ。食う物も着る物もまるで違うんでやすから」

しかし、そうはいかなかった。すぐに帰るどころではない、お玉はそのまま銀杏長屋の一軒に落ち着き、作蔵やお花と暮らし始めたのだ。

「聞けば、置手紙一つで家を出てきたって言うし、このままじゃいけねえって重々わかっていやした。一日も早く利根屋さんにおじょうさんのこと、お知らせしなきゃって……」

「何で知らせてくれなかったんです」

お多美が作蔵に向かい、身を乗り出す。

「あたしたちが、どれほど、どれほど……案じていたか、あんたにわかりますか。かどわかされたんじゃないか、男に騙されて辛い目に遭っているんじゃないか、帰りたくても帰れないんじゃないか、もしかしたら、もう……もう亡くなってるんじゃないかって……」

お多美の頤《おとがい》が震え、指先が震えた。

「申し訳ねえ。ほんとうに、申し訳ありやせん。わかっていながら、あっしの我儘であと一日だけ、明日こそは知らせに行こう、いやあと一日だけは……と、ここまで引き延ばしてしめえやした。お花がえらく懐いちまって、『おっかさん、おっかさん』って片時も傍を離れないんで。前の女房、お花の母親は産後の肥立ちが悪くて、お花を産んで三月《みつき》もしねえ間に亡くなりやした。赤ん坊に乳を含ませることもできねえままでやしたよ。だから、お花は母親がどんなものか知らずに大きくなったんで。それまでは、淋しいとも母親が欲しいとも言ったことなんざ一度もなかったのに……。きっと、子ども心にもあっしを困らせちゃいけないって、淋しいのを我慢してきたんでやしょう。それを思うと不憫《ふびん》で……」

作蔵はそこで大きくかぶりを振った。

「いや、違《ちげ》えやす。お花じゃねえ、あっしなんです。あっしが、おじょうさんを……お玉を手放せなくなっちまったんでやす。身の程知らずは承知の上で、どうしてもお玉と夫婦になりたい、所帯を持ちたいと思ってしまいやした。お玉は、あっしたちの、あっしとお花の明かりになってくれたんでやす。お玉がいなけりゃあ、あっしたちはもう、真っ直ぐに歩けやせん。あっしは本気で、心底からお玉に惚《ほ》れちまいやした。お玉のいねえ日々が考えられねえくらい惚れてしまったんでやす」

「あんた……」

お玉が作蔵にそっと寄り添う。

「利根屋さん、お内儀さん、お願《ねげ》えしやす。どうか、お玉と一緒にならせてくだせえ。贅沢はさせてやれねえ、苦労をかけるかもしれねえ。けど、励みます。お玉を守れるように、幸せにできるように懸命に励みます。どうか、どうか、お願えしやす」

「おとっつぁん、おっかさん、あたしからもお願いします。この人と所帯を持たせてください。あたし、あたし……今でも十分、幸せなの。利根屋の娘でいたときも幸せだったけど……でも、でも、今は作蔵さんと一緒に生きていきたい。生きていかれたら幸せなの。お願いします。どうか、あたしたちを許してください」

お玉と作蔵がほとんど同時に、頭を下げる。

「まあ、さすがに息がぴったり合ってる」

お初がくすりと笑ったけれど、お多美と平八衛門は無言のままだ。

お花が身じろぎして目を覚ました。辺りを見回し、ほっと息を吐く。お玉に抱かれていることに安堵したらしい。しかし、妙に静まった場に戸惑いも覚えたのか、お玉に身体を押し付けて視線をさまよわせる。

「ねえ、ちょっと、お花ちゃん」

お多美が少女の名を呼ぶ。呼ばれたお花は唾を呑み込み、「はい」と返事をした。消え入りそうな小さな声だった。

「おや、人に呼ばれたときは、もっと大きな声でお答えな。いいかい、もう一度、初めからだよ。お花ちゃん」

「はい」

「そうそう、いいお返事だ。じゃあ、ちょっとこっちにおいで」

お多美が手招きする。お花はちらりとお玉を見た。お玉が頷く。お花を膝から下ろし、ぽんと背中を叩く。お花はしっかりした足取りでお多美の前まで歩いた。

「お花」

お多美はお花の両手を取って、そっと握り込んだ。

「おまえね、あたしのことを『お祖母《ばあ》ちゃん』って呼べるかい」

「え……」

「言ってごらん。『お祖母ちゃん』って。で、こっちが『お祖父《じい》ちゃん』だよ」

「お、おい、お多美」

平八衛門がはたはたと手を振る。お玉と作蔵は顔を見合わせていた。

「お祖母ちゃんだのお祖父ちゃんだの、な、何を言ってるんだ、おまえは」

「しょうがありませんよ。おまえさん、ここは、すっぱりと腹を決めなきゃ、どうしようもないんだからさ。すっぱり決めましょうよ」

「すっぱりって、じゃ、じゃあ、おまえはこの二人を認めるつもりなのか。許すのか」

「認めるも許すもありゃあしませんよ。お玉の気性はよくご存じでしょう。この娘《こ》が決めたのなら、もう後には引きませんよ。あたしたちが駄目だと言えば、じゃあ親子の縁を切ってでも添い遂げますと言うに違いないんだから」

「あら、さすがおっかさんだ。あたしの心内、お見通しなんだ」

「ふん。何を好き勝手なこと言ってんのさ。けどね、お玉、本当に覚悟はできてるんだろうね。いざとなったら、実家を頼ればなんて甘いこと考えてるなら、この話、ご破算だよ」

「あたしが決めたの」

お玉は胸の上に手を置いて、顎を上げた。

「娘のとき、あたしは全部、おとっつぁんやおっかさんにお任せだった。着物の柄からお稽古事まで決めてもらって、あたしはそれに従うだけでよかった。すごく楽だった。でも、作蔵さんとのことは、自分で決めたの。だから、全部、自分で引き受ける。万が一、ほんとに万が一だけど、作蔵さんとの仲が駄目になっても、あたし、誰かのせいにしたりしない。それくらいの覚悟はできています」

「いや、駄目になるなんてこたぁねえだろ。そりゃあ、おっかな過ぎるぜ」

作蔵がぼそっと呟く。お玉が音が響くほど強く、肩口を打った。

「馬鹿ね。ただの喩《たと》えじゃないの」

「おっかさんね、よく、おとっつぁんを打つの。『馬鹿ね』って。打たれてるのに、おとっつぁん、いつも嬉《うれ》しそうに笑ってるんだ。どうしてかな」

お花は、お多美を見詰め「おっかさんと同じ匂いがする」と言った。それから、仄かに笑い、躊躇いながら、

「お祖母ちゃん」

と呼びかけた。お多美も笑みを浮かべ、お花を膝に抱き寄せる。

「そうかい、そうかい。どうしてだろうね。困ったおっかさんとおとっつぁんだね。お花、今度はお祖母ちゃんの家に遊びに来るかい」

「うん、行く。お祖母ちゃん、ほんとにおっかさんと同じ匂いだよ。優しい匂いだよ」

お多美はお花の頭を撫で、軽く息を吐き出した。

「おまえさん、もう観念しなきゃ。ここまで話が進んでんだ。許すしかありませんよ」

ううっと、平八衛門が唸った。

「おれは……ずっと、お玉の花嫁姿を楽しみにしてたんだ。上等の花嫁衣裳《いしよう》を拵えて、道具も揃えて、どれだけ綺麗な花嫁になるか楽しみにしてたんだぞ。生まれたときからずっとな。お玉は赤ん坊のときから、そりゃあ可愛くて……だから、花嫁姿をどれだけ楽しみにしてきたか……」

「ええ、よくわかってますよ。それは、あたしだって同じです。でも、しょうがないじゃないか。お玉がここまで心を決めて、覚悟を決めてるんだから。ね、諦めましょうよ。利根屋平八衛門ともあろう男が往生際《おうじょうぎわ》が悪くちゃいけませんよ」

「往生も今生《こんじょう》もあるもんか。おれはあっさり諦めたりはせんぞ。お玉にはどうあっても花嫁衣裳を着せるんだ。おい、作蔵さんとやら」

「へ、へい」

「内輪だけでいい。祝言は挙げてもらうからな」

お玉が小さく叫んだ。作蔵は息を吸い込み、また、深く頭を下げる。

「おとっつぁん、ありがとう」

「馬鹿者、何がありがとうだ。さんざん、心配かけて。おっかさんなんか心労で寝込む寸前だったんだぞ。見ろ、すっかりやつれてしまって、二つも三つも老けてしまったじゃないか。親不孝もたいがいにしろ」

「まっ、ちょっとおまえさん、あたしのどこが老けているんです」

「え？　あ、いや、そ、そういう意味じゃなくて……おまえの苦労をお玉には伝えておかねばならんから……、と、ともかく、お玉」

「はい」

「けじめは付けてもらう。一旦、家に帰るんだ。作蔵さんは、正式に仲人をたててもらおうか。結納云々《うんぬん》までは言わん。しかし、日を決めてきちんと祝言の段取りはしてもらうよ」

「へい、わかりやした」

きっぱり答えたものの、作蔵の声音にはさっきの勢いはなかった。

無理もない。

おまいも裏長屋で生まれ育った。そこに嫁いできた女たちも、そこから嫁いでいった娘たちもたくさん知っている。けれど、〝祝言〟などそう何度も見たことはない。女たちはたいてい、風《ふ》呂《ろ》敷《しき》包み一つでやってきたし、娘たちも風呂敷包み一つを提げて出て行った。長屋でも、少しばかり羽振りのよい者は婚礼らしき場を設けたけれど、それとて、店請人《たなうけにん》か隣の夫婦に仲人を頼み、形ばかりの三々九度の後、炙った鯣《するめ》や長屋の住人がご祝儀代わりに持ち寄った料理や酒で祝う程度の、いたって簡素なものだったのだ。

花嫁衣裳などまったく縁がない。花嫁はこざっぱりした小袖を纏うのがせいぜいだ。第一、裏長屋の泥溝板《どぶいた》の上を打掛《うちかけ》姿で歩くわけにもいかない。作蔵が戸惑うのは当然だろう。けれど、平八衛門の気持ちもわかる。悪意や嫌がらせで祝言を挙げろと言い張っているわけではないのだ。本心から、心底から娘の花嫁姿を望んでいる。それが父親の心だと言うのなら、無下に否《いな》んだりできない。とうてい無理だと、拒み切れない。

むろん、おまいが口を挟めるものでも挟んでいいことでもない。ただ、黙って見ているしかできなかった。

お玉が心持ち、眉を寄せる。眉間に浅い皺が寄った。

作蔵との仲を許してくれた父を、花嫁姿を見たいと望む父をありがたくも、愛《いと》しくも思っている。けれど、父の願いを叶えるのは無理がある。

ああでも、おとっつぁんを落胆させたくない。これ以上、背きたくない。

お玉の憂いが伝わってくる。

「わかりやした。利根屋さんのおっしゃることはもっともだ。何としても祝言を」

作蔵の一言を、お初が遮った。

「えにし屋が引き受けましょう」

お花を除いた誰もがお初に目を向けた。おまいも、まじまじと見詰めてしまった。

「あら、嫌ですよ。みんなして、そんなに見ないでくださいな。あたし、そんなに突拍子《とっぴょうし》もないこと言いましたかねえ」

お初は苦笑し、指先で襟元の皺を伸ばした。何ということはない仕草なのに、やはり色香が漂う。

この人、玄人《くろうと》なんだ。しかも、相当の。

艶と気風《きっぷ》の良さを併せ持つ深川《ふかがわ》随一の芸者だったのか、吉原《よしわら》三千人の遊女の頂点に立つ花魁《おいらん》だったのか。おまいには計れないけれど、感じはする。

「えにし屋さん、引き受けるというのは祝言の段取りをってことですかな」

平八衛門が問う。お初が首肯する。

「そうです。えにし屋に一切をお任せいただけませんか。内輪だけの細《ささ》やかな、でも、利根屋さんに納得していただけるような祝言の場をご用意いたしますよ」

「しかし、それはえにし屋さんの商いの外になりましょう」

お初は笑みながら、緩やかにかぶりを振った。

「祝言は縁《えにし》の結びの一つの形。そう考えれば、十分に商いの内になりますよ。ええ、利根屋さん、ここは最後までえにし屋にしきらせていただきます。ようございますね」

平八衛門がお多美に顔を向ける。お多美が頷きを返した。

「わかりました。お任せいたします」

「ありがとうございます。作蔵さん、お玉さんもよろしいですかね」

「へえ。あっしたちにも異存はありやせん。な、お玉」

「ええ。何にもありませんよ。えにし屋さん、どうかよろしくお願いいたします」

お玉は指をついて、お辞儀をした。おまいは息を呑む。

おじょうさま、本当に変わられた。

お玉が利根屋を出てから、一年も二年も経ったわけではない。ほんの短い日々の間に、お玉は指の先まで職人の女房になっていた。内証の豊かな商人の娘ではなく、慎ましく生きる女になっていた。おまいには馴染《なじ》みの女の姿だ。慎ましいけれど弱くはない。逞しく、生き生きとして地に足が着いている。

足袋《たび》がないから早く出してちょうだい。喉が渇いたの。お茶を持ってきて。帯をもう一度結び直してよ。

お玉は決して傲慢《ごうまん》ではないけれど、他人に命じることにも世話されることにも慣れた娘だった。それが、今は自分の力と裁量で暮らしを組み立てている。まるで別人だ。

そうか、人ってこんなにも変われるものなんだ。

胸の奥が熱くなる。その熱が指の先まで巡ってくる。

ふっと、お多美に視線がいった。

お花を膝に乗せ、娘を眺めている。今にも泣きだしそうにも仄かに笑んでいるようにも見える。

ああ、おじょうさまの変わりように、お内儀さんも気が付いておられるんだ。見場《みば》ではなく内側の変わりように。

それは母親にはこの上なく嬉しいことなのか、どこか淋しいものなのか。

おっかさん、か。

母親を思い出す。おまいを厭《いと》い、遠ざけた母だ。懐かしくはない。逢いたいとは思わない。けれど、前のように怨みも辛みもわいてこなかった。憎しみも、だ。母の姿そのものがぼやけていた。薄紗《はくさ》の向こうに立つ人のように、朧げでしかない。

もう、いいのだ。

そんな気になった。

もう、おっかさんのことはいい。いつまでも引きずっていてはいけないんだ。

おまいは胸の上でこぶしを握った。

どうして急に、こんなことを考えたのか不思議だった。母のことは、ずっと胸の底に仕舞い込んでいた。仕舞い込んだだけで片付いたわけではない。魚や薬物とは違う。人の想いは腐りも土に還《かえ》りもしない。小さな棘《とげ》を生やしたまま、ずっと在り続ける。そして時折、その棘でおまいの心を刺すのだと、思い込んでいた。

それなのに、今は、棘が見当たらない。棘どころか淡々として、ひどく儚《はかな》げになった。

母は朧になり、記憶は淡くなる。思い込みは溶けて、消えてしまう。

おじょうさまのおかげだろうか。

お玉が変わったように、自分も変われると信じられた。理屈でなく、心が合点したのだ。

「では、えにし屋さん。種明かしをしてもらいましょうかね」

平八衛門が居住まいを正した。口調に重みが加わる。利根屋という店を背負って奮闘してきた男の重みだった。

「この一件に、あなたがどう関わっているのか。きちんと話を聞かせてもらいますよ」

「もちろんです。それをお話ししたくて、ご足労願ったのですからね」

お初も座り直し、背筋を伸ばした。

「些か長い話になりますが、ご辛抱ください。おまいさんも、もう少しこちらにお寄りなさいな。おまいさんにも関わりのあることなんですから。とても、ね」

あたしに関わり？　それは、身代わりになったことだろうか。

おまいは言われるがままに、前に出た。お玉が、すっと自分の傍らに隙間《すきま》を作ってくれる。

「おじょうさまのお隣に座るなんて、めっそうもないことでございます」

「馬鹿ね。あたしは、もうおじょうさまじゃないの。わかってるでしょ」

お玉の手が膝を叩く。お花が「あっ」と声を上げた。

「おっかさん、おとっつぁんより他の人も叩くんだ。『馬鹿ね』って言うんだ」

「まっ、お花ったら。もう、口達者で参っちゃうわ」

笑いが起こる。漣《さざなみ》のように揺れて座敷に広がる。それが収まったとき、お初がしゃべり始めた。高くも低くもない。よく通る、しかし、ゆったりとした物言いだ。

「順を追ってお話ししましょうか。利根屋さんからうちにお玉さんの縁談について、ご相談がありました。良い縁を結んで欲しいとね。去年の秋口あたりでしたね」

「そうです。倉田屋《くらたや》さんからそちらの評判を聞きまして、是非にと思いました。倉田屋の娘さん、この上ない良縁を結んでもらったとかで。いや、それは、今関わりありませんな」

平八衛門が空咳《からせき》をした。

「むろん、利根屋のおじょうさんです。降るほど縁談はあったけれど、利根屋さんとしては、どうしても乗り気になれないのだと、あのときおっしゃいましたね」

「言いました。その通りでしたから。まあ、いろんな方がいろんな縁談を持ってきてはくれました。しかし、何と言うか……帯に短し襷《たすき》に長しってやつですかね。どうも、これはと思うものがなかった。利根屋の身代目当てだと透けて見えるものもありましたし。いや、まあ、わたしも有明屋さんとのお話、その身代の大きさに目眩んだわけだから、偉そうなことは言えませんが……。しかしまあ、やはり、眼鏡に適《かな》う相手でないとなあ……」

お多美が肩を竦める。お玉に顔を向けて、ちろりと舌を覗かせる。

「おとっつぁんはね、自分がよしと納得した相手じゃないと嫁にはやらんと、その一点張りでさ。

とどのつまり、おまえを嫁にやりたくなかったんだ。それであれこれ難癖つけては、みんな断ってしまってね。それで、あたしがえにし屋さんの話をしたんだよ。倉田屋のお内儀さんから、さんざん聞かされていたからね」

お玉が柔らかな笑みを作った。母親と同じようにひょいと肩を窄める。

「なのに、あたし、自分で亭主を見つけちゃったのね。ごめんね、おとっつぁん」

平八衛門がふんと鼻を鳴らす。ついでに、横目で作蔵を睨んだ。

「利根屋さんからお話を頂いて、えにし屋は動き出しました。憚《はばか》りながら、お玉さんのことも少し調べさせていただいたんですよ。どんなご気性なのか、何を是、何を非として生きておられるのか。どんな日々を過ごしておられるのか。あれこれね。言うならば、お玉さんの為人全てを知りたかったんです」

「まあ」とお玉が目を見張る。口元を引き締める。そうすると、少しばかり我儘で明朗で世間知らずの〝利根屋のおじょうさま〟の顔になった。

「そんなこと、全然気が付かなかったわ」

「ええ、そりゃそうでしょ。気付かれるほど素人じゃありませんよ。お玉さん、気に障《さわ》ったら堪忍ですよ。自分のことをあれこれ調べられるなんて、気持ちいいものじゃありませんからねえ。よくわかっております。でも、えにし屋は人と人との縁を結ぶのが商い。家と家とのわかり易《やす》い縁じゃありません。だから家格とか身代とかじゃなくて、どういう人なのかってところに頓着《とんちゃく》するんです。そこを知るのにたっぷり刻を使うんですよ。人柄ってのは縁の基《もと》になります。家や身分がどれほど釣り合っても、人柄がすれ違うと縁は結べません。土台がぐらついてる家屋と同じなんですよ。ちょっとの風、ちょっとの揺れにも容易く倒れてしまうんですよ。そんな縁をえにし屋が結ぶわけには参りませんからね」

人と人との縁。

考えたこともなかった。人の土台、縁の基、そんなものも考えたことがなかった。

「お武家なら家が人より大事と言い切りもいたしましょう。でもね、あたしたち町人は人を第一に考えなきゃ、幸せにはなれないんですよ。それでね、どんな方でもじっくりと調べさせていただくんです。それが、えにし屋のやり方なんです」

「どうやって調べるんです」

つい、問うてしまった。隣近所に尋ねて回ったのなら、すぐに噂になる。噂が耳に入らないわけがない。けれど、そんなものどこからも一声だとて聞こえてこなかった。

「それは内緒ですよ。商いの秘中の秘です。ふふ、だからそこのところは、ご容赦くださいな。肝心なのはここからなんですから。実は、利根屋さんと前後して有明屋さんからも縁結びの申し出がありました」

惣之助が頷いた。おまいは胸を押さえる。横顔にも、ちょっとした仕草にも覚えがある。

まさか、まさか、まさか。そんな、まさか。

「父が亡くなって間もなくのころです。母の調子も思わしくなく、自分が生きている間に、わたしに所帯を持たせたいと考えたようです。それで、人伝《ひとづて》にえにし屋さんのことを聞き、一人で訪ねていったのでした。わたしがそのことを知ったのは、母が亡くなってからです。母は心の臓を悪くしておりましたから、不意に倒れて、それっきり息を引き取ったのです。遺言を聞くことさえ敵《かな》いませんでした」

「『倅が一緒に生きて幸せになれるような、そんな娘さんを探してくださいな。わたしが死んだら、倅は一人になります。わたしは、あの子の幸せだけが望みなんですよ』と、有明屋のお内儀さんはおっしゃっていましたよ。あたしは、お内儀さんから、惣之助さんの幸せを託されたような気がいたしました」

「おっかさんが……そんなことを……」

惣之助が声を詰まらせた。

「血の繋がっていない、他所の奉公人に過ぎなかったわたしをそこまで案じてくれて……」

「血の繋がりよりも情の通い合いですよ、有明屋さん。親子だって人と人の縁です。あなたは良い縁をご両親と結ばれたんですよ」

ぐすっ。洟《はな》をすする音がした。作蔵だ。俯いて、ぽたぽたと涙を落としている。

「馬鹿ね。あんたが泣いてどうするのよ」

お玉が膝を叩く。しかし、その双眸も潤んでいた。

「むろん、惣之助さんについても調べさせてもらいましたよ。慎重にね」

「それで、うちのお玉とぴったりくると考えたわけですな」

平八衛門が膝を進めた。作蔵は身を縮める。

「いいえ」お初ははっきりと首を横に振った。

「お玉さんと惣之助さんを取り持とうなんて、考えちゃおりませんでした。なぜなら、お玉さんには心を寄せる相手、作蔵さんがいたからです」

平八衛門は顎を引き、口の中で何か小さく呟いた。

「調べていくうちに、作蔵さんのことがわかってしまってね。お玉さんが本気なのも、わかりました。それだけじゃなくて、この二人、これほどの縁はないほどの良縁だってこともわかってしまったんですよ」

「良縁？　そうとは思え、ちちっ、痛いじゃないか」

お多美に腕をつねられ、平八衛門は顔を歪めた。

「おまえさん、ここまできて、いらぬことは言わぬが花ですからね。えにし屋さん、良縁ってのは、作蔵さんとお玉の為人がぴったりくるってことですか」

「そうです。二枚貝のようにぴったり合わさると、あたしは読みました。ええ、もちろん、神でも仏でもない身です。何もかもを、まして人の将来《さき》を見通せるものではありません。二枚貝だってどちらかが欠けて、ずれることもあるでしょうよ。だけど、お玉さんも作蔵さんもお互いを労《いたわ》り、慈しんでおられましたからね。これは、しっかり結ばなければと思った次第です」

「ちょっ、ちょっと待ちなさい。待ってくれ」

平八衛門は中腰になり、はたはたと手を振った。

「じっ、じゃあ、じゃあ……この家出騒ぎはも、もしかして、あんたが……」

「はい。えにし屋が仕組んだことです」

平八衛門もお多美も、口を丸く開けたままお初を見詰めていた。

「な、なんてことを。えにし屋さん、あんた、自分が何をしたかわかっているのか。わ、わたしたちを騙して、引っ張り回して……、許さん。訴え出てやる」

「あたしが頼んだの。作蔵さんと一緒になる手助けをしてくださいって、あたしが頼んだの」

お玉が父親の袂《たもと》を握った。

「ごめんなさい、ごめんなさい、おとっつぁん。でも、こうしないと許してもらえなかった。作蔵さんは駄目だって言ったの。おれが頼みに行くからって。でも、でも、利根屋に作蔵さんが訪ねてきて、あたしと夫婦になりたいなんて言ったら、おとっつぁん、許してくれないでしょ。断じて、許してくれっこないでしょ」

お多美が息を吐いて、ついでのように頷いた。

「確かにね。聞く耳持たなかったでしょうよ。店の外に放り出して、お玉を蔵にでも閉じ込めて、ほとぼりが冷めるまでどこかに預けて、無理やりにでもそこそこの相手に嫁がした、だろうねえ。あたしだって、止めなかったと思うよ。そうするのが、おまえにとって良いことなんだと自分に言い聞かして、鬼になってたはず。えにし屋さんは、そこまでお見通しでいらしたんですねえ。だから、芝居を打った」

「とんでもないご心労をおかけしました。お二人を苦しめてしまって。これは、禁じ手一歩手前のやり方でした。ほんとうに申し訳ありませんでした」

お初が、お玉が、作蔵が低頭する。お花も見様見真似《みようみまね》で頭を低くした。

お多美がお花をもう一度、抱き上げた。

「いいですよ、今更詫びていただいても、しょうがないじゃないですか。それに、えにし屋さんが良縁だと見込んでくださったのなら、案外、本物の良縁かもしれませんし。ねえ、おまえさん。そう思いませんか」

「そんなこと、わかるもんか。この男が大酒のみで博打《ばくち》うちだったらどうするんだ」

「そんなことは、とっくに調べ済みでしょうよ。ね、えにし屋さん」

「はい。作蔵さんは人としても職人としても折り紙つきです。ね、えにし屋さん」

見る目は確かです。だからこの縁、結ばせていただきました」

再び鼻から息を吐き出して、平八衛門は惣之助に身体を向けた。

「有明屋さん」

「はい」

「あなたの役回りは何です。あなたがうんと言わなければ、この縁談は進まなかった。伊達《だて》や酔狂で、えにし屋さんの手助けをしたわけじゃないでしょう。お玉の情にほだされた……ってわけですか」

「いいえ、わたしはわたしの想いに従ったのです」

「うん？　どういうことですかな」

惣之助は膝に手を置き、静かに言葉を継いだ。

「さきほど申し上げました通り、わたしには心に決めた女人がおりました。決めたと言っても約束を交わしたわけではありません。遠い昔、わたしがまだ子どものころ別れたきりの娘ですから。でも、一緒になるなら、所帯を持つならあの娘だと子ども心に決めて、そのためにも一日も早く一人前になろうと励んできたのです。わたしの仕事が有明屋の父の目に留まったのは、その必死さゆえ、言い換えればその娘のおかげだと思います。ただ、有明屋の養子になってからは、正直、娘のことも所帯を持つことも気持ちの片隅に追いやっていました。両親の恩義に報いるためにも、商いに利のある家から嫁取りをしなければと、わたしなりに考え、一旦は、全てを諦めるつもりでおりました」

「愚かでしたね」

お初が惣之助の横顔に言葉を投げた。

「有明屋のお内儀さんは、いいえ、あなたのおっかさんは息子の幸せを何より望んでおられたのに。あなたが、一緒になりたいと言えば必ず許してくれたはずなのにねえ。どうして、母心を信じてあげなかったんでしょうね。遠慮も使い道を間違えれば、愚かの極《きわみ》になりますよ」

「はい……」

「愚かな過ちは繰り返さないことが肝要です。自分を幸せにするのは、自分しかいないんですからね、惣之助さん」

「はい。骨身に染みてわかりました」

惣之助が立ち上がり、おまいの前で膝をついた。

「おまいちゃん、おれの嫁になってくれないか。おれは、ずっと、おまいちゃんに支えられて生きてきたんだ。これからも、支えてもらいたい。おれも……おれも支えて生きるから」

「源兄さん」

「おれ、忘れたことなんかなかった。おまいちゃんが、おれを庇《かば》ってくれたこと。男に殴られるかもしれないのに飛び出して庇ってくれたこと……忘れられなかった。おまいちゃんだけだったんだ。おれを守ってくれたのは……。ずっとずっと、想ってた」

「源兄さん」

涙が溢れる。おまいは源助、いや惣之助の胸に顔を埋《うず》めた。強く抱きしめられる。

一人じゃなかった。あたしを想ってくれる人が、ここにいた。あたしは一人じゃなかったんだ。

嗚咽が止まらない。惣之助の温《ぬく》もりがたまらなかった。

「どういうこった」

平八衛門の妙に間の抜けた物言いが聞こえる。「おとっつぁん、馬鹿ね」お玉の咎める声も聞こえる。何もかもが温かい。

「こういうことなんですよ。惣之助さんの想い人はおまいさんだったんです。おっかさんの気持ちを知って、すぐにおまいさんを捜し始めた惣之助さんは、以前住んでいた長屋の大家さんに居場所を聞いて辿り着いたんですよ。おまいさん、ずっと利根屋一筋に働いていましたから、捜すのにそう手間はかからなかったのです。ただ、あたしは驚きましたけれど。お玉さんの実家の利根屋に惣之助さんの想い人がいる。不思議な巡り合わせじゃありませんか。まっ、天の神さまってのはときたま、こんな悪戯《いたずら》を仕掛けてくるんですけどね」

お初が淡々と話を続けた。

「じゃあ、どうしてすぐにうちに来なかったんです。お玉の芝居にどうして関わってきたんです」

平八衛門が食い下がる。何もかも残らず聞かせてもらう。心内の声が聞こえるようだ。お初も惣之助も、もとより隠す気はないはずだった。

「あたしが止めました。おまいさんがどういうお人か、わかりませんでしたからね。惣之助さんは昔の、小さかったおまいさんしか知らない。でも、利根屋にいるのは一人前の女人じゃないですか。昔のままでいるわけがない。おまいさんのどこが変わったか、変わっていないのか見極めなきゃいけないと思ったのです」

おまいは身体を起こした。惣之助の温もりから離れる。

「だから、あんなことをしたんですね。あたしに浅草寺の境内を歩かせて、泥棒騒ぎを起こしたりして。あたしを試したわけですか」

「そうです」

お初はあっさり認めた。それから僅かに目を伏せる。

「腹立たしいでしょうね。ええ、おまいさんが腹を立てられるのは当たり前です。あたしも、自分のやったことが褒《ほ》められることじゃないって承知してますよ。利根屋さんに対しても、おまいさんに対しても、申し訳ないと詫びるしかありません。無礼者だと誹《そし》られてもしかたない所業です。けれど、綺麗ごとでは人はわかりません。一歩も二歩も踏み込んでいかないと、正体はわからないのです。えにし屋は人の縁と関わります。人を知るための手立てをぎりぎりのところで講じることも、まま、あるんですよ。言い訳になりますけど」

「あたしは救われました」

お玉がお初ににじり寄る。

「あたしはえにし屋さんのおかげで、救われました。本当に結ばれたい人と結ばれることができたのですもの。あたしは、幸せですよ」

お初が心持ち笑んだ。どこか淋しげな笑みだった。

「……そう言われると、ちょっと安堵しますね。ありがたいですよ、お玉さん。ほんとにねえ。正しいまっとうなやり方だけで、人の本性がわかるなら楽なんだけど」

「でも、お初さん、あの男、鰹節売りの男って確か……」

百足の与吉とかいう夜盗ではなかったか。

「ええ、今回は太郎丸、さっきお茶を運んできた童ですが、あの子がやり過ぎました。店先から品物を盗むなんてねえ。本人は、本当らしさを出したくてついなんて言ってましたが、そのあたりが子どもなんでしょう。たっぷり説教しておきましたが。でも、まあ、乾物屋の親仁《おやじ》があの百足の与吉」

お初が口をつぐむ。おまいの他は誰もが怪訝《けげん》な顔をしていた。お初の言葉の意味を解しかねているのだ。

「ああ、余計なことでしたね。ともかく、あの一件で惣之助さんにはわかったそうです。おまいさんが昔と変わっていないってことが。だから是非に縁を結んでくれと頼まれました。もちろん、引き受けましたよ」

このご縁、実は有明屋さんから持ち込まれたんですよ。どうしても結びたいってね。浅草寺の水茶屋でお初はそう言った。

あれは、おじょうさまではなくあたしのことだったの。

惣之助がお初の言葉を引き取った。低いけれど力のこもった声で告げてくる。

「そうです。おまいちゃんは昔のままのおまいちゃんでした。わたしが捜していた女人です。おまいちゃん、だから……だから、おれと暮らそう。夫婦になって一緒に生きてくれ」

惣之助が、あの源助が目の前にいる。堂々とした若い商人となって。

「おまい、よかったね。これで、おまえも幸せになれるよ」

お玉が肩を揺すった。優しい揺すり方だった。

「まあ、じゃあ、祝言が二つ続くってことですか。おめでた過ぎて目が回りそうだねえ」

お多美が軽やかに笑う。

「有明屋さん、おまいはうちの奉公人です。これも縁と思って利根屋をどうか、よろしく」

「まあ、おとっつぁんったら、こんなときまで商売なの」

「そうですよ。おまえさん少し、あざと過ぎますよ。嫌ですねえ」

「あたしは、お嫁にはいきません」

おまいの一言に、座敷が静まり返った。お初だけが横を向き、小さく息を漏らす。おまいは惣之助から離れ、畳に手をついた。

「有明屋さん、もったいないお言葉をありがとうございます。でも、あたしはお嫁には参りません。利根屋で働き続けたいと思っております」

「ちょっ、ちょっとおまい。何を言ってるんだ。有明屋さんだぞ。おまえはそこのお内儀になれるんだ。そこんとこわかってんのか」

「おまい、店がどうのこうのじゃなくて、ここまで想ってくれる方がいるんだよ。ずっと想ってくれた方がいるんだよ。女冥利《おんなみょうり》につきるじゃないか。果報なことじゃないか」

平八衛門とお多美が交互に言い募る。おまいは唾を呑み込み、丹田《たんでん》に力を入れた。

「あたしは働きたいのです。働かなければいけないと思っています。有明屋さんのお内儀としてではなく、利根屋の奉公人の一人として働き続けたいのです」

母との縁は切れた。一人になった。一人であるのは辛くも淋しくもある。けれど、だからといって、惣之助と夫婦になる気はない。おまいは惣之助の何をも知らないのだ。淋しさをわけとして、人と繋がりたくなかった。繋がってしまうと、淋しさに耐えて生きてきたこれまでを否むことになる気がした。

あの淋しさも侘しさも辛さも、あたしのものだもの。疎かにはしない。

お初と視線が絡む。

お初さんが教えてくれた。

俯いていては駄目だと。顔を上げて前を見ろと。自分の幸せが何なのか、自分で考えたい。惣之助の妻となれば、考えないままになってしまう。

それが怖かった。

「すみません。懸命に励みますから、もう少し、利根屋で働かせてください」

惣之助が太く、長く息を吐き出した。


「なかなかに、たいした女じゃねえか」

老人は言った。今は才蔵《さいぞう》と名乗っているが、常に幾つもの名を使い分け、どれが本名なのか、お初も知らない。お初は〝お頭〟と呼ぶ。そういう男だ。えにし屋の主人であり下働きでもある。下足番もすれば、今日のように美味い茶を淹《い》れて、客に出したりもする。もっとも、名前を使い分け、姿を使い分けるのはお初も同じだが。

夜が更けていた。

利根屋夫婦、お玉たち、有明屋惣之助、そしておまいが帰ってから、かなりの刻が経った。

才蔵がたいした女と褒めたのは、おまいのことだ。

「ああ、たいした女だ。あの有明屋を袖にするんだからな。驚きさ」

化粧を落とし髷を解く。おまいたちに見せていた、えにし屋お初が徐々に変わっていく。

「嘘つけ。おめえ、ちっとも驚いちゃいなかっただろう。こうなると読んでたんだな」

「おや、さすがだな、お頭。ふふ、読んでたわけじゃないけど、もしやとは思ってたさ。有明屋はおまいに拒まれるとは、指の先っぽほども思っちゃいなかった。大店の主となった自分を拒むとはな。そりゃあ、本気でおまいを好いてはいただろうよ。けど、自分の気持ちはわかっていても、相手の気持ちをわかろうとも確かめようともしなかった。もっと言やあ、大切にしようともしなかった」

「なるほど。おまいをどこかで見下していたのか。本人も気付かない内に」

「そうだろうな。おまいはそこのところを見抜いたんだ。うん、たいした女だな、やはり」

「有明屋が己の傲慢さに気が付けば、また、縁が結べるかもしれんな」

「だな」

解いた髪を、一つに束ねる。長襦袢《ながじゅばん》をはらりと脱ぐ。細身ながら引き締まった身体に、男物の浴衣《ゆかた》を羽織る。これから、湯に浸《つ》かるつもりだった。今日一日の疲れを洗い流したい。

「まったく、この身体で女に化けるんだからな。おまえも、たいした玉だぜ、初」

「お頭に鍛えられたからな。けど、お玉の祝言の用意をしなきゃならねえ。もう少し、えにし屋お初でいなきゃあな。もう一踏ん張りさ。じゃあ湯にいってくるぜ、お頭」

「初」

才蔵が呼び止めた。凄《すご》みのある声音だ。ずんと下腹に響いてくる。

「あんな真似は、二度と許さないぜ」

「何のことだ」

「とぼけるな。百足の与吉を転がしたのはおめえだろう」

「ああ、あれかい。向こうが襲ってきたんだ。夜道を歩いていたら、斬《き》りつけてきた」

ふふんと才蔵が鼻で嗤う。

「そのきっかけを作ったのは、おめえさ。おめえ、百足に何を言った」

肩を竦める。この老人に隠し立ては通用しない。

「名前を囁いただけだ。『およしよ、百足の与吉さん』って。あの夜盗が乾物屋の親仁になってるとはな。おれだって、あいつが堅気になったのなら昔の悪事を暴く気なんぞ、さらさらなかった。けど、やはり堅気にはなり切れなかったんだ。匕首《あいくち》を手に襲ってきたんだからな。女一人、一突きで息の根を止められると思ったんだろうよ。あれは、人を殺《あや》めることなんぞ何ほどにも感じていない悪党の刃《やいば》だったぜ」

「その悪党を手もなく転ばして、素知らぬ振りをしているおめえさんは悪党の上をいくじゃねえか。けどな、おれたちは、えにし屋だ。人と人との縁に生きる。縁結びや縁切りを生業にして生きてるんだ。今までも、これからも、な。そのことを忘れるなよ、お初さん」

少し笑って見せる。

「わかってますよ。あたしだって、この商売が気に入ってるんです。徒《あだ》や疎かにはしやしません。どうかご心配なく、才蔵の旦那」

お初の物言いで、答えを返す。冗談めかしはしたが本気だった。

この商いが気に入っている。えにし屋という商いが。

遠くで犬が吠《ほ》えた。江戸の闇《やみ》がさらに濃くなっていく。

その二　夏の怪

一

うだるような暑さが一段落したのは、立秋を過ぎて間もなくだった。

一晩、激しい雨が地を叩《たた》き、風が唸《うな》った。

裏長屋では溝水《どぶみず》があふれ、かなりの家で床下まで水が入りこんできた。地面を流れる雨に足を取られ横転した者も、飛んできた屋根瓦《やねがわら》に頭を割られた者もいた。

秋の初めに江戸を襲った嵐《あらし》は様々な厄災を引き起こしもしたが、居座り続けた残暑を拭《ぬぐ》い去り、季節を一歩、進めもした。

昼間はじっとしていてもまだ汗が滲《にじ》むほどだが、今朝の風は驚くほど涼やかで、めっきりと過ごしやすくなっていた。

「あまーい、あまい甘酒。あまーい、あまい甘酒」

夏中売り歩いて喉《のど》を痛めたのか、甘酒売りの声も心なし掠《かす》れている。

初《はつ》は、えにし屋《や》の二階で髪を梳《す》いていた。

黒く長く艶《つや》のある髪は、どのような髷《まげ》にも変わる。女に扮装《ふんそう》するのには欠かせない、大切な商売道具の一つだった。

わけあって、昼日中に男の形《なり》で出歩くのはよほどのことがない限り、避けねばならない。初めの内、白粉《おしろい》を塗るのも紅を引くのも嫌でたまらなかった。髪を伸ばすのも、科《しな》を作るのも、柔らかく声を出すのも苦手だった。

もう慣れた。慣れて馴染《なじ》んで、男から女へ変化《へんげ》することにも、女から男に戻ることにも違和を覚えなくなった。鏡の中で自分が変わっていく様を、あるいは本来の姿に戻っていく様を楽しむ余裕さえ、今はある。

櫛《くし》を置く。

丹念に梳いた髪はさらに艶を増して、夏の名残の光に煌《きら》めいた。光はまだ、存分に明るさを孕《はら》んでいる。

嵐の残した風が吹いて、軒下に吊《つ》るした風鈴が澄んだ音をたてた。庭の木々もざわめいている。雨に濡《ぬ》れた地は熱を失って、秋がさらに深まるだろう。

初はほっと息を吐き出した。

チリーン、チリーン。

チリーン、チリーン。

風鈴の音に耳を傾ける。

甘酒屋の売り声が遠ざかって、消えた。

階段を上る足音が風鈴の音に交ざった。トントントントンと拍子を刻みながら近づいてくる。

えにし屋に住んでいるのは、初を除けば二人しかいない。えにし屋の主人である才蔵《さいぞう》と太郎丸《たろうまる》という少年だ。才蔵の年はよくわからないが、太郎丸は今年、七つになったはずだ。使い走りや雑用を主にこなしている。小柄なので些《いささ》か幼くは見えるが、大人の半人前以上の働きをする。聡《そう》明《めい》で、俊敏で、底抜けに明るい。二年前に才蔵に連れられて、えにし屋に来たときには痩《や》せて怯《おび》えた眼《め》をして、捨てられた子猫に似ていた。というより、ほとんどそれと同じ境遇だったらしい。二親《ふたおや》に死に別れたのか、生き別れたのか、捨てられたのか、一人で道端の地蔵さまの足元に座り込んでいたとか。餓《う》えて、弱って死にかけていたところを才蔵に拾われた。

初も同じだ。才蔵が手を差し伸べてくれなければ、生きてはいられなかった。

ともかく、太郎丸は今、すこぶる元気だ。身体《からだ》にも頬《ほお》にもふっくらと肉が付き、背も伸びた。

手習所にもきちんと通っている。

「あと十年もすりゃあ、おまえの跡継ぎになれるかもしれんな」

てきぱき動き回る太郎丸を横目で見ながら、才蔵が呟《つぶや》いたことがある。

「十年もかかりゃしねえさ」

「それはどうかな。この仕事は上手《うま》く化けられりゃいいってもんじゃねえ。人を見極める才がねえと、えにし屋は務まらねえんだ。太郎丸にそれが具《そな》わっているかどうか、まだ、わからねえのさ。具わっていたとしても、一人前になるまで早くても十年はかかる」

十年。気の遠くなるほどの年月のようでもあり、僅《わず》かな日々のようでもある。太郎丸の年からすれば、目を見張るほどの変容を遂げる歳華だ。そこは間違いない。

今、階段を上ってくるのは軽やかな少年の足音だ。

「初さん、爺《じい》さまが呼んでるよ。すぐ、部屋に来てくれって」

太郎丸は才蔵をお頭でも旦那《だんな》さまでもなく、〝爺さま〟と呼ぶ。

「お頭の部屋に？」

才蔵はえにし屋の奥まった三畳一間を自分用に使っている。風通しがよいので夏向きではあるが、冬はもろに木枯らしが吹き付けて凍《い》てる部屋だ。

そこに初を呼びつけるのは、珍しい。用があるときは、たいてい才蔵がこの部屋を覗《のぞ》くか、表座敷を使うかなのだ。

何事だ？

嫌な心持がする。胸がざわめくほどではないが、落ち着かない。

初は髪を一括《ひとくく》りにすると立ち上がった。

「初さん」

太郎丸が見上げてくる。眸《ひとみ》の色が暗い。

「大丈夫かい？　爺さま、難しい顔してたけど……何かあったのかな」

「何かはあったんだろうな。ここは、えにし屋だ。しょっちゅう、何かがあるところさ」

太郎丸の頭を軽く撫《な》でる。撫でられた相手は軽く首を竦《すく》めた。

元気なようでも、陽気なようでも、この少年の眸はすぐに翳《かげ》る。この世はいたるところに落とし穴があり、いつ、奈落《ならく》に落ちるかわからない。今日が幸せで満ち足りていても、今日と同じ明日が続くとは限らないのだ。明日を約束できる者などどこにもいない。七歳の少年は、そのことを身に染みて知っている。

　哀れになる。

　子どもとは本来、足元が崩れる不安とも明日の憂いとも無縁で生きる者のはずだ。この世の荒波を泳ぎ切れる地力《じりき》が付くまで、大人に守られる者のはずだ。鳥の雛《ひな》でも、巣立ちするときまで親鳥が餌《えさ》を運び、餓えからも凍えからも敵からも守ってくれる。

　太郎丸はあまりにも早く、巣から放《ほう》り出された。ぬくぬくと生きる心地よさなど知らぬまま、ここまできたのだ。

　哀れとは思う。けれど、江戸には哀れな子などごまんといる。哀れな定めを背負って歩き続けるしかない。それが現《うつつ》というものだ。

「おまえ、そろそろ手習の刻だろう」

「……うん」

「さっさと行ってこい。読み書き算盤《そろばん》、ちゃんと習ってくるんだぞ」

「うん。わかった」

　太郎丸が階段を駆け下りる。それから、「いってくる」と、よく響く明るい一声を残して、裏口から飛び出していった。

　初は才蔵が待つ奥の間に急いだ。

　浅草寺《せんそうじ》のざわめきが微《かす》かに伝わってくる。この家は雷門《かみなりもん》前の高名な料理屋亀屋《かめや》の裏手にありながら、普段は静まり返っている。それでも、風の向きによっては、浅草寺参りの声が聞こえてくるのだ。

夏を惜しむ蟬時雨《せみしぐれ》をかいくぐって、それは初の耳に確かに届いてきた。

暑くても寒くても、人は寺に参る。遊興のため、御仏《みほとけ》の教えに打たれるため、願掛けのため、大願成就のお礼のため……。さまざまな想《おも》いを抱いてやってくる。

初は神も仏も信じない。

人の望みを叶《かな》えるのも断つのも、人だ。神仏に祈って気が晴れるのなら、幾らでも祈ればいい。けれど、祈りだけで現は変わりはしない。そのことを肝《きも》に銘じるべきだ。他人ではなく自分に言い聞かせて、ここまで来た。

「お頭、入るぜ」

一息吐《つ》いて、障子《しょうじ》を開ける。

才蔵は火の入っていない長火鉢の前に座っていた。煙管《きせる》を手に、紫煙を吐き出している。

「何か厄介な事でも起こったかい」

火鉢の前に座る。胡坐《あぐら》はかかない。女に化したとき、姿勢が崩れるからだ。

才蔵はちらりと初を見やり、口元を僅かに歪《ゆが》めた。その口で「起こった」と短く答えた。続けてこれも短く、「吉野《よしの》さまが亡くなった」と、告げる。

「え？　亡くなった？」

不意を突かれた。思わず瞬《まばた》きする。唾《つば》を呑《の》み込む。

閉じた眼裏《まなうら》を、まだ若い武士の姿が過《よぎ》る。痩せて、貧相で、気弱な眼をしている。とても、千五百石の旗本には見えない弱々しさだった。しかし、その分、人の良さ、性根の直《す》ぐさが透けていた。腰に大小を佩《は》いてはいるが、他人を傷つけることも自分が傷つけられることも御免こうむりたいと、本気で言っていたのを覚えている。

「今朝、竪川《たてかわ》に浮かんだそうだ」

才蔵が煙管の雁首《がんくび》を火鉢の縁《へり》に打ち当てる。火皿から煙草《たばこ》の燃え残りが落ちた。

「土左衛門《どざえもん》ってやつだ。まだ詳しいことはわからねえが二ッ目《ふため》之橋の橋桁《はしげた》に引っ掛かってたってことだ。昨夜の嵐で水嵩《みずかさ》が増していた。流れも普段よりはよほど速《はえ》え。落ちたなら一たまりもなかっただろうよ」

「吉野さまは足を滑らせて、竪川に落ちたのか」

「だから、まだわからねえんだよ。ただ、遺体にはあちこち傷があったみてえだが、それは流されたときに岩や流木にぶつかってできたものらしい。つまり、斬《き》られたり刺されたりって傷はなかった。それに、微かに酒が匂《にお》ったんだとよ」

「酔っぱらって足を滑らせ、竪川に落ちた。で、溺《おぼ》れ死んだと？」

「そういうことになるんじゃねえか。それが一番、辻褄《つじつま》が合う」

「辻褄合わせで決められちゃ、死人が浮かばれねえな」

初は顎《あご》に手をやった。もともと髭《ひげ》は濃くないし、毎朝、丁寧に剃《そ》るから指先には滑らかな肌触りが伝わってくる。

カン。

煙管がまた、火鉢の縁を叩いた。

「初、おめえ、どう思う」

「五分と五分だな」

吉野作之進《さくのしん》が酔ったあげく川で溺れ死んだのか、溺れ死んだと見せかけて殺されたのか、見込みは半分、五分と五分、だ。

「……だな。まだ、わからないことが多過ぎる。もう少し、手札が揃《そろ》わなきゃ判じられねえ」

才蔵は浅草《あさくさ》一帯を縄張りにしている岡っ引《おかびき》や町の世話役から物乞《ものご》いの頭、夜鷹《よたか》の元締めまで伝《つ》手《て》を持っている。そこから、さまざまな報せ《しら》なり巷《ちまた》の噂《うわさ》話なりを仕入れてくるのだ。それが、えにし屋の商いに大いに役立っていた。

「いや六分四分、かな」

初は背筋を伸ばし、風を吸い込んだ。廊下も縁側も戸を開け放してあるので、風が通る。熟れた緑の匂いのする風だった。

「殺されたのが六分、足を滑らせたのが四分。おれはそう見るぜ、お頭」

「なぜ、殺し六分だ」

才蔵の眼つきが鋭くなる。慣れていない者なら震えあがるかもしれない鋭さだ。

初はとっくに慣れっこになっている。

「あのお侍が嵐の夜に飲み歩くとも、足元が覚束《おぼつか》なくなるほど酔うとも思えねえ」

才蔵の視線を受け止め、初は軽くかぶりを振った。

吉野作之進が、えにし屋を初めて訪れたのはもう半年近くも前になる。

江戸には北からの風が吹いていた。空は鈍色《にびいろ》で、昼過ぎからはついに雪片が舞い始める。そんな凍てた一日だった。

えにし屋は暖簾《のれん》を出しているわけでも、看板を上げているわけでもない。客は口伝えに聞いて、やってくる。八百屋に菜物を買いに行くように、油屋で油を購《あがな》うように、人はえにし屋に縁の結びをあるいは断切りを求めてくるのだ。縁結びにも縁切りにも興がない者は、えにし屋のことなど聞き逃《のが》してしまう。

「は？　なんだそりゃあ。口入屋《くちいれや》や仲人《なこうど》の変わり種かい。ま、世の中にゃあ風変わりな商売がたんとあるもんさ」

と、笑ってお仕舞《しまい》になる。けれど、縁を求める者や、縁から逃れたい者はえにし屋の噂に縋りついてくるのだ。一縷《いちる》の望みを抱いて、雷門近くの仕舞屋《しもたや》の戸を叩く。

吉野作之進もそういう客の一人だった。

凍てた風と共に、えにし屋の中に入ってきた。応対したのは、お舟《ふね》という通いの女中だった。あと二つ三つで四十に手が届くという大年増《おおどしま》で五尺半（約百六十五センチ）近い背丈と二十貫（約七十五キロ）近い目方がある。目を引くほど大柄な女なのだ。

三年前に亭主が急な病で亡くなったとき、目合《まぐわい》の最中に上になったお舟に圧《お》し潰《つぶ》されたのだと根も葉もない話をまき散らす者がいた。子には恵まれなかったが仲の良い夫婦だったから、口さがない噂は、ただでさえ鬱々《うつうつ》としていたお舟をさらに落ち込ませた。

「こちらにご奉公させていただいていて、本当によかったですよ。でなきゃ、気鬱《きうつ》の病とやらに罹《かか》っていたかもしれません。自分の仕事があるってのは、何よりの回復薬になるものですねえ。しみじみ思っちゃいました」

と、それこそしみじみと語った。ほんのりと笑った顔からは暗さは払拭《ふっしょく》されていた。どんなときも前向きに生きられる気丈さと明るさを持ち合わせているのだ。働きぶりも申し分なく、気働きの方も十分にできた。お舟のおかげで、えにし屋の内も外も掃除が行き届き、よく整っている。

そのお舟が誰《だれ》かと押し問答をしている声が聞こえてきた。初は火鉢に手をかざしていたが、そのまま階下の声に耳を澄ませる。

「駄目でございますよ、お武家さま。うちではどなたかのご紹介がなければお仕事はいたしません。そういう決まりになっております」

「そこを何とか取り次いでもらいたいのだ」

「それはできません。先例を一つ作ってしまったら、後が大変ですからね。申し訳ございませんが、今日のところはお引き取りくださいな」

「しかし、紹介と言っても、噂を耳に挟み、何とかここを探し当ててきたのだ。紹介状を書いてくれる者の心当たりがないのだが。どうすればよい」

「どうすればって、そんなこと尋ねられても困りますよ」

お舟が戸惑っているのがわかる。どうやら、客は武家で誰からの紹介もなくやってきたらしい。しかも、こちらの言い分に納得して帰る風もない。

一見《いちげん》の客は受け付けない。

それが、えにし屋の決め事の一つだった。

八百屋なら菜を売り、油屋なら油を売る。金と引き換えに品を渡すのだ。えにし屋の商いはそうわかり易《やす》くはない。縁という形のないものを扱う。匂いもなく音もなく色もないものを商うのだ。だからこそ、慎重に丁寧に一件一件と向き合う。向き合っていかなければ成り立たない仕事だった。当然、日数が入用となる。ときに、急がねばならない件もあったけれど大抵は一月《ひとつき》から三月《みつき》、長ければ一年の上をかけて取り組む。

約定もなく、紹介もなく飛び込んできた客を受け入れられるはずもなかった。お舟はそのあたりをよく心得て一見客に対している。が、相手は引こうとしなかった。

「一度、話だけでも聞いてもらえないだろうか」

と、執拗《しつよう》に食い下がっている。

「無理ですって。お武家さま、申し訳ありませんが今日のところはお引き取りくださいな」

「いや、しかし、話だけでも……。そこもとは、こちらの店のお内儀か」

「あたしはただの奉公人です。主人なら今、出かけてます。忙しいんですよ。仕事が詰まってるんです。だから、飛び込みのお客さまなんて、とてもとてもお受けできませんね」

お舟の物言いが次第にぞんざいになる。諦《あきら》めの悪い客に腹を立てているのだ。

初は息を一つ吐いて、立ち上がった。

お舟の言う通り、忙しい。二つほど大きな案件を抱え、どちらも詰めが間近だった。仕事の流れの中で最も大切な、最も気を配るべきところに差し掛かっている。正直、草臥《くたび》れていた。身体より気持ちが疲れている。できれば、ゆっくりと休みたい。なのに、温かな火鉢を離れ腰を上げたのは、客が武家だったからだ。

武家は厄介だ。腰に刀を佩く。刀は人を斬り殺す道具だ。他には使いようがない。そういう物を後生大事に身に着けている輩《やから》がどれほど厄介か剣呑《けんのん》か、身に染みてわかっている。お舟はそのあたりを呑み込んでいないようだ。声に苛立《いらだ》ちが露骨に浮かんでいた。

町人の分際で生意気な。

激高した相手が、その一言とともに斬り付けてくることも考えられる。誇りを傷つけられたと感じたとき、たいていの武士は刀に手を掛ける。一度鞘《さや》から抜き放てば、おとなしく元に納めるのは至難だ。意地だか見栄《みえ》だかに操られて、振り回さなければお仕舞にできない。どう考えても、厄介で剣呑だ。

「ほんとにもう、いい加減にしてくださいな」

「お武家さま、少し、しつこいですよ。駄目なものは駄目なんです」

「うちの噂を聞いてお越しなら、その噂の許《もと》に紹介していただけないんですか。伝手をお探しくださいな。ほんとに困ります。うちも迷惑ですから」

お舟の物言いがどんどん尖《とが》ってくる。よほど苛立っているようだ。珍しい。普段はおっとりした、気の長い女なのだが。

初は鬢《びん》の毛をさっと撫でつけた。

今日は朝方から出歩いていた。髪は櫛巻きにしている。雀茶《すずめちゃ》の無地に縞《しま》の帯を締めていた。

「あら、お初さん。下りてこられなくてもよろしかったのに」

階段を下りた初に向かい、お舟が軽く眉《まゆ》を顰《ひそ》めた。

「だって、やけに賑《にぎ》やかなのだもの。ゆっくり転寝《うたたね》もできないじゃないか」

お舟は初を女だと信じている。二階には上がらぬよう言いつけてあるし、お舟がいる間は女の形で動いているから、初の正体を知る由もないのだ。

「いったい、何を騒いでおいでだい」

お舟の盛り上がった肩越しに土間をちらりと見やる。そこにいたのが、吉野作之進だった。むろん、そのときは名前など知らない。やけに精彩のない男だなと感じただけだ。

作之進は痩せて血色が悪く、姿勢もよくない。おそらく習い性となっているのだろう、背中を丸めて立っているのだ。初は吹き出しそうになった。これほど武士の形が、腰の大小が似合わない者もそういないのではと思う。肩を落とし、佇《たたず》む姿は途方に暮れているとしか見えない。こちらを威圧してくる迫力は微塵《みじん》もなかった。むしろ、おどおどした挙措《きよそ》が何とも心許《こころもと》ない気分にさせる。

なるほどこれでは、お舟が苛立つのも居《い》丈高《たけだか》になるのもわからなくはない。しかし、初が引っ掛かったのは、男の眸の暗さだった。黒い穴が二つ穿《うが》たれたようで、その穴に何もかもが吸い込まれそうで、軽く身震いをしてしまった。

暗くて、怖くて、美しい。

そういう眼をした男だった。

「お武家さま、どうぞ、お上がりくださいな」

ふっと、誘いの言葉が口をついていた。「まっ、お初さん」お舟が眉を吊り上げる。

「いいんですか。一見のお客ですよ」

いいわけがない。自分でも驚いている。えにし屋の則《のり》を初自身が破ったのだ。ほんの束《つか》の間《ま》だが、才蔵の苦り切った顔が脳裏を過った。

しかし、こういう眼をした男を、いや女であっても放っておくことはできない。それに少し興が動いた。男は小袖《こそで》に袷袴《あわせばかま》という日常着だった。こざっぱりしていて、なかなかの上物を身に着けている。そこそこの格式の家の者なのだろう。なのに、なぜこんなに覇気がなく、みすぼらしくさえ見えるのだろうか。こんな眼をしているのだろうか。

「だって、ここはあんまり寒いじゃないか。押し問答してる間に凍え死んじまうよ」

さっ、どうぞと男を促す。

男は動かなかった。口を僅かに開け、初を見詰めている。

「お武家さま、どうなされました？　お上がりにならないんですか」

「あ……いや、これはかたじけない。そこもとがあまりに美しかったので、つい見惚《みと》れてしまった。許されよ」

「まっ」

初は口元に手をやり仄《ほの》かに笑った。こんなにあからさまに称されたのは久方ぶりだ。女として見れば、背が高過ぎるだろうし、今日はさほど艶《あで》やかな化粧も施していない。なのに、男は眩《まぶ》しいものを眺めるように目を細め、頰を赤らめている。

「そこもとがこの店の主《あるじ》なのか」

「いいえ、違います。ただ、お客の応対は一応、あたしも担っておりますのでね。お話ぐらいは聞いてもよござんすよ。お武家さまがお望みならね」

「ぜひに、ぜひにお願い申す。この通りだ」

男が深々と低頭する。

「おやまあ、町人の女風情《おんなふぜい》にお武家さまが軽々しく頭を下げちゃいけませんねえ。ああ、そうだ、まずは名乗らなくちゃね。あたしはえにし屋の初と申します」

「それがしは吉野作之進と申す。お初どの、よろしくお見知りおきくだされ」

「吉野さまでござんすね。こちらこそ、よろしくお願いいたしますよ。名を知るのは縁《えにし》の始まりでござんすからねえ」

さぁ、どうぞともう一度、促す。

男、吉野作之進は一礼してから、ほっと息を吐き出した。安堵の吐息だ。よほど思い詰めていたらしい。お舟が、いいんですかと問うような眼差《まなざ》しを向けてくる。軽く点頭して、初は作之進を表の座敷に案内した。

この座敷は、いわばえにし屋の仕事場になる。ここで、まずは客と対面し話を聞く。全《すべ》てはここから始まるのだ。だから春夏秋冬、能《あた》う限り居心地のよい場所であるよう心を砕く。

畳も床の間も窓も隅々まで掃除され、塵《ちり》一つ、落ちていない。これはお舟の行き届いた仕事のおかげだった。火鉢には炭が熾《おこ》って、五徳にかかった鉄瓶《てつびん》から湯気が上がっている。ほどよい温かさが心地よい。これが夏だと風鈴の音が涼やかで、たっぷり打ち水した庭からの風も涼しい。気持ちに余裕があれば、ささやかな庭に咲いた季節ごとの花色や木々の深い緑、紅葉、床の間に活《い》けた花の可憐《かれん》さに気が付くだろう。余裕があれば、だが。

作之進が初めてえにし屋を訪れた日、床の間には小菊が飾ってあった。作之進は何も言わなかった。座敷の中を眺め回すことさえしなかった。初に進められるまま上座に座り、深い息を吐き出しただけだった。

おや、これは相当、まいってるな。

手早く茶を淹《い》れて、差し出す。少し温《ぬる》めにした。初自身はぴりっと熱い茶が好みだ。

一口、茶をすすり、作之進は「ほおっ」と声を漏らした。

「これは美味《うま》い。うん、実に美味い茶だ」

「お口に合ってようござんした。下り物ほど上等ではないのですが」

「いや。茶の熱さが実によい。それがしの舌に合《お》うておる。うん、美味い、美味い」

自分のための熱い茶を淹れながら、初は口調をいつもより緩やかにした。作之進には、そういう調子が合っているように感じたのだ。

「吉野さまは、ご自分の好きなようにお茶を飲めないのですか」

作之進が顔を上げた。あの暗い眼が初に向けられる。

「ずい分と不躾《ぶしつけ》なことをお聞きしましたが、堪忍《かんにん》してくださいよ。できるだけ隠し立てなくお話しいただけると助かります。うちの商売は、まず、本当のことを知るところから始まりますからねえ」

「おお、それでは、それがしの願いを聞き届けてくださるか」

「それはわかりません。お話をお聞きしてからですかねえ。むろん、吉野さまの真実のお話でござんすよ。嘘《うそ》を百並べられたって、あたしどもは動きませんから、そのおつもりで」

まずは釘《くぎ》を刺す。

人はよく嘘をつく。それはそれでけっこうだ。初だって、閻魔《えんま》大王に何枚舌を抜かれてもおいつかないほど嘘をついてきた。他人を騙《だま》し、欺《あざむ》き、裏切ってもきた。清廉潔白とは口が裂けても言えない生き方をしてきたのだ。だから、綺麗《きれい》ごとなど口にしない。人は清く生まれ、汚濁《おだく》に塗《まみ》れて生き、死んでいく。そういうものだと心得ている。

しかし、ことえにし屋の商いに関《かか》わる限り、嘘は邪魔になる。障《さわ》りになる。躓《つまず》きになる。ありのままをしゃべれとは言わない。八分の真実が欲しい。それができないなら、えにし屋との取引はご破算だ。そのことだけは客に伝える。どんな客にも必ず、伝える。

「わかっており申す。全て包み隠さず話す覚悟をして参ったのだ。今更、隠し立てをするつもりは毛頭ござらん」

「それはよござんした。安堵いたしましたよ」

ではと、初は居住まいを正した。

「吉野さまのお話を伺いましょう。このえにし屋に何を求めていらしたのかを、です」

馬鹿野郎が。

才蔵の舌打ちと怒鳴り声が聞こえた気がした。胸の内で肩を竦める。

「妻との縁を切っていただきたいのだ」

暫《しばら》く躊躇《ためら》った後、作之進は意を決したように顔を上げ、一息にそう言った。

「奥方さまと離縁なさりたいと仰せですか」

「いかにも」

作之進の様子から、これは結びではなく切る方だと察してはいた。しかし、正妻との縁だとは考えなかった。性悪の玄人女《くろうとおんな》とつい懇《ねんご》ろになり、切るに切れず足掻《あが》いているのかと思いはした。思いながら、そんなありふれた縁切りなら、こうまで気持ちは動くまいと思い直しもしていた。

「けれど、吉野さま。奥方さまを離縁することはそう難しくはござんせんでしょう」

一度結んだ縁を女から切るのは至難だ。しかし、男ならそう難くはなかろう。武士ならなおさらだ。家風に合わぬ。子ができない。粗相をした。気質がよくない。どんな事訳をくっつけてもいい。言い掛かりでもいい。濡《ぬ》れ衣《ぎぬ》でもいい。それで女を遠ざけることが男にはできる。むろん、夫婦仲は個々様々、一筋縄ではいかない。それでも、女より男の方がずっと楽に縁切りができるのは事実だ。だから、縁切り願いでえにし屋を訪れる客の七割から八割が女だった。女には、他に頼るべきところがそう多くはないのだ。

「それがしは婿なのだ。吉野の家に婿入りをした」

「では、ご実家に戻ればよろしいではないですか」

作之進が次男なのか三男なのかわからない。実家に戻れば、部屋住の日々が待っているとはわかる。それが嫌で、嫁の家からそれ相応の金子《きんす》をせしめたいと、浅はかな欲を抱いているのならどうしようもない。とっとと出て行ってもらうだけだ。

「実家に帰るのはやぶさかではない。が、しかし、それができぬ。妻との離縁ができぬのだ」

「なぜです」

「恐ろしいからだ」

「は？」我ながら間抜けた声が出た。まじまじと作之進を見詰める。

「吉野さま、恐ろしいとは、奥方さまのご気性が激しいとかそういう類《たぐい》のお話ですか」

「違う。孝子《たかこ》は控え目なおとなしい気性だ。物静かで、めったに声を荒らげたりはせん」

「それなら、何を恐れておいでです」

作之進の喉元が上下に動いた。唾を呑み込んだらしい。

「お初どの、孝子は……妻は人ではなく、化物なのだ」

掠れた声で作之進が告げる。初は男の顔を見続けた。

二

「はぁ」と間の抜けた返答をする。

わざとだ。少し呆《あき》れたような、少し訝《いぶか》しむような調子を滲ませる。

「奥方さまが化物？　そりゃあまた物騒なお話でござんすねえ」

不意に作之進が身体を震わせた。膝《ひざ》の上で握ったこぶしも震えている。

「それがしが戯言《ざれごと》を申しているとお思いか」

声も震えている。ただし、尖ってはいない。目の前の武士は初の物言いに腹を立てているわけではないのだ。怒りよりも……これは、怯えか？　怯えだ。切羽詰まった者の、ぎりぎりに追い込まれ逃げ場を失った者の怯えではないか。

初は昔から、聡《さと》い性質《たち》だった。向かい合った者、目を合わせた者、あるいはただすれ違っただけの者からでさえ、秘めた気配を感じ取れる。

笑っているけれど悲しんでいる。悲しむ振りをしてほくそ笑んでいる。強がっている。弱虫の振りをしている。心の疼《うず》きに耐えている。何かを隠し通そうとしている。とても大雑把《おおざっぱ》なもので、細かにはわからない。でも、感じるのは確かだ。

何となく感じ取れた人の気配を感じ取ったままに、童《わらべ》のころは口にしていた。その度に大人たちはひどく慌てたり、気まずい顔つきになったり、苦笑したりした。ときには、眦《まなじり》を吊り上げて叱《しか》ってきたりもした。泣かれることもあった。だから、初は口をつぐむ術《すべ》を覚えた。自分が感じたことは、おいそれと言葉にしては駄目なのだと悟ったのだ。無用になった道具のように仕舞い込んで忘れてしまうのがいい、と。

そういうところも聡い子だった。

子どものころ疎まれも禁じられもした性質は、とうに大人になった今、えにし屋の商いに欠かせないものとなっている。客の言葉や所作の裏側にあるものを、初は捉《とら》える。微かにではあるが伝わってくる気配を逃さない。

吉野作之進から漣《さざなみ》に似て寄せてくるのは、怯えだった。いくら貧相とはいえ一人前の男が、しかも腰に刀を佩く武士が、己の妻に本気で怯えているのか。

初は茶を淹れ直した。下り物の茶葉を使う。馥郁《ふくいく》とした香りが漂い、鼻から身体の中に流れ込んでくる。

「戯言とは思うておりませんよ。あたしたちをからかうためにわざわざお出《い》でになるほど酔狂な方とは、お見受けできませんもの」

小さな息を吐き出す。作之進と目を合わせる。

「ただ、戸惑ってはおりますね。奥方さまを化物とおっしゃった、吉野さまのお言葉をどう捉えたらいいのか、思案が届きません」

「そのままでござる。妻の孝子は人ではない。化物だ。あれは……」

作之進の喉仏が上下した。口が僅かに開く。漏れた息が濃紫に染まって見えた。初にとって震《しん》恐《きょう》はいつも黒に見紛《みまが》う濃い紫色をしている。

「人を喰《く》らう」

そこで、作之進はまた身震いした。自分がおぞましい呪詛《じゅそ》を口にしたかのように唇を噛《か》み締める。額に薄《うっす》らと汗が滲んでいた。座敷は程よく温《ぬく》もってはいるが、汗をかくほど暑いわけがない。外では凍てた風が舞っているのだ。

人を喰らう化物か。これは、なかなかに面倒かもしれねえな。

作之進の汗に濡れた額を見ながら、胸の内で呟く。才蔵の渋面がまた、眼裏《まなうら》を過った。

「詳しく聞かせてもらいましょうかね」

初はゆっくりと湯呑《ゆのみ》を持ち上げた。野で遊ぶ子どもたちが奔放な筆で描かれている。

「呉須手《ごすで》でござるな」

作之進が身を乗り出す。

「ええ、吉野さまは呉須染付がお好きですか」

「うむ。昔より器に絵付けするのが好きでござった。今も道楽程度にはいたしておる」

「お武家さまが絵付けの道楽とは、なかなか粋《いき》でござんすねえ」

「いや、それがしは酒も煙草も嗜《たしな》まぬ不調法者ゆえ、絵付けが唯《ただ》一つの遊びでござるよ」

作之進の眼元がふっと和む。しかし、すぐに暗く張り詰めてしまう。

「奥方さまは、吉野さまの道楽を快く思っておられないので？」

「いや、そんなことはござらん。それがしのやることに目くじらを立てるような女子《おなご》ではないのだ。むしろ、それがしの絵付けした器をたいそう褒《ほ》めてくれたりもする」

「どうもよく、わかりませんねえ。お話を伺っている限りでは、奥方さまはたいそう優しげなお方に思えますすけれど。化物とは程遠い感じがいたしますよ」

戯言は言っていない。嘘もついていない。しかし、思い違いはしているかもしれない。この男はたぶん、妻女が気に入らないのだ。為人《ひととなり》なのか見目形なのか別の何かなのかわからないが、ともかく気に入らない。意に添わぬ女と夫婦になったと不満を抱いている。しかし、婿入りの身でおいそれと離縁を言い出せもしない。不満はさらに募る。そういうとき、人は思いを違《たが》えるものだ。己の心が己自身に嘘をつく。

優しくておとなしい妻を化物だと思い違える。

あれは人ならぬ者だと、心が無理やり信じ込む。

そういうことも、ままある。

「さもありなん」

作之進が肩を落とした。がくりと幻の音が聞こえる気がする。身体が一回り萎《しぼ》んだようにも見えた。

「縁切りを願いに上がったそれがしとて、今だ、信じられぬ心持がする。それに、できれば……できれば、このまま吉野作之進でおりたい。孝子と別れとうはないのだ」

初は湯呑を置いた。項垂《うなだ》れた作之進の月代《さかやき》の辺りを見詰める。

「順を追ってお話しくださいな。どうも、お話が上手く呑み込めないんですよ。吉野さまは奥方との離縁を望んでおられるわけではない？　けれど、別れねばならないとおっしゃるのですね」

「孝子がただの人であったのなら、一生連れ添っていきたかった。けれど、孝子は化物であって、人を喰らい……」

「ちょっと待ってくださいな。ですから、もう少し順序立ててお話を伺わせてください。どうも、話の筋が飛び過ぎでござんすよ」

　やや、語気を強める。

　作之進の話は回りくどい。本人が話し下手というのもあるだろうが、本題に踏み込むのを躊躇ってぐずぐずしているからだ。

　踏み込んでもらわねば。本音と事実をしゃべってもらわねば、えにし屋商いは成り立たない。初めの一足を前に出せないのだ。

　作之進がこくりと首を前に倒した。子どものような頷き方だ。

「それがしの実家は森宮《もりみや》と申す。旗本ではあるが三百石取りの小普請《こぶしん》、しかも、それがしは三男の身だった。次兄は早世したが、長兄が家督を継ぎ既に男子二人をもうけておる」

　なるほど、当主たる兄に男子がいるとなると、森宮家に居づらくもあるだろう。いわゆる部屋住という身だ。他家に養子に行くか、分家するかしなければ、家長に養われその支配下におかれたまま一生を終える。むろん、部屋住の誰もが不幸であるわけでも鬱々と日々を過ごしているわけでもなかろう。しかし、厄介者の烙印《らくいん》を押され、妻帯も許されず生きる者もまた多くいるのだ。作之進はそういう境遇から脱《ぬ》け出せたわけか。

「吉野家との縁がなったとき、まさに天にも昇らん心持がいたした。吉野家は千五百石、森宮家からすれば仰ぎ見るような大身《たいしん》だ。しかも、一人娘の孝子は評判になるほどの佳人でござる。既に二十二であり些か年を取ってはいるが、美貌《びぼう》は衰えることはなかった。婿入りの話が纏《まと》まってすぐに、吉野の屋敷に招かれて茶をたててもろうた。そのときの美しさは天女もかくやと思わせるものであり申した。それに引き換え、我が身は剣の腕が立つわけでなし、算盤の扱いに長《た》けておるわけでなし、この通り見場がさほどよいわけでもない。何をもって婿にと望まれたのか、さっぱり見当がつかぬと誰もが首を傾《かし》げたのでござる。が、何よりも、それがし自身が狐《きつね》につままれたような、何とも不思議な思いがいたしたものだ」

「まあ、ずい分と正直なお方でござんすねえ。吉野さまは、剣術の方はお強くないのですか」

「強くないというより、弱い」

作之進は傍らに置いた差料《さしりょう》にちらりと視線を走らせた。

「武士としてあるまじき言ではあるが、それがしは刀が好きではござらん。むしろ、煩《わずら》わしく感じることが多々あり申す」

「おやまあ、本当に正直で……いえ、正直過ぎる気がいたしますが。刀を厭《いと》うお武家さまに初めて御目文字《おめもじ》いたしましたよ」

「しかしな、お初どの。刀は人を斬るより他に使い道がござるまい」

「え？　あ、はい、確かに」

「包丁なら魚をさばくのにも、菜を刻むのにも使える。それを他人を傷つけたり、殺《あや》めたりのために振り回すのは、振り回した者が間違っておる。包丁に罪はない」

「はぁ、そりゃあそうでござんすが……」

「あの魚屋の一件だとて、そうだ。包丁本来の使い方とはかけ離れており申した。包丁にすればさぞや口惜《くや》しかったであろう」

「魚屋？　ああ……高砂町《たかさごちょう》の件ですね」

一月も前になるか、高砂町で手広く魚屋と小料理屋を営む男が、商売物の出刃《でば》包丁で女房と母親をめった刺しにした後、往来に飛び出して道行く人に次々に斬り付ける、そんな凄惨《せいさん》な事件があった。日ごろは温和な上にも温和で、夫婦仲も親子仲も睦《むつ》まじかった魚屋がなぜここまでの凶行に及んだのか、答えられる者は誰もいなかった。魚屋本人は血塗れの包丁を握ったまま逃げ去り、三日後に大川《おおかわ》に浮いた。喉を掻《か》き切った死体として。

死人は何も語れない。

魚屋の死で、事件の真の姿は明かされないままになった。奇談、怪談の類が何より好きな江戸っ子たちは、魚屋は悪霊に取り憑《つ》かれたのだ、いや、鬼に心を食われたのだと騒いでいた。棒手振《ぼてふり》の魚売りから身を起こし一代で財を成した男だったからか、昔は相当の悪党だった。あこぎな金貸しで儲《もう》けた金で表に店を出した。その因果が巡ってああいう羽目に陥ったと、根も葉もない、尾鰭《おひれ》を百も二百も付けた与太話が巷《ちまた》に溢《あふ》れたものだ。けれど、一月が経《た》ったこのごろ騒ぎは一段落して、人の口の端にも上らなくなった。

江戸はそういうところだ。

いつも何かが起こり、騒ぎになる。その騒ぎは次の騒ぎに呑み込まれ、いつの間にか人の記憶から薄れ、消えていく。話の種にはことかかない。ならば、より新しい、より生々しい種で騒ごうじゃないか。

人の死も、殺しも、奇怪も、凄惨も騒ぎの渦に巻き込んで、噂話の種にして使い潰し、あっさり忘れ去って江戸は生きているのだ。

しかし、作之進は忘れ去っていなかったようだ。心の隅に引っ掛かっていたのだろうか。魚を粗切《あらぎ》りする道具でありながら人殺しに使われた出刃包丁を、悼《いた》むような口振りだった。

「が、刀となると、端《はな》から使い道は定まってござろう」

「人を斬るため、殺すためにある。ですね」

「さよう。それより他にはござらん。それをどうしても厭わしく感じてしまう。これも、武士の口にすることではござらんが、それがしは他人を殺すのはむろん、傷つけることも自分が傷つけられることも嫌だ。御免こうむりたい」

作之進は童のいやいやと同じ仕草で頭《こうべ》を振った。

この人は身分を誤ったのだ。

初はそっと目を伏せた。

絵付けが好きで刀を厭う男は、武士に生まれてきてはいけなかったのだ。

どうしてだか遣《や》る瀬《せ》無《な》い想いが込み上げてくる。込み上げてくる想いを抑えるためにも、陽気な声を出す。

「でも、婿にと望まれたのはあちらさまでしょう。つまり、吉野さまは選ばれたわけではありませんか。もうちょっと、胸を張ってもよいのじゃありませんかね」

「胸を張るというより、なぜと戸惑う方が大きかった。いや……なにより、安堵が勝っておったかと思いまする。これで、部屋住から脱け出せる。兄者の厄介者にならずに済むとほっとしたものだ。あ、いや、兄者や義姉上《あねうえ》がそれがしを邪険に扱《あつこ》うたわけではござらん。義姉上など、細やかになにくれとなく気を遣《つこ》うてくれて……。それはありがたかったのだが、やはりその、何というか、婿入りが決まって、気持ちの上ではずい分と楽にはなり申した」

なるほど。義理の姉の心遣いがかえって重荷であったわけだ。

整えられた膳《ぜん》にも、そっと手渡される小遣いにも、それを受け取らざるをえない己にも作之進は恥を感じていたのだろう。吉野家への婿入りは、肩身の狭い日々と決別できる機会になった。それは間違いない。

「で、祝言を挙げて、晴れて夫婦になられた。奥方さまを人に非《あら》ずと思われたきっかけは、いつで、どのようなものだったのです。お聞かせくださいな」

話を進める。とんとんと進める。

作之進はなかなかにおもしろい相手だった。真っ正直で、不器用で、頼りなげで、そのくせ人柄に一本、芯《しん》が通っている。性根が直《す》ぐで、曲がりがない。騙されることはあっても、誰かを騙すなど金輪際できない性質だろう。

おもしろい。

放っておけない気になる。

放っておけないなら、関わるしかない。関わるならば、余計な情を挟まずにとんとんと話を進め、能う限りの事実を集める。それが、この商いのこつの一つだった。

「祝言を挙げたのは大凡《おおよそ》、一年と少し前でござる。孝子は美しいだけでなく気性も穏やかで優しく、妻としてはこの上を望むべくもない女子であった。婿入りしたそれがしを立て、よく仕え、驕慢《きょうまん》な振舞などついぞなかった。それがしは、己の幸運に眩暈《めまい》すら覚えたものだ」

「おやまあ、とんだお惚気《のろけ》を聞かされましたねえ。そんな申し分のない奥方さまが化物であったとは、信じ難いお話ですけれど」

いやそうでもないなと思い直す。人はややこしい。善だけで悪のみで、できあがってはいない。この世に生まれ落ちたときから善も悪も併せ持ち生きていく。人の世の則を学び、本分だの心意気だの心得だのを教えられ、あるべき形、あらねばならない形になっていく。あるいは教えられぬまま野放図に育つ。

どちらにしても一様ではない。大抵の者は善の皮を身につけて暮らしているけれど、それが破けて、ひょいと悪の顔が覗く場合がある。大それたことではない。

普段物静かな男がかっとなって、女房子どもを打ち据える。長い間、真面目《まじめ》に働いてきた奉公人が出来心で店の金に手を付ける。ずっと仲良しであった友の幸運を祝うよりも妬《ねた》んでしまう。小さな嘘をつく。誰かを謀《はか》る。陥れる。陥れて「ざまあみろ」と呟く。どれも善の皮の裂け目から覗いた悪の面だ。むろん、逆もある。

押込み強盗が道辺の捨て猫を拾い育てることもあるし、男を手玉に取ってきた毒婦が親のない子を引き取ることもある。ただ、悪の皮は善より厚く、強い。容易に裂けないのだ。だから、いる。毛の一筋、血の一滴まで悪に固まった者はいるのだ。ひるがえって、善は薄皮だ。容易《たやす》く破れる。解《ほつ》れる。高砂町の魚屋の主人がよい例だ。温厚な商人の皮の下に、残虐な人殺しの一面を隠していた。それが露《あら》わになって善は悪にくらりと変わり、元に戻れなくなった。人とはそういう剣呑《けんのん》な生き物だ。だから、本当に吉野孝子という女が非の打ちどころのない善人であるなら、化物ということもあながち虚言、思い違いではないかもしれない。化物なら非の打ちどころがない善人の皮をかぶり続けられる。どこかでかなぐり捨てて本性を現すにしても。

「然《しか》り。それがしも信じたくはござらん。信じずに済むのなら……それに越したことはないのでござるから。しかし、真《まこと》でござる。真に、孝子は……化物に変じてしまった」

作之進の語尾が震える。望みを絶たれた者の暗い震えだ。えにし屋には馴《な》染《じ》みの震えでもあった。えにし屋に縁切りを乞う者は、時折、こんな風に声を震わせる。耐えてきた証《あかし》、我慢しきれない苦労の吐露、逃れたい一心。さまざまなものが混ざり合い、知らぬ間に震えるのだろうか。

「もう少し詳しくお話しくださいな。化物、化物とおっしゃいますけどね。いったい、奥方さまはどんな風にお変わりになったんです。まさか、角《つの》や牙《きば》が生えてきたわけじゃござんせんよね」

「見場は変わり申さん。ただ、物を食べなくなって……」

「食べなくなって？」

「人を喰らうようになった。人の死体を喰らうので……ござる」

「人の死体を喰らう」

鸚鵡《おうむ》返《がえ》しに呟いてみる。

「先刻もそうおっしゃいましたよね。それは真なんですか」

「ここまできて作り事など申すわけがなかろう。真だ。真なのだ。わしは……この眼で見た。孝子が死体に喰らい付いてるところを……わしは見たのだ。お初どの、確かにこの眼で見たのだ。あれは夢でも幻でもなかった」

ここまで、辛《かろ》うじて保っていた作之進の克己心が切れた。言葉遣いがぞんざいになり、息遣いが速くなる。黒目がうろつき、唇が白く乾いていく。

「見たのはいつです」

落ち着けとは言わない。心乱れて構えを崩した方が、人は真実を語りやすい。

「義父の通夜《つや》の晩だ」

「ということは、吉野のご当主さまが亡くなられたわけですか」

「そうだ」

「ご病気で？」

人の死が絡んでいるとなると、事の様相は変わってくるかもしれない。当主が尋常でない亡くなり方をしたのであれば、なおさらだ。

「病だ。わしが婿に入る前に中風で倒れ、ずっと臥《ふ》せっておった。孝子は懸命に看病しておったが、及ばず亡くなった」

「無礼を承知でお尋ねいたします。ご当主、いえ、前当主さまは、ごく当たり前の亡くなり方をなさったのでしょうか」

「うむ？　ああ、それは間違いない。医者も寿命だと、むしろ、よく持った方だと申しておった。孝子への労《ねぎら》いもあろうが、わしの目にもそのように映った。義父は天寿を全うしたとな。奇怪とか怪訝《けげん》に思われるとか、そんな死に方ではなかった」

「そうでござんすか」

人は必ず死ぬ。その有り様が尋常な内に納まるのなら何よりだ。どこに生まれてくるかは人の差配の及ばぬところだが、どう死んでいくかは決められる。生き方次第で最期が見えてくるのだ。むろん、ある程度までに過ぎないが。

「義父に最期までよく尽くしたことを、わしは褒めた。亡くなる前の一月ほどは、それこそ寝食も忘れて世話をしておったからの。義父も他の者の世話を拒んで、終《しま》いには孝子より他の者が室に入ってくるのさえひどく嫌がるようになっておった。勢い、孝子一人が病人の看護の役を負うことになる。愚痴も弱音も言わなんだが、孝子は日に日に痩せていって、正直気が気ではなかった。しかし、我が立場からすれば世話をするな、手を抜けなどと言えるものでもなく、見ているだけしかできず……」

「そのころは、奥方さまが化物だとは思うておられなかったのですね」

「さよう、僅かも思うておらなんだ。孝子は人であり、心映えも姿も美しい女子だと信じて疑いもせなんだ」

「そこに疑いが兆《きざ》した。そのきっかけは何だったんです」

作之進が唾を吞み込む。初を見る。しがみつくような眼つきだった。

「通夜の晩……、初めて、あれを目にしたのは通夜の晩だった」

こくり。また、喉元が動く。言葉を探しあぐねているのか、言葉にするのにまだ躊躇いがあるのか、声がなかなか出てこない。それでも、ここまでしゃべったのだ。口をつぐむわけにはいかない。それは、作之進が誰よりわかっているはずだ。口をつぐみ、何も知らない、何も起こらなかったことにして日々の暮らしに戻っていく。それがどうにも無理だからこそ、ここに来た。妻との縁を切ることで日々を変えねばならない。それが叶《かな》わなければ、どうなるのか。初にも思い及ばない。

「葬儀の支度が終わって、人々が引き上げた後もわしたち、わしと孝子は線香の守番をしておった。あ、言い忘れておったが、義母は五年ほど前に他界しておったのだ。そのときも、孝子は寝ずの番をして遺体に付き添っておったそうだ。慣れているから休んでくれて構わないと、逆にわしを労《いた》わってくれてな。しかし、そういうわけにもいかぬ。疲れておるのは、孝子の方なのであるからな」

「はあ……」

初は眉を寄せた。作之進の物言いからは、妻への気遣いと情が伝わってくる。

これで切れるのか。

夫婦に限らず、人と人の縁の糸を切るのは、結ぶより難い。まして、切りたいと望んだ者に未練があるなら、惑いや躊躇いがあるなら無理だ。覚悟という刃《やいば》が刃こぼれしていては、縁は断てない。力尽《ず》くで断ち切ったとしても、必ずや禍根を残す。

「止《や》めときなさい」

低い声がした。襖《ふすま》が開く。

お頭。

声を出さず、入ってきた才蔵を見やる。別に驚かない。先刻から襖の向こうにしゃがむ男の気配を感じていた。張りつめてはいるが殺気ではなかった。帰ってきた才蔵に、お舟が来客を告げたのだろう。初が受け入れた一見客が気になって、才蔵は様子を窺《うかが》いにきた。そこまで読むのに、瞬き分の間もかからなかった。

「此方《こなた》は……」

不意の闖入者《ちんにゅうしゃ》に作之進が固まる。こちらは、気配の一筋も捉えていなかったらしい。

「ご無礼いたしました」

才蔵は襖を閉め、膝をつき、改めて頭を下げた。

「いや、その、初どの、此方は？」

「うちの主です。えにし屋の一切を取り仕切っております」

「ご主人か。それがしは、吉野作之進と申す直参旗本の」

才蔵は手のひらを作之進に向け、僅かに上げる。それから、鷹揚《おうよう》に首を横に振った。

「わたしめは才蔵と申します。が、堅苦しいご挨拶《あいさつ》は抜きにいたしましょう。吉野さま、店の者からお聞き及びとは存じますが、うちは一見のお客を受けません。飛び込みの客など以《もっ》ての外でございましてね。それは、これもよくよく承知しているはず」

才蔵が初に向かって顎をしゃくる。このとき、才蔵は納戸《なんど》色の縞小袖に藍《あい》色の羽織を身に着けていた。そこそこのお店《たな》の主人という風体だ。

初ほどではないが、才蔵もよく化ける。

下働きの無口な老人にも、貫禄《かんろく》のある店の主人にも、破落戸《ごろつき》紛いの荒《すさ》んだ男にも化ける。もっとも堅気を外れているのは化けではなく、ありのままだろうが。

「承知しているのに一存で、吉野さまを客として座敷に通した。今まで一度もなかったことでございますよ。いわば、お初はえにし屋の法度《はっと》を破ったわけでしてね」

「いや、暫《しば》し待ってくだされ、ご主人」

作之進が慌てる。芝居でなく、本気で慌てている。

「お初どのに罪はござらん。それがしの頼みを断り切れず、話を聞くのも止む無しと思うたまでで、いわば人助けの心意気であったのだ」

「罪までいかなくとも落ち度はございました。うちは心意気で商いを回しているわけじゃございません。守らねばならぬ決まり事を守らぬのは、商いの基を崩します」

「それはそうだが、人情はときに商いより大切ではないか」

作之進が必死に言い張る。さして弁が立つとも思えないが、初を懸命に庇《かば》おうとしている。

根っから善《よ》い人だな。

ちらり。才蔵を窺う。こちらは商人然とした顔つき、気配を漂わせてどしりと座っていた。その眼は明らかに吉野作之進の品定めをしている。

「まあ、お初のやったことはえにし屋の店内でのこと。咎《とが》めるも責めるも、吉野さまには関わりないところでいたしますからご安心ください」

「いやいや、それは困る。それがしのせいでお初どのに累が及んだとなると、心静かにはいられぬ。才蔵どの、なにとぞお初どのを責めるのだけはおやめくだされ。この通りお願い申す」

作之進が低頭する。

「これは驚いた。お武家さまが町人風情にそこまでなさいますか。わかりました、わかりました。吉野さまのお心遣いに免じて、この件は不問といたしましょう。ただ、吉野さまのお頼み事を引き受けるかどうかは、また、別でございます。先ほどから、廊下でお話を伺っておりました。あ、いえ、盗み聞きをする気は毛頭ございませんでしたが、吉野さまのお話があまりに奇妙なのでついつい聞き入ってしまいましてな。けれど、吉野さま」

そこで、才蔵は前屈《まえかが》みになり、声を潜《ひそ》めた。潜めた声はしかし、低いなりにしっかりと耳に届いてくる。

「あなたさまがまだ、迷っておられるならこのままお帰りください。奥方さまに未練があるなら縁切りはできませぬのでな。全てをきれいさっぱり断つ覚悟をしていただかないと、えにし屋は仕事を引き受けるわけには参りません」

おや、と初はもう一度才蔵を窺った。

何だ、お頭、気を引かれてるんじゃないか。

ふっと笑みそうになる。

才蔵は作之進の話に興を持った。気を引かれた。だから、襖を開けたのだ。そそられなければ、そのまま踵《きびす》を返し、後で初にたっぷりと説教をする。それで、お仕舞にしただろう。

「迷っておるわけではない。もう、孝子と一緒には暮らせぬとわかっておる。才蔵どの、お初どの、話の続きを聞いてくだされ」

むろん、聞くとも。作之進とは名乗り合った。細いながら縁を結んだ。それをわけもなく手放したりはしない。えにし屋の名にも心にも悖《もと》る。

ゆっくりと頷く。作之進が深い息を吐いた。

「通夜の夜、孝子の身を慮《おもんぱか》って寝ずの番をするつもりだった。ずっと起きていて、死者のために線香を燃やし続ける役目だ。わしは、義父の横たわる座敷隣の小間に控えておった。孝子も一緒だ。雨が降っておって……、その音がやけに大きく響いていたのを覚えておる。いつの間にか寝入ってしまったらしく、ふと目が覚めると、部屋には誰もおらなんだ。行灯《あんどん》が灯《とも》ってあたりをぼんやり照らしておった。それで、孝子がいないこともわかったのだが、むろん、ああ、義父上《ちちうえ》のために線香を足しに行っておるのだと思い、別に訝しみもしなかった。が……聞こえたのだ」

作之進の舌が唇を舐《な》めた。乾いた唇が少しだけ赤みを取り戻す。

「くちゃくちゃと何かを食《は》むような音が……。それと、低い唸り声のようなものも聞こえた。雨の音と混ざって、それは現のものとは思えぬ、何とも……何とも不気味な響きになって……。それは、隣の座敷からのもので……」

作之進の頬から血の気が失《う》せていく。舌が何度も唇を舐める。唇はてらてらと光り、青白い顔の中に紅《あか》く浮いた。

「それで、ふ、襖の間から覗いて……。そ、そうしたら見えたのだ。見えた……。孝子が義父のあ、足に……こう、かぶりついておったのだ。も、腿《もも》のあたりの肉を食い千切って……」

作之進が俯く。行灯の明かりに照らされた人喰いの姿。その恐ろしさにおののいている。

初と才蔵はどちらからともなく顔を見合わせた。

三

正直、ぞくりと悪寒がした。

一瞬だが、頬を冷たい指先ですうっと撫でられた気もした。

むろん、幻だ。現のものではないとわかっている。現のものでない何かに悪寒を覚えるのは、いつ以来だろうか。久しく忘れていた。

「真ですか」

才蔵が問う。やはり寒気がしたのか、手を回し背筋のあたりを撫でている。

「真でござる。嘘は一つもない」

一息を吐き出して、作之進は続けた。掠れた小声はひどく聞き取りづらい。

「こんなこと……戯《たわむ》れに口にできるわけもない。それに、気安く戯言を言える性分《しょうぶん》でもない」

「なるほどね。まぁ、確かに生真面目なご性分とお見受けいたしましたが」

才蔵は顎を指で挟み、真正面から作之進に視線を向けた。

「むろん、見間違いでもないんですな。例えば、奥方さまが何かを食べていたのを腿だと見間違えたとか。そういうのはまったく考えられませんかね」

「考えられぬ。孝子はこう」

作之進は指を曲げ、物を持ち上げる仕草をした。

「義父の脚を持っておった。そして……食っておった。あれは鬼の所業だ」

語尾が震えている。初はほんの僅か、作之進ににじり寄った。

「それで、ご葬儀の方は滞《とどこお》りなく進んだのですか。肉を食い千切った痕《あと》が見咎められたりはしなかったんですね」

こくこくと作之進が点頭する。

「うむ。骸《むくろ》だからなのか血はほとんど出ておらなんだ。気が付いた者は誰もいなかったはずだ。棺《ひつぎ》に入った遺体を仔細《しさい》に確かめる者などおり申さぬによって。ましてや、孝子が喰らっていたのは太腿だ。装束《しょうぞく》に隠れて人の目には触れん」

なるほど、その通りだ。顔や手首とは違う。太腿の傷など前をめくってみないとわからない。だからだろうか。孝子という奥方は、それを見越して喰らう場所を選んだのか。確かに死人の肉を食い千切るとは尋常ではない。けれど、それだけで鬼と決めつけられるものでもないだろう。

人であっても人の肉を喰らえる。

「それだけではござらんのだ」

初の心内を察したかのように、作之進は告げた。やや早口になっている。

「孝子が喰ろうたのは義父だけではないのだ」

「と、いいますと？」

「義父の初七日の夜、吉野の屋敷に仕えていた晶子《あきこ》という女中が自死した。懐剣で喉を突いて果てたのだ」

初と才蔵はもう一度、顔を見合わせた。

「それは、前ご当主の後を追ったというわけですか」

「さよう」

今の時世、男でも追腹をする者などめったにいない。まして、女の、それも奉公人の身で主君に殉じるなど余程のことだ。

その余程のことがあった。

「その女中は、前のご当主のお手が付いていたんですね」

才蔵が言う。何の遠慮も気遣いもない口調だ。

「……のようだ。わしは何も知らなんだが、晶子がかつては義父の側女《そばめ》同然の女だったのは周知の事実、であったようだ。遺書が部屋に遺《のこ》されておって、生きていても甲斐《かい》がないゆえ、御館《おやかた》さまの許《もと》に行くと記されていたらしい。晶子は二十歳《はたち》のときから二十年近く吉野家に仕え、長く義父の愛妾《あいしょう》でもあった。そのためなのかどこにも嫁がず子もなく身よりもない。義父が亡くなれば吉野の屋敷にも居づらくはなろう。行く末を儚《はかな》んで、後追いをしたのであろうな」

「自害したと言い切れますか。自害に見せかけての殺し、とは僅かも考えられませんかね」

問うてみる。作之進が初に顔を向け、深く首肯した。

「言い切れる。見た者が……おるのだ」

「お女中が喉を突くところを、ですか」

「そうだ。わしがこの眼で確かに見た」

「吉野さまご自身が」

些か驚いた。初の眼差しを避けるかのように、作之進が横を向く。しかし、口はつぐまなかった。細く低くはなったけれど、語り続ける。

「わしが庭におったときのことだ。あ、わしは、その、空を見るのが好きで」

そこで作之進は、はにかんだ笑みを浮かべた。

「季節や時刻ごとに移り変わる様がおもしろうて、見ていて飽きないもので……」

「わかりますよ。あたしも、ぼんやり空を見て心が軽くなること、よくありますからねえ」

初も笑みを返す。商い用の笑顔ではなく、目の前に座る武士の純な一面がほほえましかったのだ。もっとも、純な武士の語る話はしだいに血なまぐさくなっていくが。

「吉野さまは、空を見るために庭に出ておられたんですね。そこで、その晶子という女中と出会ったってわけですか」

才蔵が口を挟む。空など、雲行きを推し量るときしか見上げない男だ。

「出会ったわけではない。白装束の女が植え込みの前を過ったのを見たのだ。俯いて、泣いておったように見えた。袖口で涙を拭《ふ》いておったようにな。ちょうど夕暮れ時で……いや、その、わしは殊《こと》の外《ほか》夕空が好きでよほどの雨でない限り、ついつい庭に出てしまうのだ。吉野の屋敷の庭はなかなかに見事で、特に秋の風情は格別なものがあって」

「で、白装束の女はどうなりましたんで」

才蔵が上下に手を振った。急《せ》かしているのだ。

「あ、うむ。正直、仰天した。女は植え込みの陰に消えて、わしは後を追うべきかどうかしばらく迷ったのだ。女の様子にただならぬものを感じてしもうたからの」

ただならぬものを感じたならすぐに後を追えばよかろうと思う。そこで気配に気圧《けお》されて躊躇うのも、作之進の性分なのだろう。

「だが、気になって見過ごすわけにもいかず、わしは植え込みを回って」

そこで作之進の頰が一瞬、強張《こわば》った。奥歯を噛みしめたのだ。強張った頰が震える。

「回ってみた。そうしたら晶子が……倒れておった。白装束で血を流して……、まだ生きておるようで、の、喉のところで血の泡が膨らんだり萎《しぼ》んだりして、し、白目を剝《む》いておったがわしを、に、睨《にら》んでおるようでもあった。顔が蠟《ろう》のように白くて……」

作之進が生唾を呑み込む。

「まあ、喉を突いたのなら、血の気はまるでなくなりましょうからなあ。それで吉野さまは、お家の方々を呼びに走ったわけですな」

才蔵は世間話をするのとそう変わらない物言いをした。

慣れているのだ。

喉を突いた女はさておき、喉を掻き切られた男なら幾人も見てきたはずだ。初も見てきた。ただ、血の泡が膨らみ萎む様子は目にしたことがない。男たちが派手に血飛沫《ちしぶき》を上げ、倒れ込み、息絶える様を知っているだけだ。

「……呼びに行ったというより、恐ろしくて、その場から逃げ出したのだ」

作之進のあまりに正直な告白に、才蔵が言葉を詰まらせた。この男、見栄や虚勢とはどこまでも無縁であるらしい。町人であれば美徳とも美点ともなろうが、武士の身ならおそらく軟弱者と罵《ののし》られる場合が多々あるだろう。

生きづらかろうな。

ふっと思う。憐憫《れんびん》に近い情がわく。

「屋敷内は、かなりの騒ぎになった。しかし、それを外に出すわけには参らん。奉公人が自害したとしても咎められはすまいが噂にはなる。決して口外してはならないと孝子から口止めをされておった。あ……お二人とも、今話したことは内密に願いたい」

「当たり前ですよ。ここは、えにし屋ですからな」

才蔵が鼻から息を吐き出し、答える。

「吉野さま、はっきりと申し上げます。えにし屋で何を話そうがどう振舞おうが、それが外に漏れる心配は、ただの一分もございませんよ。ご安心ください」

「さようか。いや、すまぬ。そこもとたちを疑《うたご》うたわけではないのだ。ただ武家は体面を何より重んじる。愛妾だった奉公人が自害したと万が一にも世人の騒ぐところとなれば、生きて行けぬと孝子は言うのだ。わしとしては従うしかなかった。晶子は哀れではあるが、自死として届けられても病死として片付けられても無縁墓に葬られるのは同じであるからなあ……」

「お女中は、無縁仏になったわけですな」

「そうだ。それでも、形なりと葬儀はしてやらねばならん。二十年も奉公した者なのだ」

「葬儀をね。なるほど、では、やはり前の夜に奥方さまが……」

作之進の頭が上下に揺れた。頷くべきかどうか迷っての所作らしい。

「そうだ。晶子の葬儀の前夜、わしは眠れなんだ。もしやと思うたからだ。もしや、また孝子がと考えれば眠れるわけもない。我ながら何とも小心でお恥ずかしくはあるが」

「いやいや、よほど図太くない限り寝られるわけがございませんよ。それで、奥方さまはどうだったんですか」

「同じだった」

作之進が束の間、固く目を閉じた。その夜の光景をできれば思い出したくないのだろう。けれど、目を閉じても逸《そ》らしても、一度刻み付けられた記憶は、それが凄惨であればあるほどいつまでも薄れず褪《あ》せない。むしろ、より鮮やかな色や香りや音を伴なって人の心に染み込んでしまう。逃れる術はない。

「わしはそれでも、眠った振りはしておった。なぜ眠れないのかと孝子に問われることが怖くて、誤魔化す自信がなくて寝た振りをしておったのだ。そしたら、真夜中、孝子が起き上がった。わしの寝息を窺っているようだったが、手燭《てしょく》を持って寝所を出て行った」

手燭の淡い明かり、それに照らし出された女の横顔、漆黒の闇《やみ》。なるほど、これはなかなかの怪談仕掛けだ。

「それで、吉野さまは奥さまの後をつけたわけですな」

才蔵の問いに、作之進はかぶりを振った。

「それはできなんだ。もし孝子に気付かれたらと思うと恐ろしくて、動けなかったのだ。夜具の中で動かずにおるしかなかった。孝子が寝所を抜け出していたのは四半刻《しはんとき》に足らぬほどであった。出て行ったときと同様に足音を忍ばせて戻ってきた。そして、また、わしの様子を窺って夜具に入ったのだ。が、その折、音が……」

「音、何の音でございますか」

才蔵がさらに問う。もう、初に代わって、熱心な聞き役になり切っていた。

「舌なめずりというのか、僅かな、ほんとうに僅かな音だったがぴちゃぴちゃと唇を舐めているような音が聞こえて、血の臭《にお》いが微かにした」

うーんと、才蔵が唸る。口を一文字に結んだその顔を上目遣いに見て、作之進は続けた。

「葬儀の前にそっと晶子の遺体を調べてみたのだ。そうしたら、やはり……食われておった」

自分の太腿の上をさすり、さらに続ける。

「義父のときもそうだったが、孝子は短刀で肉に傷をつけて、そこから食い千切るらしいのだ。晶子の脚にもそうと思《おぼ》しき傷痕が……は、はっきり残っておった」

「でも、それなら鬼ではありませんでしょう」

初はわざと朗らかな声を出した。作之進が瞬きする。

「だって、鬼なら牙があるんじゃございませんか。肉を裂くのに道具がいるのは、奥方さまが鬼でなく人であるからでしょう。人だから嚙み千切れなかったんじゃありませんかね」

「し、しかし、死肉を喰らう所業はとうてい人のものではあるまい。あっ」

小さく叫んだまま作之進は暫く、無言だった。黒目だけが左右に揺らぐ。

「もしかしたら、憑いておるのだろうか」

「は？」

「狐とか蛇とか、よからぬものが孝子に取り憑いておるのではなかろうか。それであのような乱行をさせておるのやもしれん」

「狐憑きねえ。それなら、うちでは手に合わぬ話になりますけれど。でも、狐も蛇も人に取り憑いたりはしないと思いますが」

蛇が祟《たた》った、狐が憑いたと騒ぐのは人の勝手、人の都合だ。蛇も狐も他の生き物も己の理《ことわり》に沿って生きている。わざわざ人に関わったりしない。

「しかし、わしは確かにこの目で見た。血の臭いも嗅《か》いだ。あれは夢ではなかったぞ」

才蔵が点頭する。指で顎の先を軽く叩く。思案しているときの癖だ。

「確かにねえ、現のことでございましょうな。しかし、吉野さまが作り話をしているとはちっとも思いはしませんが、お初の言う通り鬼に変化したにもかかわらず牙も角もなかったのは些か腑《ふ》に落ちませんなあ。まして、狐や蛇の仕業にするのはどうかと思いますが」

「だとしたら、孝子の所業は何なのだ。どうして、あんな真似《まね》ができた。し、しかも孝子は普段はいたってまともで、元のままの孝子なのだぞ」

「そこでございますよ。そこが不思議でしかたないのです」

才蔵の眼が底光りする。相当に惹《ひ》きつけられている眼つきだ。

昔から、その手の話は好きだったな。

初はちょいと皮肉な気分になる。あの世も極楽も地獄も、神も仏も信じていないくせに、人こそが化物であるとよくよく承知しているくせに、才蔵は怪談奇談の類を好むのだ。歌舞伎《かぶき》狂言〝東海道四谷怪談〟などが演目に上がる度に足を運んでいるようだ。それも、初たちの目を避けるようにこそこそと出かける。

今、作之進が語っているのは現に起きた怪談なのか、人が仕掛けた奇談なのか。

才蔵の頭の中はさまざまな思案が巡っているだろう。

「これ、お初」

才蔵が呼んだ。いつもの凄《すご》みはない。穏やかで品よくさえ聞こえる。作之進の前では、あくまで商人、えにし屋の主であり続ける。主の物言い、立居振舞を崩さないのだ。

「おまえ、さっきから口数が少なかないかい」

「おや、そうですか」

「とぼけなさんな。思うところがあるなら黙っていないで話してごらん。吉野さまのおっしゃったことに何か引っ掛かるところがあるんだね」

作之進と才蔵の視線が絡んでくる。作之進のものは絡みつくように、才蔵のそれは突き刺すように初に向かってくるのだ。

「引っ掛かるというか、もしやと思うところはあります。でも、これは、吉野さまにも奥方さまにも大層ご無礼な話になるかも、いえ、なります。そこをご容赦いただけるかどうか……。正直、奥方さまをひどく貶《おとし》めるのではないかと懸念してるんですよ」

芝居でなく躊躇い口調になってしまう。

作之進の話を聞きながら、初の中に芽生えた〝もしや〟は歪《いびつ》な形に茎を伸ばし、歪な花を付けようとしている。口にしていいものかどうか、迷っていた。才蔵が促さなければ、口をつぐんだままだったかもしれない。

「お初どの、お聞かせくだされ」

作之進が身を乗り出す。前にも増して、必死の気配が伝わってきた。

「お願いいたす。ぜひに、ぜひに」

「吉野さま。一つ、お尋ねいたしますが」

「うむ」

「ご本心を聞かせてはいただけませんかね」

「……本心とは？」

「吉野さまの本当のお心ですよ。奥方さまと心底から縁切りを望んでおられるのですか。それとも、奥方さまが鬼でなく人であるとわかれば、今まで通り夫婦でいたいと願っておられるのですか。そこのところを、嘘偽りなく教えてくださいな」

ううっと、作之進が唸る。ややあって、背筋をまっすぐに伸ばした。

「わしは孝子が怖い。けれど、愛《いと》しくもある。わしには過ぎた妻だともわかっておる。あれが鬼でなく人であるならば、縁を切りたいとは望みはせぬ」

「なるほど、わかりました。そのお言葉、忘れないでくださいよ」

初は帯の上を静かに撫でた。腹は決まった。だから、告げる。

「吉野さま、奥方さまは鬼などではありませんよ」

「しかし、お初どの。話した通り、孝子は人の肉を喰ろうたのだぞ」

「人の肉を喰らったから鬼だと決めつけられやしません。人を斬り刻む者、生殺しにする者、生きたまま火を付ける者。この世にはそんな輩がおります。人の皮を被《かぶ》った鬼と世間は言うけれど、人の形をして生まれてきたなら人でしょうよ。人の皮を被った鬼ではなく、人のまま鬼の心になっちまった連中です」

才蔵が身じろぎする。戒めるような一瞥《いちべつ》を投げてくる。

初、何をしゃべろうってんだ。余計なことを言うんじゃねえぞ。

才蔵の眼つきに気が付かぬ振りをして、初は続けた。

「もちろん、そんな輩と奥方さまが一緒だと申し上げてるんじゃありませんよ。ただ、一時でも心が鬼に変じたのではと、あたしは思ったんです」

作之進が眉を寄せ、視線をうろつかせた。途方に暮れた顔つきだ。

「お初どの、すまぬが、もう少しわかり易く話してもらえぬか。わしには何のことだか、さっぱり解せぬのだが」

「吉野さま、奥方さまは前ご当主の本当の娘さんだったんですか」

作之進の瞬きが激しくなる。口と肩を同時に窄《すぼ》めた。

「違うんですね」

「うむ……養女だ。義母はわしが婿に入る前に既に亡くなっておったが、その義母の妹御の娘だと聞いておる。妹御が三人の娘を残して亡くなったため、子のなかった義母が一番末の娘孝子を引き取ったとのことだ。だから義母の姪《めい》ということになるか」

「では、前ご当主とは血の繋《つな》がりはなかったわけですね」

才蔵が今度ははっきりと身体を動かした。半身になり、大きく目を見開く。

「お初、それは……」

「これは、あたしの推量に過ぎません。いやらしい推量ですよ。でも、あり得ることでもあるんです。吉野さま、前ご当主と奥方さまは父娘《おやこ》ではなく男と女の間柄ではなかったのでしょうか」

作之進の顔から血の気が引いていく。唇が白くなり震えた。それから、不意に頬が赤く染まった。両眼も血走る。ここにきて、作之進が初めて見せた怒りの形相だった。

「な、なにを戯《たわ》けたことを申す。あまりに無礼な……。ぶ、無礼であるぞ」

初は背筋を伸ばし、熱《いき》り立つ男を睨みつける。

「人を鬼呼ばわりするのと、どちらが無礼ですか」

紅色の眼を見詰め、初はそう言った。作之進の震えが止まる。

「お義母《かあ》さまが亡くなったとき、奥方さまはお幾つでした」

「え？　それは……たぶん、十六、七であったはずだ」

「おそらく、お義母さまの死後、始まった狼藉《ろうぜき》でしょうね。吉野さま、十六、七の娘ですよ。十六、七の娘が大の男に、しかも当主であり父である男に抗《あらが》えますか。育ててもらった恩を感じていればなおさらです。力尽くで犯されたとしたら、抗いようがないでしょう。おまえはわしの傍《そば》で、一生、わしの世話をして生きるのだと命じられたら、死ぬことさえできなかったのではありませんかね。武家の娘です。男に、一度でも父と呼んだ男に逆らうような躾《しつけ》はされていないでしょう。ただただ、従うしかなかった。死ぬことが敵《かな》わず、生きていくなら従う道しか残っちゃいないですよ。それを責めるのは酷、というよりお門違いです。そうは思いませんか、吉野さま」

才蔵が低く呻く。作之進はぺたりと尻《しり》もちをついた。身体中の力が抜けてしまったかのようだ。眼差しさえ虚《うつ》ろだった。

「では、では……わしを婿に迎え入れたのは、そ、その事実を隠すためだったのか。だから、義父は孝子だけに看病させたのか。孝子も片時も離れずに尽くしたのか。義父の、に、肉を喰ろうたのも愛しい男に先立たれて乱心して……」

作之進の口の中、舌だけが動いている。才蔵がぽんと膝を打った。

「そういえば、よく似た巷説《こうせつ》を聞いたことがありますな。さる大店《おおだな》の後家が若い情夫を殺して、その肉を食ったとかいう話でした。情夫が心変わりしたのを怨《うら》んでの凶行だったらしいです。殺して喰ろうてしまえば、全てが自分のものになると言うたそうですが、女の情念とはまことに凄《すさ》まじいものですなぁ」

「違いますよ」

初は首を横に振り、ため息を吐いた。

「二人とも男ですねえ。いいえ、褒めたんじゃありませんよ。悪い意味で男なんです。どうして、そういう思案しか浮かんでこないんです。まったく、げんなりしちまいます」

とんでもない悪臭を嗅いだかのように、顔を顰《しか》めてみせる。作之進と才蔵は、揃って目を瞬《しばたた》く。

「奥方さまは男を愛《いとお》しんでなんかいませんよ。むしろ憎んでいた。怨んでいた。そりゃあそうでしょ。娘盛りを奪われて、妾《めかけ》同然に扱われたんです。どれほど憎んでも怨んでも、憎み足りない怨み足りないに決まってるじゃないですか。けれど、心根が優しいのか、気弱なのか、抗えないようにとことん慣らされてしまっていたのか、相手が生きている間はどうしても逆らえなかった。怨みをぶつけることも、憎いと伝えることもできなかった。たとえ、頭も上がらぬ病人になっても、いいえ、病人だからこそ手出しができなかった。とすれば、亡くなったとき、奥方さまの胸の内には行き場のない怨念が憎悪が渦巻いていたんじゃないでしょうかね。憎い男の最期を看取《みと》らねばならなかった口惜《くや》しさ、心を持たない人形のように扱われた無念。そんな情に突き動かされて、奥方さまは人の心を見失った。気が付けば、鬼のように憎い相手を食い千切っていた」

才蔵がまた呻き、腕を組んだ。

「では、晶子とかいう女中の件はどうなる。それも憎いからやったことか」

「自害したからでしょうよ。自分には許されなかったことをやったからです。しかも、奥方さまにとって憎くてたまらぬ男の許に行くと遺書に書いて。奥方さまのお心はまだ乱れたままだったのでしょう。我を失い、知らぬ間に同じことをしていた。あたしは、そう思いますよ。もっとも、何の証があるわけじゃない。事実どうかはわかりません。ただ、もし事実なら、奥さまは、今、誰より苦しんでおられるのじゃありませんか。心が少しでも静まってくれば、己が何をしたかが見えてくる。鬼のような浅ましい所業をどれほど恥じておられるか。ええ、事実ならばですが」

「まさか」

作之進が立ち上がった。こめかみから顎にかけて汗が一筋流れる。

「孝子が自害するようなことはあるまいな」

「わかりません。あたしどもには何とも答えられやしませんよ」

初は少し突き放した言い方をする。言葉に押されたように、作之進はよろめいた。

「孝子」

声を絞り出し妻の名を呼ぶと、初と才蔵に背を向けた。階段を駆け下りる音とお舟の悲鳴が響く。しかし、すぐに静まり返った。風にのって浅草寺のざわめきが耳に届いてくる。

「こりゃあ、どういう顚末《てんまつ》だ」

胡坐をかいて、才蔵は煙草盆を引き寄せた。火鉢の火を煙管に移す。

「まだ終わりまで行っちゃあいねえさ。これから、吉野の屋敷内で何が起こるか。おれたちには見極められねえんだから」

初は茶を淹れ直しながら、答えた。

まだ終わってはいない。えにし屋の商いにとっては始まってさえいないのだ。

「さっき、おめえが言ったこと、奥方が義理の親父《おやじ》の女だったってやつさ。ありゃあ、どこまでが本当だ」

「わかるわけねえだろう。お頭、考えてもみな。おれたちは、あの侍から話を聞いただけなんだぜ。座敷に座ってな。本当だ嘘だと見抜けるはずもなかろうよ」

へへっ。才蔵は煙を吐き出し、短く笑った。

「そのわりには、もっともらしく説いていたじゃねえか。吉野さまはすっかりその気になっちまってたぜ。まあ、おれも妙に納得しちまったがな」

「無理だよ」

初は淹れたての熱い茶をすする。茶の渋みと熱がひどく心地よい。少し疲れているのだろう。作之進の話は奇怪で重く、ついつい耳を傾けてしまったが、その分、身の内の精を奪われたように感じる。

鬼に変じた女。死肉を喰らう佳人。

「真実なんてわかりゃしねえ。もっともらしい話なら創《つく》り上げられるがな。お頭だって、おれの作り話を全部が全部、信じたわけじゃねえだろう」

「まあな」

「お頭としちゃあこの一件、どこに一番、引っ掛かってる？」

「吉野さまが庭で見た女。それが、ほんとうに晶子だったかどうか、だな」

「誰かが晶子に化けていたと？」

「そうだ。で、植え込みの陰に晶子の死体を転がしておく。そう難しい仕事じゃあるまい。吉野さまが夕方庭にいることを知っている者、怯《ひる》んで暫くは動けないだろうと読める者なら、容易いとは言わねえが至難でもねえさ」

「至難じゃないがややこしいな。何のために、そんなややこしいやり方で女中一人を殺《や》らなきゃならねえんだ」

「おめえ、さっき言ったじゃねえか。わかるわけねえだろうってな」

煙管の火を火鉢に落とすと、才蔵は腰を上げた。小袖の前を軽く叩《はた》く。

「まあ、この件、商売には繋がらねえようだな。一刻ばかり無駄にしちまった」

「無駄？　けっこう、おもしろがってたくせに」

「まあな。ちょいと楽しませてもらった。どう決着がつくか知りたくはあるな」

くすくすと才蔵が笑う。その声に冬風の音が被さってきた。

初が決着の行方《ゆくえ》を知ったのは五日後、寒さが少し緩んで、日差しが柔らかに注ぐ日だった。

仕事を一つ、片付けてえにし屋に帰ったとたん、才蔵に呼ばれた。

「吉野さま、夫婦別れは止めたとよ」

何の前置きもなく告げられる。

「おめえを待っていたがいつ帰るか当てがないと言うと、これを置いて帰った」

才蔵が五両を初の前に並べる。

「忠告してくれた礼だそうだ。ありがたく頂いときな。ただし三両は店に入れてもらうぜ」

「おれの忠告が何かの役に立ったのか」

「そうらしい。おめえの作り話、かなり事実に近かったようだぜ。あれからじっくり話をして、結句、奥方は何もかもを吉野さまに打ち明けたそうだ。おめえが語ったこととほぼ同じだったんだとよ。全てを聞いたら、奥方さまが哀れでならなくなって別れることなど考えられなくなったんだとさ。これからは、できる限り支えてやりたいと言ってた。根っから善人だな、あの人は。今のご時世、珍しい善人だ。律儀でもある。おれたちのところにまで、こうして挨拶に出向いてくるんだからよ。まっ、もう二度と会うこともねえだろうが」

三両を手に、才蔵がふっと笑った。

「一件落着さ、初」

「一件落着、か」

鬼は人に戻り、幸せになれるのか。己の中の鬼を知った女は、穏やかに生きていけるのか。

顔も知らぬ孝子に心を馳《は》せる。馳せても何も見えないし、わからない。

ともかく、一件落着だ。それでいい。

自分に言い聞かせる。為《な》すべきことは山ほどあった。次の仕事に取り掛からねば、間に合わなくなる。初は二両を懐《ふところ》に仕舞い、吉野作之進の件を忘れようとした。

しかし、落着などしていなかった。

新たな形で、初の前に立ちふさがってきた。

吉野さまが死んだだと？

四

吉野家の屋敷は静まり返り、人どころか生きて動く者の気配すら伝わってこない。もっとも千五百石取りの旗本となれば、屋敷の敷地は千坪近くになる。長屋門の内で何が起こっても、外に漏れるはずもない。声も音も匂いも筒抜けになる裏店とは違うのだ。

ただ、その屋敷の門前には数枚の竹の葉が落ちていた。出棺の折、棺を通した仮門の名残だろう。葬儀は既に終わったのだ。

ちっ。

初は軽く舌を鳴らした。何のための、どこに向けての舌打ちか、自分でもはっきりとはわからない。当てもなく、旗本屋敷の周りを歩き回っている。そんな己に、おそらく腹を立てているのだろう。

無駄なことをしている。

とは、重々承知していた。まったく無駄だ。誰に頼まれたわけでも仕事が絡んでいるわけでもない。やらねばならないこと、やるべきことが見えているわけでもない。餓えた野良犬よろしく、ただうろついているだけだ。

あたりは同じ格式、千石取り前後のよく似た構えの屋敷ばかりだ。初は樺茶《かばちゃ》の縞小袖に島田髷を結い、葡萄《えび》色の風呂敷《ふろしき》包みを抱えてゆっくりと歩いた。武家に女中奉公している、使い途中の娘。傍目《はため》にはそう映るはずだ。武家屋敷が並ぶ風景に馴染んで、僅かも目立たないはずだ。

周りに溶け込む術にはずい分と長けてきたと、思う。


「初、あんまり図に乗るんじゃねえ」

吉野家を窺ってくると告げたとき、才蔵は低い声でそう戒めてきた。

作之進の死を知らされた翌日のことだ。

「図に乗る？　おれがかい」

「おまえの他に誰がいる。店には今、おれとおめえしかいねえよ」

「おれのどこが図に乗ってるんだ、お頭」

お舟は買い物に、太郎丸は手習にそれぞれ出かけ、えにし屋の内はひっそりとしている。もっとも、店というより仕舞屋に近いこの場所が賑わうことは、めったにない。まれに愁嘆場や騒動、歓喜の場になったりもするが。

チリン。

秋の兆しを含んだ風が、軒の風鈴を鳴らしている。

「てめえの正体がばれるわけがねえって高を括っている。そういうところさ」

立ち上がった初を下から睨《ね》め付けて、才蔵は空の煙管をくわえた。

「おまえは確かに化けるのが上手い。前世は狐か狸《たぬき》だったんだろうよ。けどな、慢心しちゃあいけねえぜ。化けるは化ける、偽は偽。本物じゃねえ。本物じゃなければ見破られる見込みもあるってもんだ」

初はしゃがみ込み、才蔵の眼を覗き込んだ。

「お頭、何が引っ掛かってるんだ」

才蔵の口元が歪んだ。返事はない。

「何か気に掛かるから苛ついてるんだろ。昔から、そうだったよな」

おれが女じゃないと見破られる？　誰が見破るんだ？　誰が……。

ぞくっ。

背筋に悪寒が走る。一瞬だが、指の先まで凍えた。

「お頭、まさか、あいつが」

「違う、違う」

才蔵が激しくかぶりを振った。

「あいつは関わりねえ。江戸にいるわけがねえんだ。いや、その前に生きているはずがねえ。とっくにくたばっちまってるんだ。気にするだけ無駄ってもんさ」

「それなら、お頭が気にしているのは何だ。おれは自惚《うぬぼ》れちゃいねえつもりだ。けど、自分の技を信じてもいる。おれの変化《へんげ》が、そう容易く見抜かれるとは思えねえんだ」

才蔵の頭が微かに揺れたようだ。頷いたのだろうか。

「そうだな。おまえの変化は並じゃねえな。さっきは、少し言い過ぎた。確かに、おまえの言う通り苛ついていたのかもしれねえ。自分でも何を気にしているのかわからねえ。だから苛つくんだろうよ。初、勘弁だぜ」

初は目を細めた。えにし屋の主人がこうもあっさり詫びてくるとは意外だ。才蔵は頑固でも偏屈でもない。しかし、前言を翻すことはめったになかった。どんなときも、慎重な物言いと態度を崩さない男だ。慌てた振り、粗忽《そこつ》な振りをすることはあっても、振りに過ぎない。口を滑らせることも、心のままに言い募ることもない。その才蔵が己の情を上手く御せないと言うのだ。初は唾を呑み込んだ。喉の奥が僅かに疼く。

「ただ、おれが嫌な気分……、胸騒ぎみてえなものを感じるだけだ」

「吉野さまの一件にか」

才蔵は空のままの煙管を手の中でくるりと回した。それから、初と視線を合わせる。

「初、おまえな、今さら吉野さまの屋敷に出かけてどうしようってんだ」

口調をからりと変え、問うてくる。

「どうするって……」

問われれば返答に詰まる。

今さら出かけてどうする？　何ができる？　何もできない。吉野作之進は死んだ。それは、紛れもない事実だ。生きている姿を知ってはいるけれど、ささやかな縁を結びはしたけれどそれだけに過ぎない。死者は思い出になり、縁はたわいなく解けてしまう。初は生きている。生きている者には生きている者の世があるではないか。死者に拘《こだわ》っても仕方ない。

初は息を吐き出した。それを待っていたかのように、風鈴が鳴く。

「昨夜、湯呑を見てたら、ふっと思い出しちまった」

「湯呑？」

「ああ、おれの湯呑さ。それを見て、吉野さまは呉須染付だとすぐに気が付いた。それから、昔から器に絵付けするのが好きで、道楽にしていると続けたんだよ」

「ふむ。まあ、お武家の道楽としちゃあ、粋な方じゃねえのか」

「おれも同じことを口にした。そしたら、吉野さまは酒も煙草も嗜まない。絵付けだけが道楽だと答えたのさ」

それがしは酒も煙草も嗜まぬ不調法者ゆえ、絵付けが唯一つの遊びでござるよ。

作之進の一言がよみがえってくる。ずっと張り詰めていた口調がそのときだけ、ふるりと緩んだ。眼元も僅かに笑んでいたはずだ。

「いいかい、お頭。吉野さまは、はっきり酒も煙草も嗜まないと言ったんだぜ。そういう男が酔っぱらって川に落ちた？　どうにも信じられねえ」

「おまえ、昨日も言ったな。六分で殺しだと」

「八分だ」

才蔵の目尻がひくりと動いた。煙管を盆に返し、暫く黙り込む。ややあって、「初」と呼んだ声音は掠れていた。

「この件は、もうお終《しめ》えだ。吉野さまがどういう死に方をしようと、おれたちにはもう関わりねえこった。あの方との縁は、頂いた五両で切れてるんだ。下手に首を突っ込むなよ」

「けど、お頭。殺しなら下手人がいるんだぜ」

「それがどうした？　いたらどうだってんだ」

「どうって……」

どうなんだ？　才蔵にも自分にも答えようがない。初は唇を噛む。

「いいか、初。おれたちは、えにし屋だ。人と人との縁を生業《なりわい》にする。岡っ引を稼業にしているわけじゃねえんだぜ。吉野さまは亡くなった。それが酔った上での過ちであったとしても、過ちに見せかけた殺しであったとしても、おれたちにとってはどうでもいいこった。えにし屋の商売とは、それこそ縁のねえこった。そこんとこを履き違えんじゃねえぜ」

「わかってる」

「わかってる？　本当に、わかってるのか」

ふんと鼻を鳴らし、才蔵は自分の膝を叩いた。思いの外、瑞々《みずみず》しい音がする。

「ついでに言わせてもらうがな。この一件が殺しであるなら、余計に近づいちゃならねえ。殺しってのは底なし沼よ。人の欲やら怨みやら憎しみやらがどろどろと渦巻いて、底がねえんだ。迂《う》闊《かつ》に足を踏み入れたら、沈んじまう」

「ああ、だな」

人が人を殺す。それは底なしの沼であり闇だ。わかっている。骨身に染みてわかっている。骨も身も心も軋《きし》むほどにわかっているのだ。

「しかも、かっとなって斬り捨てただの、毒を盛ったのじゃねえ。椿事《ちんじ》に見せかけての殺しだとすれば、素人《しろうと》にできることじゃねえ」

眉が吊り上がったのが、頬が強張ったのが、自分でもわかった。

「玄人がやったと言うのか。それなら、やはりあいつが」

喉の疼きが強くなる。背中に汗が流れた。

一瞬閉じた瞼《まぶた》の裏に、眼が浮かんだ。人を射る眼だ。何の情も浮かばない、冷え冷えとした眼は刃とも鏃《やじり》ともなって人を射抜く。射抜かれた者はほぼ助からなかった。数日の内に必ず死体となっていた。

「うるせえっ」

才蔵が立ち上がる。初より頭一つ分、低い。

「そんなわけねえって言ってるだろうが。あいつはもう、いねえ。死んじまったんだ。この世から消えちまったんだよ」

「消えたと言い切れるのか。おれたちは最期を見ちゃあいねえんだ」

「ぐだぐだ抜かすな。お江戸ってとこには、金で殺しを引き受ける玄人なんぞごまんといるんだ。その中でちょいと上等なやつらの仕業かもしれねえ」

蝿《はえ》を払う仕草で、才蔵は手を左右に振った。

「どっちにしても剣呑な気配のすることに、のこのこ近づくんじゃねえぞ。百害あって一利なしだ。肝に銘じときな。いいな、初、馬鹿な真似はしっこなしだぜ。おまえにはおまえの仕事ってもんがある」

才蔵は簞笥《たんす》の引き出しを開けると、帳面を取り出した。忙《せわ》しく、めくる。

「水乃屋《みずのや》の件はまだ落着してねえ。深川《ふかがわ》芸者の音若《おとわか》の件も、そろそろ詰めなくちゃならんころだ。伊達《だて》さまからの申し出も、な。他にも取り掛からなきゃならねえ仕事が幾つもある。頼まれてもねえ件を嗅ぎ回る暇なんてねえからな」

「お頭」

帳面を仕舞い、出て行こうとする才蔵を呼び止める。

「それならどうして、吉野さまが亡くなったことをおれに教えたんだ。黙ってりゃあよかったんじゃねえのか」

振り返り、才蔵は軽く肩を竦めた。

「おまえはいずれ知っちまうさ。隠したって無駄だと思ったんだよ」

初に向き直り、才蔵は僅かに笑んだ。

「おまえは一度縁を結んだ相手と繋がる。すっぱり断ち切って、まるで知らぬ者同士になれねえ。

ならねえんじゃなくて、なれねえんだよ。どうしてだかおれには謎だ。おまえの許には、かつて客だった相手の動息が知らぬ間に伝わってくる。何の手立てもしてねえのに、集まってくるんだ。そうだろ？」

「まあな」

　確かにそうだ。当人からの文であったり、単なる噂話であったりはするが、えにし屋として仕事を為したその後を初が知る機会は多い。この春、縁のあったおまいという少女、いや、女人は今戸町《いまどちょう》の油屋、利根屋の奉公人だった。そのおまいがひょっこり訪ねてきたのは、一月ほど前、酷暑のころだった。

「あたし、奥の取り仕切りを任されることになりました」

　利根屋の女中頭になったと、おまいは告げた。頬が仄かに赤らんでいた。

「おやまあ、それはよござんした。たいしたもんじゃありませんか」

「でも、少し怖くもあるんです。あたしなんかに務まるのかって」

「それは取り越し苦労ってもんでしょうよ。おまいさんなら、万事うまくやれるはずです。利根屋のお内儀《かみ》さん、さすがにお目が高いじゃないですか」

　世辞ではなかった。おまいには店の裏を取り仕切る能が具わっている。その能を頼りに、誰にも寄りかからず生きている女を雄々《おお》しいと感じた。

「しっかり働きなさいな。そして、その働きに見合ったお給金を必ず頂くんですよ。いいですね。ここが一番肝心なところですからね」

「はい。前の女中頭さんと同じだけのお給金をくださるそうです。お初さん、あたし、がんばります。お初さんに言われて、あたし俯くのを止めました。顎を上げて、背を伸ばして、胸を張って前を向くようにしたんです。そしたら、何だか力が湧《わ》いてきました」

「ええ、おまいさん、いいお顔してますよ。筋が一本通ったようで凜々《りり》しいですね」

「あら、凜々しいって誉《ほ》め言葉ですか」

「誉め言葉ですとも。婀《たお》やかで美しい女は幾らでもいるけれど、凜々しい女にはめったにお目にかかれませんもの」

「ああ、そうか。うわっ、嬉《うれ》しい。何だか怖いものなんてないって気になりました」

おまいが朗らかに笑う。

ああ、人はこんな風に変われるのだな。数カ月前、暗い眼をして俯いていたおまいを思い出す。人はこんな風に変われ、行く末に望みを抱くことができる。良いことばかりではない。おまいにはこれから、苦労も嘆きも悲しみも襲ってくるだろう。けれど、それらを凌《しの》ぎ、耐え、それらと戦い生きていく強さを、この女は手に入れようとしている。

おまいが去った後も初は胸の内で、言祝《ことほ》いでいた。

むろん、おまいのような例は稀《まれ》だ。えにし屋として知り合った誰もが凜々しく、雄々しく、幸せになれたわけではない。縁を結んだことを悔やむ文をもらった。縁を断ち切ったが故に、哀れな境遇に堕《お》ちた者の噂を聞いた。自ら命を絶った者も、他人を殺めた者も、俗世を逃れ髪を下ろした者も知っている。水が低い地に流れ込むように、初の許に報せが届く。

胸が晴れやかになることも、痛むこともあった。けれど、悔いはなかった。えにし屋は縁を商う。自分の商いに悔いを抱いたことは一度も、ない。

しかし、今回は……。

吉野作之進については、悔いが残る。このまま知らぬことと済ませてしまえば、一生涯《いっしょうがい》、重い悔いを背負わねばならない気がする。

おれは、間違っていたのだ。どこかで、何かを違《たが》えていた。

ずい分としゃべった。

妻を鬼だと言い、怯える男に向かって懇々と説いた。真実を明らかにしたかのように、得意げに話し続けた。初の語った一言一言、一句一句を作之進は身じろぎもせずに聞いていたではないか。そして、妻の自死を案じ、えにし屋を飛び出していった。

「孝子」

妻の名を叫んだあの声が、初の耳にした最後の声になった。

おれが……違えた。

胸の真ん中を刺し貫かれる。その刃こそを悔いと呼ぶのだろうか。息が詰まる。

「どうしたってんだ、初」

才蔵の眉間《みけん》の皺《しわ》が深くなった。訝るように初を見る。僅かな戸惑いが混ざった眼つきだ。

「昨日はそんなに動じてなかったじゃねえか。なぜ、今日になってそんなに狼狽《うろた》えてんだ」

「じわりと浮かんできたんだ。昨夜、床に入って眠ろうとしたら、吉野さまのあれこれがじんわり浮かんできた。とっくに忘れていたのに、浮かび上がってきたんだ」

「は？　おまえ、何を言ってんだ」

「おれの湯呑を見て嬉しそうに笑った顔とか、おどおどした眼つきだとか、口ごもりながら懸命に話す様子だとか、いろんなものが次から次へと浮かんできて眠れなくなっちまったんだよ。それで、一晩、考えていた。考えて気が付いたんだ。お頭、吉野さまってお人は死んじゃいけなかったんだ。殺されちゃならなかった」

「ならなかったって、死んじまったんだ。どうにもならねえじゃねえか」

「そうだ、どうにもならねえ。けど、あの人は善良だった」

臆病《おくびょう》で、決断ができず、弱い。情けなくもある。しかし、善良だった。人の心根が、少しも損なわれていなかった。ああいう男には、ああいう男に相応《ふさわ》しい生き方があったのではないか。もっと穏やかな、地道な人生があったのではないか。少なくとも、無残に殺される最期とは無縁でいられたはずだ。無縁を有縁にしてしまった、死と作之進を結びつけてしまった責めは自分にもある。えにし屋に来なければ、初に会わなければ、初がただの推量をしたり顔に語らなければ、作之進は生き長らえていたかもしれないのだ。

詮無《せんな》い。死んだ人間の未来《さき》を語っても、考えても詮無い。「れば」を幾ら積み重ねても現は変わらず、死者は死者のままだ。けれど、今度だけは詮無い思案を止めてはならない。と、初は感じた。感じてしまったのだ。

善良な男の無残な死から目を逸らしてはならないのだ、と。

「馬鹿野郎が」

才蔵が呟く。肩が心持ち下がった。

「おまえのこった。おれがどう止めても無駄だろうよ。なら、勝手にしな。けど、今日だけだ。今日一日だけ暇をやる。おまえの思うようにするがいいさ。けどな、初。深入りはするな。万が一、玄人の仕業だとすりゃあ剣呑この上ない。わかってるな」

「ああ」

「おまえがどうじたばたしたって、吉野さまは生き返りゃしねえ。たとえ下手人が明らかになったとしても、何一つ元通りにゃあならねえんだ。そこを重々承知してるなら好きに動き回るがいいさ」

馬鹿野郎が。同じ呟きを残し、才蔵が出て行く。初はもう一度、先刻より強く唇を嚙んだ。

葡萄色の包みを抱え直す。静まり返った屋敷の前を通り過ぎ路地に入る。武家屋敷の海鼠塀《なまこべい》に挟まれた路《みち》に松の影が落ちている。頭上を仰ぐと、空を塞《ふさ》ぐように松の枝が張り出し、針葉は濃い緑に艶めいていた。風が吹いて、枝が揺れ、松の葉音が響く。

耳を澄ませてみたけれど、松籟《しょうらい》より他は聞こえない。葬儀を終えた屋敷はどこまでもひっそりと身を竦ませているようだ。

初は軽く身震いした。路地に入れば風は涼やかを通り越して冷たい。日向《ひなた》でかいた汗がすうっと引いていく。

無駄だったか。

胸の内で独り言《ひとご》つ。商いを放り出し足を運んでみたけれど、才蔵の言う通り無駄だった。

無駄？

初は足を止め、揺れる松の影を見詰めた。

おれは何を望んでここに来たんだ。

自分に問うてみる。答えが返せなかった。

作之進が酔って川に落ち、溺れ死んだとはどうしても思えない。そのように見せかけて殺されたとしか考えられないのだ。とすれば、誰が殺したのか。孝子という奥方だろうか。作之進は毒を持たない。牙も鉤爪《かぎづめ》も猛《たけ》る心も持たない。他人を痛めたり、苦しめたり、傷つけたりできる者ではないのだ。向かい合ったのはほんの短い間だったが、そこは読み違えていないはずだ。そういう無害の者をなぜ、殺さねばならなかったのか。

無害が無害でなく、害となったから、か。

不意に蟬が鳴き始めた。それを合図としたように、あちこちで喧《やかま》しく声が響き始める。そのざめきが却《かえ》って、屋敷内の静寂を際立たせた。

葬儀がやけに早かったな。

蟬時雨にまみれながら、思案を手繰《たぐ》る。

「今朝、竪川に浮かんだそうだ」

と、才蔵に告げられたのが昨日。翌日の今日には、もう葬儀は済んでいる。

真偽のほどは確かではないが、水死人は腐るのが早いと聞いた覚えがある。この暑さだ。葬儀を急いでも不思議ではない。けれど、わだかまりは残る。

武家には武家の、町家には町家のしきたりがある。誕生、元服、祝言、葬儀、生涯の内に幾つもある節目ごとに、作法に則《のっと》り祝う。あるいは弔《とむら》う。節目の中にあって葬儀は別格だ。今生《こんじょう》の別れを告げねばならない。だからこそ、人はできうるかぎり丁寧に死者を見送る。葬儀そのものがどれほど質素であっても粗末であっても、弔意や名残惜しさを涙に託して見送る。作之進は武家の作法に則り、丁寧に見送られたのか。

初は、女の仕草で胸の上に手を置いた。

このあたりが妙に寒い。隙間《すきま》ができて風が吹き抜けて行くようだ。

考え過ぎだ。作之進は吉野家の当主だった。ならば、家の格式に見合った葬儀が執り行われたに決まっている。武家は良くも悪くも家の格から外れられない。

顔を上げ、初は小さく息を呑んだ。

塀の向こうから、女が出てきたのだ。よく肥えて、大儀そうな歩き方をしている。吉野家の奉公人らしい。身形からして下女や端女《はしため》ではないようだ。

気息を整える。

ゆっくりと女に近づいて、声を掛ける。

「もし」

女の顔が初に向く。顎にも頬にもたっぷりと肉がついていた。年のころは、三十あたりだろう。

女がさっと、初の全身を見回した。自分よりやや上等な小袖を纏った娘を、どこか大身の武家の女中と見定めたらしい。

「何でしょうか」

ぞんざいでも丁重でもない口調に僅かの用心を潜めて、女は背筋を伸ばした。

「付かぬことをお伺いいたしますが、こちらは吉野作之進さまのお屋敷でございましょうか」

「……そうですけど」

初は口元を緩め、大きく目を見張った。それだけで面が明るくなり、喜色が表れる。

「まあ、よかった。それで、吉野さまは今、お屋敷におられましょうか」

女が身体を引いた。初を見詰めたまま、極めてまっとうな問い掛けをしてきた。

「ご無礼ですが、どちらさまでいらっしゃいます」

「あ、これは名乗りもせずとんだ不調法をいたしました。お許しください。心が逸《はや》ってしまって、つい……」

初は風呂敷包みを回し、白く染め抜いた家紋を女に示した。

「わたくしは神田浜町《かんだはまちょう》、伊佐木采女《いさきうねめ》さまのお屋敷に奉公しております。花江《はなえ》と申す者です」

神田浜町に伊佐木采女の屋敷があるのも、花江という女中が奉公しているのも事実だ。花江は齢《よわい》五十を超える老女ではあるが。

商いの縁で知り合った武家の名をときどき、無断で使わせてもらっている。

「はあ、花江さんですね。それで、何の御用でしょうか」

家紋をちらりと見て、女が重ねて問う。

「こちらの旦那さまに一言、御礼《おれい》が言いたくてまかりこしました」

「御礼？」

「はい。じつは一月ほど前に財布を拾っていただきましたの」

女が瞬きする。

「お財布、ですか」

「ええ、ただの財布ではありません。三十両の金子が入っておりました」

「まあ、三十両。大金ではありませぬか」

「大金です。むろん、わたくしのものではありません。主より預かり、さる方のところに届けねばならなかったのです。さる方については口外できませんの。お許しくださいませね」

軽く目配せする。女が口元を押さえた。小さな小さな秘密を一つ、投げた。それだけで、女の構えはかなり緩んだ。

「その日の内にどうしても届けねばならない金子でした。それを落としてしまったのです。わたくしは途方に暮れ、死ぬしかないとまで思い詰めました」

「まあ……」

「思い詰めて、本気で死ぬつもりだったのです。それしか、過ちを償う道は思い浮かびませんでした。川に飛び込もうか、首を吊ろうか、喉を突こうかと考えながら歩いておりましたとき、こちらの吉野さまにお声を掛けられたのです」

「旦那さまが？　まあ、それでは、旦那さまがお財布を届けられたのですか。わざわざ、あなたさまを追いかけて」

女が身を乗り出す。芝居の筋や読本《よみほん》の中身を聞いている気分になっているのだ。豊かな頬に血の色がくっきりと上っていた。

「そうなのです。わたくしが落としたのに気が付いて、後を追ってくださったのです。人混みに紛れて一旦《いったん》は見失ったわたくしを懸命に捜してくださって、財布を返してくださいました。おかげで、わたくしは死なずに済みました。そのままお帰りになろうとする吉野さまを必死でお止めして、お名前だけを何とか聞き出したのです」

「まあ、そんなことがございましたか」

「お名前からお屋敷の場所を割り出すのに、ずい分と刻を使ってしまって、御礼に伺うのがこんなに遅くなりました。ここに文と御礼の品を持って参りました。不躾とは重々承知しておりますが、これを吉野さまにお渡しいただくことはできませぬでしょうか」

「……できませぬ」

女が沈んだ声を出した。既に、眼が潤んでいる。

「旦那さまは、昨日、お亡くなりになりました」

「まっ」大きく息を吸い込み、絶句の振りをする。

「そんな、そんな……まさか。どうして吉野さまが……」

「一昨日《おととい》の夜、お酔いになって竪川に落ちてしまわれたのです」

「まあ、そんな、そんな……信じられません。お供の方は何をしていらしたのです」

千五百石の旗本が供もつれず出歩き、本所深川《ほんじょ》あたりで酒を飲むとは考え難い。

「それが、旦那さまはお一人で出かけられたのです。奥方さまはもちろん、わたしども奉公人も誰一人として気付かぬうちに、こっそりと屋敷を出られたのです」

「お一人で？　それは、なぜに……」

女と目を見合わす。女の二重になった顎が上下した。初はもう一度、目を見開いた。今度は驚愕《きょう》と戸惑《がく》いが面を覆っただろう。掠れた声で呟く。

「まさか」

「ええ、そのまさかではないかと噂されております。困ったことです」

「吉野さまはどこぞに女人を囲っていたと？」

「そうとしか考えられませんでしょ。囲っていたか、よからぬ場所に通っていたかはわかりませんが。女から文でも届いて、そっとお屋敷を脱け出られたのですよ、きっと。それで、飲めぬお酒を召し上がって、ああ、旦那さまは普段はめったにお酒を召し上がったりなさいませんでした。あまりお好きではなかったのですよ」

「なのに、一昨夜に限って酔うほどに飲まれたのですか」

「でしょうね。女に酌をされて断れなかったのではございませんか。ほんとに」

女はそこで口をつぐんだ。しゃべり過ぎたことに気が付いたのだ。

「そんなわけですから、旦那さまはもうこの世の方ではないのですよ。あなたさまのお気持ちはわかりますが、どうしようもございません。お引き取りくださいな」

女は初に背を向けると、そそくさと屋敷内に入っていった。

作之進は吉野家の内でさほど重んじられていなかった。女の口調からも態度からも、その事実が伝わってくる。

初は路地に一人、佇んでいた。

おかしい、何もかもがおかしい。作之進に女がいたことも、酔うほど飲んだことも嘘っぱちだ。真実ではない。真実のように装ってはいるが偽だ。だれかが、真実と偽をすり替えている。

初、もう止めろ。ここまでにしろ。もう踏み込むんじゃねえ。

才蔵の戒め声が耳奥に響く。

そうだ、危ない。ここから先は、あまりに剣呑だ。近づいてはならない。江戸に巣くう闇がどれほど恐ろしいか、知らないわけではない。

喉が渇く。胸が寒い。背中に汗が流れる。

キイ。

微かな音がした。木戸が開く音だ。

海鼠塀の向こうに、今度は男が現れた。吉野家の木戸から出てきたらしい。笠《かさ》を被り、四角い荷を背負っている。尻端折《しりはしょ》りをして、この季節なのに股引《ももひき》姿だ。出入りの商人だろうか。

男はゆっくりとした足取りで、初の方に歩いてきた。初も前に進む。歩かなければ不審に思われるだろう。男と初の間が縮んでいく。

男が笠に手をやり、ちらりと初を見た。

ずくん。

心の臓が音を立てる。ずくっ、ずくっ、ずくっ。鼓動を打つ。

男とすれ違う一瞬、全身がおののいた。

何だ、これは……。

よろめきそうになる足を何とか保ち、歩き続けた。

路地の端で、振り向く。

誰もいなかった。

五

えにし屋に帰り着くと、初は自分のためにお茶をたてた。

客のもてなし用に拵えた茶室は、静かで心地よかった。気持ちが乱れたとき、迷ったとき、惑ったとき、ここに座るだけで少しばかり落ち着ける。

作法は一通り教わっていた。教えてくれたのは、円恵《えんけい》という僧侶《そうりょ》だった。とんでもない破戒僧で酒はもちろん、女も犯せば博打も打った。殺生もした。手に掛けた者の数は両の指では、とても足りまい。剃髪《ていはつ》し墨染《すみぞめ》の法衣《ほうえ》を身に着け、経も唱える。が、中身は獣《けだもの》だった。平然と人を殺し、死肉こそ喰らわないものの遺体を踏みつけ、切り刻むぐらいは躊躇わない。

そういう男が、滑らかな手さばきで茶をたてた。

「おれはこれでも、公家《くげ》の血を引いておってな」

初に手ほどきしながら、円恵は出自を語った。

「もっとも、武士の世で公家など家柄より他は誇れるものもなし。まして貧乏公家の五男坊、しかも母親は辻《つじ》に立って春をひさぐ女であったとなれば、まあ、寺に預けられたのも、むべなるかなだ。ていのいい口減らし、厄介払いであろうが、ご丁寧に京ではなく江戸まで弾《はじ》き飛ばしおったわ。万が一にも、舞い戻られたら面倒だと考えたのだろうがな。誰があんな屋敷に帰るものか。わしは今の暮らしが性に合《お》うておるのよ。もう少し京が近ければ屋敷に火を放ち、家人のことごとくを斬り殺してもやるが、いかんせん、ちと遠すぎるのう」

僧形で無体の限りを尽くす暮らしが性に合うと言い切る、仏道どころか人の道さえ踏み外している男は、まだ十歳になるかならずかの初に茶を教え、歌の詠み方を教え、鼓の打ち方を教えた。下心や望みがあったわけではない。ただ教えることが好きだったのだろうと、今にして初は思う。

「おまえは利発な子だ。教え甲斐がある」。そう言って屈託なく笑う眼には、人を殺めた暗みも己の罪に怯える陰もなかった。根っからの悪党であったのだ。悪党は悪党に相応しく最期は梟首《きょうしゅ》となり地獄に落ちた。

市中を引き回され刑場に向かう道すがら、円恵が途切れることなく念仏を口ずさんでいたとの風聞は初の耳にも届いてきた。

茶筅《ちゃせん》を置く。

茶碗《ちゃわん》を手に取り、濃い緑の茶を見詰める。

なぜ、今更、円恵を思い出す？

自分に問うてみる。返答ができなかった。ただ、忘れてはいなかったのだと、思い知る。あのころの日々は、記憶の底に押し込めていただけで決して忘れ去った、忘れられたわけではなかったのだと。押し込めていた記憶の蓋《ふた》が少しでもずれれば、隙間から這《は》い出てくる。

炎に照らされた男たちの横顔も、男たちから強く漂ってきた血の臭いも、酒の香も、男の一人の腕に絡みついていた長い髪も這い出てくる。

作法に従わず、抹茶を一息に飲み干すと、初は立ち上がった。口の中に爽《さわ》やかな苦味が広がって、気持ちがしゃんとする。唇を拭い、店に戻る。

「あら、お初さん、お帰りになってたんですか」

襷《たすき》がけに前掛け姿のお舟が台所から出てきた。甘辛い、いい香りがする。

「活きのいい鯵《あじ》が手に入りましてね。今、煮付けてるんですよ」

「おや、それは嬉しいこと。お舟さんの煮付けは天下一品ですものね。楽しみですよ」

「旦那さまには、一本、お付けしましょうかねえ」

「ええ。でも、一本だけにしておきましょう。甘やかすのは、よくないですからね」

「あらま、厳しいですね、お初さんは」

お舟が丸い肩を竦め、くすくすと笑った。

お舟は、初と才蔵を生《な》さぬ仲だと思っている。初も太郎丸も、才蔵の篤志でえにし屋に引き取られ、育てられた。そう固く信じている節があった。あながち間違いではないが、正しくもない。ただ、才蔵がいなかったら、初が生き延びられたかどうかは疑わしい。太郎丸もそうだろう。太郎丸がどういう末路を迎えたかはわからないが、初は、十中八九円恵と同じ道を辿《たど》っただろう。才蔵は、そこから救い出してくれたのだ。善意だけではない。憐《あわ》れみや優しさからでもない。才蔵には才蔵の事情も目論見《もくろみ》もあった。その上で初に手を差し伸べてきたのだ。太郎丸だとて、物になる、将来、何かと役に立つと見定めたから連れてきた。

それでも恩を感じてはいる。才蔵なりに初や太郎丸を愛《いつく》しんでいるのだとも感じている。

「そう言えば、旦那さまが、お初さんが帰られたら仕事の首尾を知らせに来るようにとおっしゃってましたよ」

お舟が笑みを残したまま、首を傾げる。

「今、難しいお仕事を抱えてるんですか」

「ええ、まあね。けど、えにし屋の仕事に楽なものなんて、ほとんどないんでね」

「そりゃそうですよね。ほんと、人様の縁を商うなんて、一風変わった商売ですもの。手本があるわけじゃなし株仲間があるわけじゃなし、苦労ですよねえ」

お舟がこくこくと頷く。二重の顎は上下に、よく動いた。

曖昧《あいまい》な笑みで誤魔化し、才蔵の部屋に向かう。

才蔵が事の顛末を聞きたがるのは珍しい。むろん、仕事に関わる限り、事細かに知らせはする。才蔵も同じで、互いに隠し立てはしない。そうでないと商いが進まないからだ。目に見える、手で触れられる品を取り扱う商売ではない。縁という、形のないものを商う。だからこそ、慎重にあらゆる手立てを使って為すべきことを為していく。そのためには、隠し事はご法度だった。

しかし、今、才蔵が聞きたがっているのは仕事の話ではない。

「旦那さま、初です。ただいま、戻りました」

襖越しに声を掛ける。誰の耳があるわけでもないが、白地の襖の外では、初は〝えにし屋のお初〟として振舞う。

「ああ」と短い返事があった。襖を開ける。

チーン、チーン。

ここでも風鈴が鳴っていた。南部鉄の釣《つ》り鐘《がね》型のものだ。無骨な外見とは程遠い、澄んだ可憐な音を立てている。

才蔵は縁側に座り、揺れる風鈴の舌を眺めていた。手には煙管が握られている。

「やけに遅かったじゃねえか」

白い煙を吐き出した後、才蔵が言った。何があったと問う口調でもある。

「ああ、思いがけねえ成り行きになっちまったからな」

男の声で初は答える。風鈴から初へ、才蔵の視線が移ってきた。

「思いがけねえ成り行き、か。えらく、もったいぶった言い方だな」

初はその場に座り、才蔵の視線を受け止めた。そして、告げる。

「奥方に会ってきた」

才蔵の目尻が心持ち吊り上がった。

「それは、吉野さまの屋敷に上がり込んだってことか」

「そうだな」

煙草盆の中に吸い滓《かす》を落とすと、才蔵は庭に向かって唾を吐き捨てた。えにし屋の主として振舞っているときは、決して見せない下卑《げび》た仕草だ。

「勘違いするなよ、お頭《かしら》。おれが強引に上がり込んだわけじゃねえ。呼ばれたんだ」

才蔵の目尻が小刻みに震えた。瞬き一つ分ほどの間だったが。

「呼ばれた？　屋敷内にか？」

「そうだ」

「誰に？」

「直《じか》におれを呼び止めたのは、吉野家の女中さ。呼び込んだのは、その主人。奥方の孝子だ」

才蔵が動かなくなる。指が刻んだ煙草を摘《つま》んだまま、空に止まった。

「そうなんだよ、お頭。驚きさ。奥方はわざわざおれを屋敷内に招き入れたんだぜ。いや、その前から話さなきゃならねえな。嫌な臭いのする男に出遭ったところからだ」

才蔵の黒目が真っ直ぐに、初に向けられた。舌が唇を舐める。

「嫌な臭いのする男、か」

「ああ、確かに嗅いじまった。玄人の臭いだ」

初を見据えたまま、才蔵が命じた。いつもと変わらぬ口調だった。

「残らず話してみな」

初は立っていた。

どれほどそうしていたのか。気付けば風が、心持ち涼やかになっていた。男が消えた辻のあたりには、松の影が落ちている。夏の盛りのように黒々と地に色付けしているわけではなく、どことなく淡くぼやけていた。

初は身体を軽く震わせた。背中に貼《は》り付いた悪寒を振り払う。気のせいだ。あれは、ただの物売りだ。

自分に言い聞かす。

すっと、蜻蛉《とんぼ》が目の前を過った。一瞬、翅《はね》が銀色に煌めいた。その光に目を射られる。

しっかりしろと叱咤《しった》された気がした。

しっかりしろ、平静になれ。何に惑わされることもなく、現と向かい合え。

えにし屋として培ってきた心構えだ。自分に言い聞かす。

己の情に振り回されず、誤魔化されず、惑わされない。どんな現からも逃げない。

初は大きく息を吸い、ゆっくりと吐き出した。

ただの物売りなんかではない。こちらに迫ってきた気配は、殺気のように尖ってはいなかった。その分、底光りするような冷酷さが伝わってきた。

殺し慣れている。

虫を踏み潰すように人を殺せる。そういう臭いを男は放っていた。

なぜ、そんな男が、吉野の屋敷から出てきたのだ？

松の枝を見上げる。おいでおいでと誘うように、蠢《うごめ》いていた。

近づかねえ方が無難だな。

胸の中で呟く。ああいう男が絡んでいるとすれば、近づかない方が無難、いや、近づいては駄目だ。踵を返し、さっさとえにし屋に戻る。それで、吉野作之進のこともその奥方のことも、きれいさっぱり忘れ去る。それが賢明だ。賢明でなければ生き残れない。うかうか毒蛇の巣に踏み込む愚を犯してはならないのだ。

踵を返し、さっさと……。

初は唇を噛み締めた。

吉野作之進と結んだ縁はどうするのだ。このままでは、無残に殺された男があまりに哀れではないか。

賢明で用心深い〝えにし屋お初〟とは別の初が声を絞り出す。ただ、初には見当がつかなかった。作之進が怨みを晴らしてもらいたいと、望んでいるのかどうか。そもそも、怨みを抱いて彼岸にいるのかどうか。

お初どの。お気持ちはかたじけない。されど、もうよいのだ。これがそれがしの定めであったと諦めており申す。

もし今、話ができたのなら、あの気弱な笑みを浮かべて、そう語り掛けてくるのでは。

初はもう一度、息を吸い、吐いた。

このまま、忘れるか。作之進との縁をきれいに解き、忘れてしまうか。いや、忘れなくてもいい。命日の度に思い出し、そっと手を合わせる。それだけの縁でいいかもしれない。

今度は、足が動いた。来た道をゆっくり引き返す。人を喰らう奥方とも、吉野の屋敷とも、そして、殺伐とした気を纏った男とも縁切りだ。もう二度と逢うことも、足を運ぶこともない。

それでよろしゅうござんすね、吉野さま。

念を押せば彼岸に渡った男は、それで構わぬ、世話になったと微笑《ほほえ》むか、諦念《ていねん》の眼つきで見返してくるか、さてどうだろうか。

初は歩き出した足を止めた。

木戸の開く音がする。こちらを窺う眼差しがぶつかってくる。

「あ、まだおられましたか。もし、花江どの、花江どの」

振り向くと、先刻の女が小走りに近づいてくるところだった。

「ああ、よかった。まだ、おられたのですね」

女の口調に咎める色はなかった。むしろ、安堵が漂う。

「あ、はい。いつまでも、ぐずぐずと留《とど》まっておりました。お許しくださいませ。なにしろ、吉野さまが亡くなったことが俄《にわ》かには受け止められなくて、つい、ぼんやりしておりました。ほんとうに不躾で申し訳ございません。えっと、あの……」

「わたし、菊乃《きくの》と申します。十年この方、吉野家で奉公しておりますの」

「菊乃さま、でございますね。わたくし、すぐに立ち去りますので。あっ」

小さな悲鳴を上げてみる。菊乃が手首を摑んできたのだ。避けるのも、振り払うのも容易くはあったけれど、むろん、そんな真似はしない。驚きの表情を作り、狼狽えた声を出す。

「な、何をなさいます」

「あら、ごめんなさいましよ。でも、立ち去られては困るのです」

「え？」

「いえね。あなたのことが気になって、奥方さまに申し上げたのです。伊佐木采女さまとやらに奉公しているお方が、旦那さまを訪ねて見えられたと」

「まあ、それはご親切にかたじけのうございます。でも、よろしいのですよ。吉野さまは亡くなられ、もうご葬儀もお済みなのですもの。どうしようもございません」

手首を握る指に力がこもった。菊乃が顔を近づけてくる。

「お逢いになるそうです」

「は？　逢うとは……」

胸の鼓動が速まる。まさか。

「奥方さまが、あなたにお逢いになるそうです。わざわざ出向いてきた者を無下にもできないとの仰せでございました」

まさか、こういう成り行きになるとは思ってもいなかった。

「ですから、どうぞ、こちらへ」

腕が引かれた。なかなかの力だ。有無を言わさぬ強さがあった。

初は菊乃に引っぱられる恰好《かっこう》で、裏門から屋敷内に入った。そのまま、台所と思しき建物に沿って進むと、狭いけれど掃除の行き届いた庭に出た。日当たりが悪く貧弱な木しか生えていないのは、裏庭だからだろう。作之進が白装束の女を見たという庭は、表向きにあるはずだ。そこは、人一人や二人ゆうに隠しきれる大木がそびえているのだ。

「さっ、ここからお上がりになって、こちらのお座敷にどうぞ」

菊乃はそこでやっと手を放し、廊下に上がった。初も後に続く。

通された座敷は小ざっぱりとした風通しの良い小部屋だった。ただ、粗末ではある。床の間はなく、黄ばんだ畳が敷かれていた。おそらく、奉公人のための一室なのだと初は見当をつけた。他家の女中、それも私用で訪れた者を通すのはここで十分というわけだ。

「では、奥方さまにお知らせして参りますから。暫く、お待ちくださいませ」

「あ、菊乃さま」

「何です？」

障子を閉めようとしていた手を止め、菊乃が首を傾げた。ちょっとしたはずみに首を倒すのは、この女の癖らしい。

「あの、奥方さまはどうして、わたくしに逢ってくださるのでしょうか」

「それは、逢おうと思われたからでしょう」

「ですから、どうして逢おうと思うてくださったのでしょう。約定もいただかぬまま、不躾にお訪ねしましたのに」

いかにも恐れ入るという風に、身を縮めて見せる。

「どうでしょうか。わたしには、わかりかねますが」

「ただの気紛《きまぐ》れでいらっしゃるのでしょうか」

いえいえと菊乃が首を横に振る。

「奥方さまは、気紛れとは程遠いご気性でございます。分別もおありになって。急に何かを思いついて、そのお心のままに動くなんて真似、決してなさいません。ええ、とても思慮深いお方なのですよ」

「でも、それならなぜ……。菊乃さまが、よしなにお取り計らいくださったのですか」

「あら、とんでもない。こういう言い方は何でございますが、わたしは花江どののことを何一つ存じ上げておりませんもの。取り計らいをするわけがございません。したくてもできませんでしょう。でも、まあ、正直には申し上げましたけれど」

そこで何を思い出したのか、くすくすと菊乃は楽しげに笑った。

「つまり、伊佐木さまのお女中はお美しいけれど、ちょっと背が高過ぎると」

「まあ」

「あら、お気を悪くなさらないでくださいまし。だって、奥方さまがお尋ねになったのですもの。どんな女人でありましたか、と。ですから、ありのままを申し上げました。お気に障ったら、お許しくださいね」

くすくす、くすくす。菊乃は笑い続ける。話好きで、正直で、やや口が軽い。そういう女のようだ。おそらく、武家ではなく町方の出なのだろう。所作や物言いは、武家風に躾けられているが、ちょっとした言葉や動きの端に軽々しさが見て取れる。その軽さが、菊乃に若やぎと明るさを与えていた。

「奥方さまが、わたくしの人体《にんてい》をお尋ねになったのですか」

「ええ、そうですよ。若くて、美しくて、とても背が高いと申し上げましたら、逢ってみようとおっしゃって、すぐに呼んでくるように、わたし、言い付かりましたの。でも、ちょっと刻が経ちましたでしょう。花江どのがいらっしゃるかどうか心許なかったのです。いらっしゃらなかったら、伊佐木さまのお屋敷まで追いかけねばならないところでした。とはいえ、伊佐木采女さまなど、わたし存じておりませんしねえ。神田のあたりも、あまり詳しくございませんの。ですから、花江どのがまだお帰りになっていなくて、安堵いたしました」

伊佐木の屋敷を探し当てられれば、嘘がばれてしまう。危ないところだった。初も胸内で安堵の息を吐いていた。

「それでは、暫し、お待ちくださいね。ああ、障子は開けておきましょうか。良い風が通りますからね」

菊乃が去り、初は一人になる。

見るともなく、庭を見る。細い紅葉が一本、植わっていた。貧弱な幹、貧弱な枝。葉もまばらにしか付いていない。枝が下がっているせいで、項垂れているように目に映る。

なぜ、逢おうと思った？

まばらな葉を眺めながら、考える。

旗本の奥方が、他家の女中にわざわざ対面するだろうか。故人を偲《しの》ぶ気持ちを貴ぶなら、仏間の外からでも手を合わさせれば、事足りる。奥方自ら出てくる要はあるまい。

武家とは身分の世界だ。身分が違えば、人としての立ち処《どころ》も生き方も違う。同じ人でありながら、同等では決してない。身分とは、いわば、生まれながらに人を囲い込む堅牢《けんろう》な柵《さく》だ。その柵の外、しかも、はるか下位にいる者にそこまでする意図が読めない。

亡き夫を訪ねてきた女を無下にはできない。

孝子はそう言ったらしいが、無下にしても一向にかまわなかったはずだ。むしろ、それが当たり前であるだろう。

無下にできないほど、優しい人柄であるのか。

初には窺えない思念があるのか。

紅葉の枝先に蜻蛉が止まる。日が翳っているせいで、先刻のように翅は煌めかない。蟬の声も蜩《ひぐらし》に替わり、虫の季節は終わりが見え始めた。

カナカナカナ、カナカナカナカナ。

カナカナカナ、カナカナカナカナ。

澄んだ、もの悲しい鳴き声に足音が交ざり込む。

「奥方さまが、お出でにございます」

廊下から菊乃が告げた。さっきまでの軽さはない。

初は指をつき、深く頭を下げた。


空の煙管を煙草盆に戻し、才蔵は「うむ」と唸りとも呟きともつかない声を出した。

「何もかも妙だな」

「ああ、妙だ。男にしても女にしても尋常じゃねえよ」

唐突に、才蔵が短く笑った。

「鬼女との縁切りから始まった話だ。尋常じゃなくて当たり前さ。ただ、屋敷から出てきた男ってのは、いただけねえな。おまえが震えるほど臭うなら相当な玄人だぜ」

「ああ、おそらく、手に掛けた数は半端じゃなかろうな」

「年のころは？」

「よくはわからねえ。けど、若くはなかった。年寄りでもなかったがな。正直、人の覚えに残るような顔じゃなかった。ごくごく凡庸で、どことって目に留まるところはない。人混みにたわいなく紛れちまう、そういう男だった」

見たまま、感じたままを伝える。傷があるわけでなく、目立つほどの偉軀《いく》でもない。すれ違ったぐらいでは、誰の目にも心にも留まらない姿形、他人の記憶に刻み込まれない風体。

うむと、才蔵が今度ははっきりと唸った。

「厄介だな、初」

「ああ、何もかもが危ねえ男ってわけだ」

生き残りかと、才蔵は呟く。「それもわからねえ」と、初が答える。才蔵の唇が妙な具合に歪んだ。口元、眼元の皺が深くなる。

「けどな、お頭。男より女の方がさらに剣呑かもしれねえ」

「女か」

「女だ」


仄かに香が香る。衣擦《きぬず》れの音がする。

初はさらに頭を低くした。

「花江とやら、面《おもて》を上げよ」

低い、深みのある声が告げた。

初はゆっくりと、やや躊躇いがちに身体を起こす。一呼吸おいて、視線を前に向けた。

女が座っていた。

上質の蠟燭《ろうそく》を思わせるほど肌は白い。剃った眉の下の双眸《そうぼう》は見事なほど形良く、唇は紅を引いているとは見えないが、紅く照り映えて、肌の白さを引き立てていた。

美しい女だ。喪色の衣をまとっているのに、艶が零れる。

「菊乃から大方の話は聞きました。そなた、我が夫に恩があるそうな」

「あ、はい。大変な苦境からお救いいただきました。一言でも御礼をとまかりこした次第にございます。まさか、奥方さまのご尊顔を拝せるとは、身に余る誉《ほまれ》にございます」

「殿は亡くなりました」

「は、はい。菊乃さまより伺いましてございます。わたくしなどが口にするのも憚《はばか》られますが、心より……心より、お悔やみ申し上げます」

もう一度、低頭する。首筋に視線が突き刺さってきた。

「花江とやら」

「はい」

「そなた、真の話をしておりますか」

孝子は瞬きもせず、初を凝視していた。ほとんど表情のない面の中で赤い唇だけが動く。妖艶《ようえん》でおぞましい顔だと、初は息を呑み込んだ。

この女は本物の鬼ではないのか。吉野さまの怯えは、当たっていたのではないか。

路地で男とすれ違ったときと同じ、いやそれ以上の震えが走る。初は俯き、奥歯を噛みしめた。この震えを気取《けど》られてはならない。

「恐れながら、奥方さまのお尋ねの意、わかりかねますが」

瞬きをし、戸惑いを露わにする。途方に暮れた、少し幼い顔つきを作る。

「わからぬか。では、改めて問うことにいたそう。そなた、殿とはどのような関わりであったのです。包み隠さず、話してもらいたい」

「は？　あ、あの、ますます仰せの意味がわからなくなりましたが」

わざと、頓狂《とんきょう》な声を上げる。

見破られている？　おれが女ではないと？

いや、それはない。

自惚れでなく、自分の変化を見破る者などいないと信じている。信じて差し支《つか》えない。生きるために、生き延びるために身につけた技ではあったけれど、今では初にぴたりと貼り付き、初自身でさえ、ときに〝えにし屋のお初〟こそが我が正体ではないかと、思う。

孝子が人であるならば、見破られたりはしない。人であるならば、だが。

「花江、立つがよい」

命じる口調で、孝子が言う。それには、ほんの寸の間、芝居でなく戸惑った。

「わたしの前で立ってみよ」

孝子の口吻《こうふん》には従うことしか許さぬ激しさがあった。声を荒らげるわけではないのに、怒気がぶつかってくる。

憤っているのか。この女は怒りに身を焦がしているのか。

ならば人だ。魔も妖も情などもたない。憤るのも、嘆くのも、歓喜するのも、求めるのも人だ。人の性《さが》だ。

心が静まっていく。初はその場に立つと、孝子を見下ろした。

「回ってみよ。その場でゆるりと、な」

言われた通りに動く。裾《すそ》を持ち上げ、身体を回す。身体のあちこちに視線が突き立ってきた。

一回りし、腰を下ろす。腰を下ろす許しは請わなかった。

「お気が済みましたか。それなら、わたくしはこれで、失礼いたします」

「どこで、殿と知り合うた」

「……ですから、菊乃さまに申し上げました通り」

「嘘はよい。戯言はもう、たくさんです」

「そのように言われましても、わたくしには何が何だか」

「わからぬと申すか」

「わからぬことはわからぬとしか、言いようがございません」

孝子は初を見据えたまま、廊下に畏《かしこ》まる女を呼んだ。

「菊乃、これに」

「はい」

菊乃が文箱《ふばこ》らしい黒漆塗りの箱を運んできた。主人に倣《なら》った無表情な横顔だ。

「これは、殿の遺品です」

孝子の手が蓋にかかった。漆を塗り重ねた逸品だと一目でわかる。しかし、黒一色、僅かな飾りもついていない。

「ごらんなさい」

孝子の指が箱を押した。初はやや前のめりになり、中身を覗き込む。

「ま……」

絶句してしまう。一瞬と呼ぶにはやや長い間、胸を押さえたまま身動きできなかった。

これは……。

「どうです。あなたと殿が前々からの知り合いであった証でしょう」

孝子が初めて笑んだ。

恐ろしく、美しい笑みだった。

六

「菊乃」

孝子は笑みを消し、女中を呼んだ。呼ばれた方は心得顔に頷くと、文箱の中身を取り出す。

数枚の紙だった。

どれにも女の姿が描かれている。

微笑んでいるもの、思案にくれているのか眉を僅かに顰《ひそ》めたもの、真っ直ぐに前を向き何かを一心に見ているもの、俯き加減に茶を淹れているもの、立ち姿もある。

「どうぞ。よくごらんになって」

菊乃が初の前に、絵姿を広げる。

「これは、全て花江どのでございますね」

全て初だった。一枚一枚に〝お初〟と名が入っている。

孝子が僅かに身じろぎした。

「殿は器に絵付けするのを道楽にしておりました。知っておろうな」

「いいえ、存じ上げておりません」

白《しら》を切る。「いや、それがしは酒も煙草も嗜まぬ不調法者ゆえ、絵付けが唯一つの遊びでござるよ」。作之進の柔らかな声音と眼差しを思い出す。

「絵付けのために、殿はよくこのような下絵を描《か》いておられました。ほとんどが花鳥風月でありました。このように、人を、特に女を描くのは珍しい。しかも、何枚にもわたってこのように丁寧に描きつけるとは」

孝子の口吻は淡々として、何の情も含まれていないようだ。初を見据えたまま、その口吻で続ける。

「よほど、そなたのことが気に入ったのであろうのう」

「恐れながら申し上げます。奥方さまは、勘違いをなさっておいでございます」

「勘違い、とな」

「はい。この絵姿の女はわたくしではございません。なるほど、よく似てはおりますが、ただ似ているだけのこと。別人です」

言い切り、孝子と視線を絡ませる。美しい女の美しい唇が歪んだ。

「とぼけるつもりか。どう見てもそなたではないか」

「名が違います。わたくしは花江と申します。それに、この女は明らかに町人ではありませんか。

わたくしは武家に仕えております。お疑いなら、今すぐにでもわたくしの奉公先、伊佐木采女さまのお屋敷に人を遣わし、お確かめください」

「名前など、どのようにも騙《かた》れる。ただの符丁に過ぎぬ。姿形とて化けようと思えば化けられるであろう。そなたが花江であろうが初であろうが、さしたる違いはあるまい。殿はそなたを初という女だと信じていた。それだけのことではないか」

「それは言い掛かりに近《ちこ》うございます。道理が通りませぬ」

言い返しながら、舌打ちしたい気分になる。

名前など、どのようにも騙れる。姿形など、どのようにも化けられる。確かにそうだ。そして、騙っているのも化けているのもこちらだった。脂汗が滲むほどではないが、心情は騒ぐ。孝子の落ち着き払った様子もどこか不気味だった。

初は目を伏せ、絵姿に視線をやった。

躊躇いのない線だ。初の特徴をよく捉えている。作之進の絵の才はなかなかのものだったらしい。ここまで似ていれば、言い逃れは至難に思える。

吉野さま、やはり、お生まれになる場所を、いや、生きる道を間違えられましたね。武士として出世するより、絵師、あるいは絵付師の道を選ぶべきだったんですよ。

詮無い思案をしてしまう。

「ともかく、わたくしは帰らせていただきます」

作之進への束の間の思案を振り払い、初は腰を上げた。分《ぶ》があまりに悪い。早めに引き上げるに限る。

菊乃が前に立ち、行く手を塞ぐ。

「菊乃さま、お通しください」

「奥方さまのお話はまだ、終わっておりませぬ。ここで立つなど無礼でございますよ」

「無礼はどちらです。わけのわからない言い掛かりもほどほどになさいませ」

「お通しするわけには参りませんよ。旦那さまをたらしこもうとした、とんでもない性悪女。それが、あなたの正体でしょう」

「まあ、何ということを。あまりの申されよう、許しませぬよ」

「許さねばどうだと言うのです」

菊乃がふんと鼻を鳴らす。ずい分と不遜《ふそん》な仕草であり表情だ。腹は立たない。しかし、気味悪くはある。先刻の、いかにも人の好《よ》さそうな姿は何だったのかと、背筋が冷える。

菊乃は廊下に出ると手早く袖を括った。障子の陰にしゃがみ、木刀を手に立ち上がる。そこにあらかじめ、用意しておいたのだ。

「まあ」

と、初は目を見張った。そして、身体を縮めた。初の怯えた様子に、菊乃がにやりと笑う。

「言い忘れましたが、わたしは小太刀《こだち》を使います。さすがに、ここで真剣を抜きはしませぬが、木刀でも人の骨ぐらいは容易く折れますよ」

言葉通り、菊乃の構えはそこそこ様になっている。武家の奉公人の嗜み程度には使えるのだろう。ただ、児戯に等しい。かわすことも、かわしながら鳩尾《みぞおち》にこぶしをめり込ませることも、奪った木刀で打ちのめすことも容易い。容易いが、できない。

初は、あくまで伊佐木家の奉公人でなければならなかった。孝子は、えにし屋を知らない。夫が縁切りを望んで、えにし屋をおとなったことを知らない。

知らないままにしておかねばと思う。

初の正体を、作之進の業体《ぎょうてい》を気取られてはならないのだ。どうしてだか、わからない。亭主の生前の行いをなぜ、女房に打ち明けられないのか。

吉野さまは、あなたとの縁切りを願っておいででした。されど、話していくうちに、あなたを本気で救いたいと思われたのです。自分にとって、あなたがどれほど大切か気付いた。生涯、あなたと夫婦でいる。そうお心を決められたのではないでしょうか。

それだけのことが告げられない。

息が詰まるような気がした。孝子から放たれ、屋敷を覆っている気配、暗く重く、得体の知れない気配を感じる。この女は……。

この女は本物の鬼ではないのか。

角はない。牙もない。けれど死肉を嚙み千切り、くちゃくちゃと音を立てて食べる。

震えがきた。身体の芯が冷えていくような怖気《おぞけ》を覚える。

だとしたら、おれはとんでもないしくじりをしちまった。吉野さまを逃がさねばならなかったのに、鬼の巣に戻しちまったのだ。

「ほほ、そんなに怯えなくてもよろしいですよ。おとなしく座り、本当のことをしゃべるなら、手荒い真似はいたしませんからね。ほほほ」

初の怯えを木刀故と勘違いしたのか、菊乃が声を上げて笑う。

「ささ、奥方さまの前に、今一度畏まられませ」

立ったままの初の眼前に木刀の先が突き付けられた。

初は素直に元の場所に座った。顔を上げ、孝子と向かい合う。

「そなた、殿の女であったのか」

「違います」

「では、どこで殿と出逢《でお》うた」

「何度も申し上げました。吉野さまには難を助けていただきました。お逢いしたのは、その一度きりでございます。ご恩を返したく、あっ」

肩口に痛みが走った。菊乃が木刀でしたたかに打ち据えてきたのだ。来るとわかっていたから、さほどの痛手にはならない。

「ご無体な。何をなされます」

「誤魔化しを口にすれば、また、見舞いますぞ」

菊乃は鼻の穴を広げ、頬を染めていた。人を打つことに昂《たかぶ》っている顔だ。

「ささ、白状なされよ。真のことを奥方さまに申し上げるのです」

「もうよい」

孝子が吐き捨てるように言った。菊乃が目を瞬く。

「もうよいぞ。その者を帰してやるがよい」

「え？　え……でも、奥さま」

「わたしの命が聞けぬのか、菊乃」

「あ、いいえ、滅相もございません。仰せの通りにいたします」

菊乃は袖を解くと、その場に平伏した。

「殿の女であろうとなかろうと、どうでもよいことであった。ふふ、少し退屈しておったのかもしれぬのう。殿の残した絵姿の女が現れ、ふっと興がそそられた。それだけのことであった。我ながらつまらぬ興を覚えたものよ」

孝子はゆるりと立つと、部屋から出て行こうとした。初には一瞥もくれなかった。

「お待ちください」

武家の女を呼び止める。菊乃が睨みつけてきた。

「奥方さま、奥方さまこそが誤魔化しておいでではございませんか」

孝子は身体を回し、初を見る。力のない、疲れ切った眼だった。

「誤魔化す？　わたしが何を誤魔化したと言うか」

「ご自分をです」

初は半歩、孝子に近づいた。孝子は動かなかった。

「奥方さまは、つまらぬと仰せになりました。本当にそう思うておられますか」

「……何が言いたい」

「気になっておられたのでしょう。これが」

視線を畳に散らばった絵姿に向ける。

「この女がどこの誰か知りたくてたまらなかったのではありませぬか。そこに、菊乃さまがわたくしのことを告げた。もしやという思いに、居ても立っても居られなくて、わたくしを屋敷内に入れた。どんな女か、絵姿の見本になった女なのかどうかご自分の眼で確かめたかった。そうですね」

「奥方さまに向かって、何と無礼な。そこに直れ。懲らしめてくれる」

菊乃は木刀を振りかざしたけれど、そのまま動けなくなった。孝子が笑いだしたからだ。明朗なよく通る笑い声が風に乗って、どこかへ消えていく。

「ほほほほほ、これはおもしろい。ほほほほほほ」

「お笑いになるほど、おかしなことを申し上げましたか」

「言うたとも。そなた、わたしがそなたに妬《や》いて、身を焦がしておるとでも思うたか」

孝子の足が絵姿を踏みにじる。

「そなたが誰であろうと一向に構わぬ。その辺りの石ころと同じ。わたしには何の意味もない。作之進もそうであった。何の意味もない、石ころと変わらぬ男よ。石ころ一つ、砕けても痛くも痒《かゆ》くもない」

「ならば、なぜ、わたくしを問い質《ただ》そうとなさいました」

もう半歩、孝子に詰め寄る。退いたのは菊乃だった。張り詰めた気配に気圧されたように肩を窄め、木刀を抱え込む。

「わざわざ、お屋敷内に引き入れて、あれこれ問い質す。あまつさえ木刀で脅してまで、真実をしゃべれと迫る。意味のない相手になさる仕打ちとは、とても思えませぬが。もちろん」

そこで息を継ぎ、初は顎を上げた。挑む眼で吉野家の奥方を見る。

「菊乃さまにおっしゃったような、訪ねきた者を無下にできないとのご配慮でもありませんでしょう。そういうお心遣いをなさるなら、木刀を振り回すお女中など無用でしょうから」

初の皮肉に菊乃が眉を吊り上げた。孝子の表情は変わらない。

「飽いておったのよ。暇を持て余しておった。作之進が描いた女と思しき者が屋敷の周りをうろついておると耳にして、退屈しのぎに逢う気になった。それだけのこと。他意はない」

「吉野さまの葬儀を終えられたばかりであるのに退屈していたと?」

「そうじゃ。作之進は生きていた間も死んでからも、退屈な男であった」

「吉野さまは、本気で奥方さまを案じておられました」

しまった。

我知らず奥歯を嚙みしめていた。ぎりぎりと歯の軋る音が頭蓋《ずがい》に響く。

吉野作之進との繋がりを口にしてしまった。孝子の冷ややかさに、己を抑えきれなかった。作之進の為人の全てに初が触れたわけではない。ほとんど何も知らないと言えるだろう。けれど、人だった。己の弱さも情けなさも承知した上で、懸命に生きていた男だった。迷いもしたが、妻を気遣い続けていた。石ころと同等に扱われてよいわけがない。虫けらのように殺されてよいわけがない。

「わたくしは知っております。吉野さまは奥方さまと生きるこれからに心を馳せておいででした。何があっても、夫婦として生きていくおつもりだったはずです」

やめろ、やめろ。深入りするな。

頭の片隅で戒めの声がする。初自身の声だ。

余計なことを言うんじゃない。厄介事に巻き込まれるぞ。

どんな厄介事かわからない。わからないから余計に厄介なのだ。それでも、胸がざわついた。

作之進の笑みや表情や物言いが、一つ一つ、思い出される。亡くなったと聞いたときは驚きはしたが、さほど悲しいとも淋《さび》しいとも感じなかった。しかし、ときが経つにつれて、じんわりと悲しみや淋しさが染みてくる。地味で控え目で影が薄い。けれど、人の心に残っていく人柄だったと、今にして思う。日輪《にちりん》の激しさはないが、陽《ひ》だまりの温みに似た柔らかさを持ち合わせていたではないか。

横を向き、孝子は小さく呟いた。「つまらぬ」と聞こえた。

「つまらぬ話じゃ。聞くに値せぬ」

再び、孝子が背を向ける。

「奥方さま」

再び、呼び止める。

「わたくしは、浅草寺界隈《かいわい》をねぐらにしております。ご用があれば、ぜひ」

まあと菊乃が息を吸い込んだ。孝子は振り返りも立ち止まりもしなかった。裾を引きずり、ゆっくりと初の視界から消えていった。


才蔵が低く唸った。

「浅草寺界隈か……。どうして、本当のことをしゃべっちまったんだ。伊佐木家の奉公人だと、とことん通せばよかったじゃねえか」

「そうだな。自分でもへまをやったと思ってる。けど」

チーン、チーン。

風鈴が澄んだ音で鳴る。風の具合で、浅草寺の賑わいが微かに伝わってきた。暑くても寒くても、うだってても凍えても、この賑わいは変わらない。あらゆる声、あらゆる物音が混ざり合い溶け合って、うねる。

チーン、チーン。

ざわめきに斬り込むように、風鈴は鳴り続ける。

「けど、おれとしちゃあ餌を撒《ま》いたつもりだったんだが」

「餌だと？」

「ああ、奥方がおれのことを、というより、絵姿の見本になった女を気にしているのは事実だ。本人は何の興もないと言うが、口先だけのことさ」

「それで、食いついてくるかどうか餌を撒いたと？」

「そうだ」

「初、言わずもがなだがな、女の妬心《としん》を甘くみると痛い目に遭うぜ」

妬心？　そうだろうか。孝子は夫が心を奪われたと誤解し初に妬心を募らせたのか。

違う。そうではない。孝子は妬いてなどいなかった。あれは妬心ではなく……妬心ではなく、何だろうか。深くどろりと粘る情念を感じはしたが。

「おれは、女より男の方が気に掛かる」

才蔵が煙管をいじりながら、言った。

「おまえがすれ違った玄人の男。気になって、どうにも落ち着かねえな」

暫く黙り込み、才蔵は煙草盆に煙管を置いた。

「お頭を落ち着かなくさせるほどの相手なのか。あの男がおれたちに関わってくると？」

「いや、そうも言いきれねえ。ただな、高砂町だ」

「高砂町？」

話の筋がひょいと飛んだ。追いつけない。

「えらく寒いころだったな。高砂町で魚屋や小料理屋を営んでいた男が、女房、母親を刺し殺したあげく、喉を搔き切って死んだって騒動があっただろう」

「ああ、あれか……」

作之進が出刃包丁と刀を比べるさい、引き合いに出した一件だ。陰惨な出来事だった。しかし、下手人の魚屋は自害したとされ、事件としては一応落着している。落着させられたと言った方が正しいかもしれない。どれほど耳目をひく事件でも、下手人と思しき男が亡くなったのならそれで全てが幕引きとなる。こととん拘《かかわ》り、真実を暴き出そうとする者など、そうそういない。町方の出来事なら、なおさらだ。

「あの件がどうかしたのか。おれたちに関わりねえだろう」

「ない。しかし、どうも気になったのよ。気になって、あの辺りを縄張りにしている岡っ引の親分に、ちょいと探りを入れてみた」

「お頭、あの時分、やけに留守が多いと思っちゃあいたが、そんなことに鼻を突っ込んで嗅ぎ回っていたのかよ」

「人を餓えた野良犬みてえに言うんじゃねえよ」

と、才蔵は鼻先をひくひくと二度ばかり動かした。犬を模しているつもりなのだろう。滑稽《こっけい》な仕草だが、笑う気にはなれない。これから耳にする話が、笑いの先にあるほど軽いものではないと察せられるからだ。その証のように、才蔵は鼻に皺を寄せたまま黙り込んだ。どう告げるべきか、言葉を選《よ》っているのだ。

「で、その岡っ引の親分さん、何て言ったんだい。腹を空《す》かせた野良犬にどんな餌を食わせてくれたんだよ」

わざとにやついて見せたが、才蔵の表情は変わらなかった。強張った顔のまま呟く。

「鮮やか過ぎると言った」

「え？　何のことだ」

「殺された女房も、母親も、魚屋の主人も傷が鮮やか過ぎるってよ」

「けど、女房たちはめった刺しにされてたんだろ。鮮やかも何もねえだろう」

「ここのところよ」

才蔵の指が、自分の喉を左から右に滑っていく。

「刺し傷はやたらあった。けど、喉のところの傷は真一文字にすっぱりやられていたそうだ。魚屋の傷も然り。見惚れるほど見事に掻き切ってあったとよ。何の躊躇いもなく、一瞬で切り裂かなきゃ、あんなきれいな傷口にはならねえと親分の言さ。確かにそうだ。人の喉をきれいにさばくなんて、素人にゃできねえ。魚とは違う」

「じゃあ、刺し傷ってのは……」

「素人が、つまり魚屋の主人がやったように見せるため、かもしれねえ」

「しかし、魚屋は出刃を持ったまま逃げたって話じゃねえか。下手人でなければ、逃げたりしねえだろう」

うむと一言答え、才蔵は風鈴を見上げた。

風が少し強くなった。白紙の舌が揺れて、涼しげな音を奏でる。

「そこのところも妙っちゃあ妙でな。魚屋の主人が血だらけの出刃を摑んで家から飛び出し、どこぞに駆け去った。その姿をたまたま隣の家、浜屋《はまや》って蠟燭屋なんだがそこの主人が見てたわけよ。血塗れで口から泡吹いていて、尋常じゃねえ顔つきだったから、何か大変なことが起こったと思ったそうだ。それで、こわごわと家の中を覗いてみたら」

「血だらけの死体が二つ、転がっていたってわけか」

「そうだ。仰天して腰が抜けてしばらく動けなかったとよ。これも、親分から聞き出した話じゃあるんだがな。妙なのは、魚屋の顔をはっきり見たのは、この蠟燭屋一人ってとこだ」

「しかし、読売《よみうり》によれば、その後、往来で何人もに斬り付けたとあったぜ」

「そう、出刃を振り回して、わけのわからないことを喚《わめ》いて、そのまま遁走《とんそう》しちまった。親分もな、喉の傷が気にはなるが、魚屋が下手人なのは明々白々だと信じ込んでいた。けどな、斬り付けられた者たちは誰一人、まともに顔なんぞ見ちゃあいねえんだぜ。そりゃそうだよな。ゆっくり相手の顔を見る余裕なんかあるもんか。おまけに、血に塗れていれば人相なんてわかるもんじゃねえさ。それに、斬り付けられた方は、魚屋の顔なんて端から知らねえ通りすがりの者だ」

「ちょっ、ちょっと待ってくれ」

思わず腰を浮かせていた。才蔵が気怠《けだる》そうに見上げてくる。

「あれが仕組まれた一件だと言ってるのか。誰かが魚屋を下手人に仕立て上げるために、女房と母親を殺し、わざと往来で暴れて見せたと」

「言い切っちゃいねえさ。そういう抜け道もあったってことだ。そして、その抜け道に誰も気が付かなかった。もしかしたら、魚屋は下手人じゃなく殺されたんじゃないかとな」

「魚屋が殺されるわけがあるのか」

「金だ」

「金……」

「これはおれの調べだが、どうも、魚屋は高利貸しをしていた節がある。どちらかというと、そっちの方が本業ってなぐれえ、貯《た》め込んでいたらしいぜ」

あこぎな金貸しで儲《もう》けた金で表に店を出した。

そんな噂が出回っていた。大きな事件が起こるたびに、さまざまな与太話が飛び交うのは江戸の習いだ。気にもしなかった。

が、いい加減な噂話の内に真実が一つ、潜んでいたのか。

「けど、魚屋の貯め込んだ金はどこからも出てこなかった。証文や書付の類もだ。妙だろう。妙だと言えば、事件の一月ほど後、蠟燭屋は店をたたんで、どこかに行っちまったそうだ。隣近所には、恐ろしいものを目にして夜な夜なうなされる。このままでは頭がどうかしちまいそうだから、田舎に引っ込むと告げてたらしい。蠟燭屋の商売は傾きかけて、ああいうことがなくてもいずれ店をたたんだだろうと、近所のおかみさん連中は言ってたがな」

「じゃあ、お頭は、蠟燭屋の仕業だと思ってるのか」

才蔵がゆっくりとかぶりを振る。

「わからねえよ。ほんとうに魚屋が殺ったのかもしれねえ。おれは、どうしようもねえ空言を口にしているだけなのかも、な。だが、万が一、仕組んだとしたら、誰かがあれだけの芝居を仕組んで魚屋を殺し、金を手に入れたとしたら……」

「素人じゃねえ」

素人にできる芸当ではない。初は生唾を呑み込んだ。薄暗い路地ですれ違った男の、こちらを一瞥した眼がよみがえる。

「これは、おれの勝手な推察だがな」

才蔵がため息を吐いた。

「蠟燭屋は魚屋に金を借りていたんじゃねえか。あるいは、金がたんまりとあることを知っていた。商売が上手くいかず、借金を重ね、ぎりぎりのところまで追い詰められ、一家心中しかないかと思い詰めていた。これは推察じゃなく、蠟燭屋の女房が近所のおかみさんに漏らしていた。『一家で首をくくるしかない』ってな。そういうとき、蠟燭屋は魚屋を殺す企てに手を貸すようそそのかされた。魚屋が家人を殺して、表に飛び出してきたのを見たと言うだけで、借金を返して、たんまりおつりがくるほどの金子が手に入るぞと。蠟燭屋はそれに乗ったんじゃねえのか」

「誰だよ。そそのかしたやつってのは。そいつらは、金目当てで魚屋に押し入ったのか。いや、そうじゃねえよな。それなら、押し込みをすればいい。ややこしい筋書を作って芝居をする要なんてない」

「しかし、魚屋が下手人ってことになったからこそ、詮議《せんぎ》の手も緩んだ。死んだ者をひっ捕らえることはできねえ。下手人、自裁のまま一件落着さ。誰にも気付かれないまま、押し込みができたって寸法だ。いや、もしかしたら魚屋にとてつもない怨みを抱いたやつが、どうしても魚屋に下手人の汚名を着せたくて仕組んだ芝居ってことも考えられる。いずれにしても、役者は玄人だ。素人芝居じゃとてもここまではできねえ」

初はもう一度、唾を呑み込んだ。さっきたてた茶の清々《すがすが》しさが懐かしい。

「殺しを生業とするやつらが、江戸に現れた……と、そう考えているのか、お頭」

「言っただろう。推察に過ぎないとな。推察をいくら口にしても疲れるだけだ。しゃべる方も聞く方もな。だから、おれは忘れることにした。魚屋の一件はおれたちには関わりない巷《ちまた》の事件だと、頭から追い出した。しかし、追い出しきれなかったようだ。頭の隅に辛うじてぶら下がっていやがった。で、おまえがすれ違った男の話を聞いて、ぶら下がっていたものが急に膨れ上がってきたって次第だ」

初は今度は息を呑み下し、膝の上でこぶしを握った。

「吉野さまも、そいつらに……」

「自分たちで筋を決め、その筋通りに人を殺めていく。そんなやつらがこの世に何人もいると思うか」

びりっ。

背中がしびれた。鞭《むち》打たれたように痛みが走る。その痛みは心の臓を縮みあがらせた。

「お頭……まさか、まさか、そんな」

才蔵が背中を丸める。

「おまえは餌を撒いたと言ったたな。孝子って奥方を釣り上げるための餌を撒いたってな。けど、その後ろに人喰い魚が控えているかもしれねえ」

人喰い魚。獰猛《どうもう》。狡猾《こうかつ》。残忍。非情。人の命を容易く金と取り換えてしまう男たち。

念仏が耳の奥に響く。

円恵の念仏だ。

燃え上がる焚火《たきび》を囲み、幾人もの男が座っている。円恵の隣に華奢《きゃしゃ》な男がいる。他の者とは違い、毛皮を敷いていた。「頭目」と、円恵が呼ぶ。

炎に照らされた男の顔は臙脂《えんじ》に染まり、見定められない。

初は目を閉じた。

昔が、遥《はる》か昔の光景が、念仏とともに立ち上ってくる。

吐き気がした。

七

幼いころの記憶はほとんどない。

無理に思い出そうとすれば、軒行灯が揺れる。

縦長の大きな行灯だった。一文字が黒々と記されていたが、何という文字かはわからない。幼過ぎて読めなかったのだろう。

華やかだった気がする。

行灯の明かりの下を人々が出入りし、笑いさんざめく。誰かに抱き上げられたような、頭を撫でられたような、子守唄《こもりうた》を歌ってもらったような覚えが微かに残っている。

そこがどこなのか、誰がいたのかわからない。

記憶はそこまでで途絶えている。

覚えているのは、軒行灯とは別の、まるで異なる風景だった。

物心ついたとき、初の周りには大勢の男たちがいた。ときに女もいた。泣き叫んでいる女、眼を閉じ死んだように動かない女……本当に死んでいたのかもしれない。男の膝の上で嬌声《きょうせい》を上げている女も、半裸で踊っている女も、縄で手足を縛られ呻《うめ》いている女もいた。ほとんどが若い女だったが、四十、五十を超えているだろう老女もたまに見かけた。みんな、いつの間にかどこかへ消えてしまった。

そのころ、初には名前がなかった。男たちは、痩せてちっぽけな子どもにほとんど気をかけなかった。めったに呼ぶこともないが、呼ぶときはいつも〝ぼうず〟だった。酔った男にわけもなく殴られたり、蹴《け》られたりすることはあったし、不意に抱き竦められて暗がりに連れ込まれそうになったりもした。それでも、何とか生き延びてこられたのは、初が身軽でとっさに逃れる術を心得ていたからだ。いや、それより……。

二人の男のおかげだ。

杉七《すぎしち》と円恵。この二人がいなかったら、初はとうてい命を永らえ得なかったはずだ。どういう思案があったのか、杉七はなにくれとなく面倒を見てくれ、身命を守るための動きをみっちりと叩き込んでくれたし、円恵は初に読み書きから、書や茶の作法、鼓や歌の詠み方まで手ほどきしてくれたのだ。

「ぼうず、おまえは利発な子だ。教え甲斐がある」

初に何かを教えるとき、円恵の機嫌はたいていよかった。

「うんうん、実に筋が良いではないか。なかなかに才がある。わしがまっとうな師匠なら、一番弟子にしてやるものをな」

手放しで初を褒め、からからと笑った。念仏を唱えながら女を犯し、男の首を刎《は》ね、赤ん坊でさえ平気で串刺《くしざ》しにする非道な悪党が、なぜ、初にかまったのか。今でも謎だ。他人に物を教えることが好きだった。あるいは、ただの気紛れだったとしか言いようがない。杉七の方は、初が「とうの昔に亡くなった倅《せがれ》によく似ている。だからつい、放っておけない気持ちになるのだ」と言った。真偽のほどは今に至るまでわからない。杉七が自分の来《こ》し方《かた》や妻子について詳しく語ることなど、ただの一度もなかったからだ。ともかく、初は二人に庇護《ひご》された形で、何とか無事に日々を過ごしてきた。円恵はとくに、その非情からか槍《やり》の腕前からか男たちに一目おかれ、つねに頭目の傍らに控えていた。円恵に睨まれれば命さえ危うい。初に手を出せる者はいなくなった。一味の頭目を除いては。

一味とは夜盗の群れだった。

頭目にも名がなかった。巷では、その手口の残虐さから〝冥鬼丸《めいきまる》〟と呼ばれてはいたが。冥土《めいど》の鬼よりも恐れられた男は、しかし、華奢で目立つところのない凡庸な顔立ちをしていた。いとも容易く人混みに紛れ込んで人の覚えに残らない。けれど、一味のほとんどの男が、凡庸な顔立ちが一転する様を知っていた。

眼が銀色に光るのだ。喩《たと》えではなく、本当に光るという。初は目にしたことはないけれど、男たちの怯えは十分に伝わってきた。

「頭目の眼が光れば、人が死ぬ」

「ああ、それも一人や二人じゃねえ。おれたちだって……わかりゃしねえよ」

「頭目は……恐ろしいな」

「人じゃねえ鬼、だからな」

「鬼か」

「鬼さ。人は目ん玉が光ったりしねえ。おれは怖《こえ》えよ。できたら抜けてえ」

「おれもだ……」

男たちがひそひそと話していた。夜だ。燃え上がる炎から逃れるように、焚火から離れた暗がりでのやり取りだった。一味に加わって日の浅い男二人の生きた姿を、初は二度と見ることはなかった。翌日には、頭を割られた骸になって土の下に埋められたからだ。頭目は、自分を裏切る者、抜け人を決して許さない。僅かでも、その気配があればすぐさま始末された。始末は、たいてい円恵が受け持った。無理強いされたわけではない。仲間を殺すことに僅かな躊躇いさえ持たない僧形の男は、殺しそのものを楽しんでいたようだ。

初が五つか六つになった年あたりから、一味は一年に一度か二度集まり、大店や大身の家を狙《ねら》うようになった。円恵は「ちまちま稼がなくてもよくなったのさ」と薄く笑った。「これまでずい分と働いてきたからな、ちっとは怠けてもいいいんじゃないのか」と。

一仕事を終え、分け前を懐に男たちは市中に散った。そして、一たび〝冥鬼丸〟からの呼び出しがあれば、まっとうな堅気の面を脱ぎ捨てて集まった。裏切る者はいない。叛《そむ》く者もいない。そういう連中はとうに始末され、集《つど》った十人余りの男たちは根っからの夜盗に堕ちていた。あるいは恐ろしさに一味から逃れられずにいた。一度裏切れば、地の果てまでも追われ殺される。その恐ろしさにがんじがらめになっていた。

押し入る数は減っても、残虐なことは一分の変わりもない。押し入った先の家人も奉公人も皆殺しにした。男も女も子どもも年寄りも分けはしなかった。赤子であろうと病人であろうと必ず息の根を止めた。初が一味に加わったわけではないが、男たちの体臭、血と汗が混じりあった臭いから、息遣いから、血に塗れた衣装から容易に察せられる。

その夜も男たちは集まった。

江戸でも有数の蔵宿を襲う手はずになっていた。その手はずをまずは、それぞれに確かめる。一人一人に持ち場があり、役目があった。頭目と円恵が一年近くをかけて練った計図にそって動かねばならない。決行は三日後の夜。蔵宿の見取り図は手に入れてある。蔵の鍵《かぎ》の在処《ありか》も摑んでいた。その蔵に明日、千両近い金が運び込まれることも摑んでいる。

「準備万端、怠りなしだ」

ほとんど表情のない頭目の傍で、円恵は楽しげに笑う。花見か紅葉狩りに出かける段取りをしているようだ。

「さあ、皆の衆、今度も良い仕事をしようぞ」

数珠《じゅず》を鳴らし、円恵が吼《ほ》える。おうっと、呼応の声が響く。初は全身に震えが走った。

九歳になっていた。ずっと杉七と共にいた。表向きは植木職人を生業にする杉七と暮らし、手習所にも通ったし、同じ年端《としは》の子どもたちと遊びもした。千太《せんた》という名を付けてもらった。いずれは、杉七の跡を継いで植木職人になるのも悪くないと思うようになっていた。人が人として生きる、ごく当たり前の日々を知ったのだ。そうすれば、男たちの異様さが際立つ。手習所の師匠、長屋の友だち、八百屋のお内儀さんに履物問屋の主人。ごく当たり前の日々を生きるごく当たり前の人たち。それらを顔色も変えず殺していく。怨みも憎しみもないままに。

異様としか思えない。

しかし、裏切りは許されない。死ぬか殺すか。道は二つしかない。

身を縮めた初の頭上で、頭目が呟いた。

「ぼうずも、そろそろ使い時がきたな」

独り言のような物言いだったけれど、独り言ではない。

杉七が顔を上げる。

「頭目、何とおっしゃいました」

「ぼうずもいい具合に育ってきたと、そう言ったのさ」

「いや、こいつはまだ、ほんのネンネで。もたもたするばかりで、ちっとも役には立ちやせんよ。もう少し使えるかと思いやしたがねえ」

頭目の唇が薄くめくれた。

「そうかい。そんな風には思えないがな。度胸もあれば頭の回りも速い。なかなか使い勝手がよさそうじゃねえか。なあ、円恵」

「まさにまさに。これから心して鍛えれば、頭目の片腕になること間違いなし。これも御仏のお導きというものよ」

「なるほどな。円恵法師がそこまで認めているなら本物だろうよ。どう使えるか、確かめるにはいい機会かもしれんな」

「え……頭目、それは……」

焚火の炎が揺れた。凡庸な顔の中で双眸が光る。銀色ではなかった。炎と同じ紅色だった。

「三日後、こいつも連れていく。みっちり仕事を覚えさせてやるさ」

「おお、ぼうず。ついに初陣じゃな。御仏の加護を願おうぞ」

円恵が念仏を唱える。杉七は俯き、大きく息を吐き出していた。杉七の後ろに控え、初は生唾を吞み込む。喉の奥が火照って、熱い。

とうとう来たか。

こうなるとは覚悟していた。いや、嘘だ。覚悟などできていない。一味に加わるとは、人外に堕ちることだ。束の間、閉じた眼裏に幾つもの顔が過ぎて行った。遊び仲間の六助《ろくすけ》、八十吉《やそきち》、おなつ、長屋の辰《たつ》さんにシズおばさん、元結屋の一蔵《いちぞう》ちゃん、一蔵ちゃんのおっかさん。

あの人たちのところには、もう戻れなくなる。違う世界に行ってしまう。

どれほど固く握りしめてもこぶしが震えた。

「今度のは、なかなかの大仕事だ。少なく見積もっても三千両を超える金が手に入る」

頭目の一言に、場がざわめく。

「この後、〝冥鬼丸〟は暫く鳴りを潜めるぜ」

杉七が身じろぎする。誰かが焚火に柴《しば》を焼《く》べた。勢いを増した炎が火の粉を散らす。

「頭目、じゃあ、次の仕事をきりに足を洗うおつもりなんで」

「寝ぼけたことを言うではない」

と、答えたのは円恵だった。

「かほどおもしろい生業が、またとあろうか。足を洗うも手を引くも、そうそうできるわけもなし。のう、皆の衆」

俗謡を真似た妙な節回しに、夜盗たちが笑った。野太い笑声が炎の中で弾け、火花に変わる。

初にはそう感じられた。

「ほとぼりが冷めるまで、のんびり骨休みでもしようかと、そういうことさ。杉七」

頭目がまた、薄く笑う。眼は銀でも紅でもなかった。細くて、やや垂れ気味で、何の変哲もなかった。

「なんなら、そのぼうず、おれが引き取ってもいい。見込みがあるようなら、おれの後釜《あとがま》に育てるってのも悪くはなかろうぜ」

「ほうほう、〝冥鬼丸〟の二代目か。それはまことに祝着至極」

「まさか。それはありえやせん」

円恵を遮るように、杉七がかぶりを振った。

「こいつは、頭目の跡が継げるような器じゃありやせんよ。そんな度量はねえ。人を束ねる力も能も、持ち合わせちゃあねえんで」

「それは、おれが決める。おまえが口出しすることじゃねえ」

頭目が立ち上がる。座っていた床几《しょうぎ》が倒れた。

「いいな。三日後だ。狙うは浅草蔵前《くらまえ》の余州屋《よしゅうや》だ」

夜盗たちは闇空にこぶしを突き上げる。杉七に促され、初もそれに倣った。突き上げたこぶしの内側は、汗で濡れていた。


「妙だな」

円恵が眉を顰める。僧衣を脱ぎ捨て、黒尽《ず》くめの夜盗の形をしている。一味はみな同じ姿をしていた。初も身にぴたりと合った筒袖の上着と短袴《たんこ》を身に着けていた。

「えらく、静かだ。静か過ぎやしませんか。頭目」

頭目は無言のまま、辺りを見回した。

確かに静かだ。夜の闇が全ての音を吸い取ったように静かだ。まもなく夜八つ（午前二時頃）になろうかという刻。魑魅魍魎《ちみもうりよう》が跋扈《ばつこ》するころおいだ。静かなのは当たり前ではないかと、初は思う。けれど、円恵たちはこの静寂に、不穏を感じたらしい。

「おい、巳之吉《みのきち》」

円恵が苛立った声を上げる。「へい」と低い声がして小太りの男が進み出た。

「おまえ、どこかでドジを踏んじゃあいねえだろうな」

「あっしがですか。ご冗談を」

巳之吉と呼ばれた男が、肩を竦める。一味の一人で、ほぼ一年前から余州屋に住み込んでいた。これはと目を付けた獲物の内に手先を送り込み、日数を掛けてじっくりと調べ上げる。間取り、家人や奉公人の数、蔵に積まれた千両箱の数から主人の普段の暮らしぶりまで事細かく知り得てから、襲撃の手順を決めるのだ。集まるのも押し入る直前、そこに姿を見せなければ、どのような事由があろうとも裏切者の烙印を押され、後に始末される。必ずだ。ときには、襲撃そのものを取り止めることもあった。密告された見込みが僅かでもあるなら、動いてはならない。黙って引き下がるのみだ。それは、これまでに掛けた労力が全て無駄になることでもあった。が、頭目は迷わず退《ひ》いた。

〝冥鬼丸〟の一味が神出鬼没と恐れられ、加役《かやく》が血眼になって追っているにもかかわらず、これまで頭目はおろか手先一人として捕らえられないのは、この用心深さと周到な用意があればこそだった。

巳之吉は豊頰《ほうきょう》に福耳と絵に描いたような福相をしている。算盤勘定に秀で、話術にも長けている。そのために、さしたる手間もなく商家に雇い入れられた。むろん、持参した人別帳《にんべつちょう》の写しや釣書《つりがき》は真っ赤な偽物《にせもの》だが、疑う者も見破る者もいない。

半年から一年、地道に真面目に奉公に勤《いそ》しみ、潮時になれば屋敷内に仲間を引き入れる。それが、今回の巳之吉の役目だった。

「全て、手はず通りにやりやした。家の者はぐっすり寝入っているんですよ」

頬被《ほおかむ》りに手をやり、僧形の男を見上げる。

「法師、らしくもなく、臆病風に吹かれやしたかね」

このところ年のせいか、昔日の勢いが失せつつある円恵を嗤《わら》う。

「なに、きさま。誰に向かって物を言っておるか」

円恵の身体が夜目にもわかるほど震えた。

「よせ」

頭目が止める。地を這う如《ごと》く低くくぐもった声音だ。

「仲間割れをしているときじゃねえ。なるほど、今夜はさっさと片付けて、引き上げるのが得策かもしれん。よし、蔵を開けるぞ。金を運び出したら、すぐにずらかる」

「えっ、頭目、女はどうするのだ。余州屋の女房も娘も評判の佳人だ。放っておく手はあるまい。いつも通り、ひっさらって慰み者にしてもよかろう。わしは、それが楽しみで」

「四の五の抜かすな」

低い声音のまま、頭目が怒鳴り付ける。円恵が口を閉じた。

「巳之助、蔵を開けろ」

「へい」

巳之助が鍵を差し込む。ガチャリと重い音がして錠前が外れた。

観音開《かんのんびら》きの戸が開く。

夜盗たちは黒い塊となって、その中に雪崩《なだ》れ込んだ。

おれも行かなくちゃならない。

初はそのときになって初めて自分の足が萎《な》えていることに気が付いた。恐ろしさに萎えて、身体を支えきれない。無理に立とうとしてよろめいた。とたん、背後から口を塞がれる。そのまま後ろに引きずられた。もがく。身を捩《よじ》る。

「静かにしろ」

耳元で囁《ささや》かれた。熱い息が耳の中に滑り込んでくる。

杉七の声だった。

「逃げるぞ。ついてこい」

囁きが続く。同時に蔵の中で男たちの悲鳴が起こった。

「うわぁっ、ちくしょう。待ち伏せだ」

「罠《わな》だ。逃げろ、逃げるんだ」

雨戸が開き、白い胴締め、襷に鉢巻き姿の男たちが庭に飛び降りる。夜盗たちが蔵の中から庭に押し戻される。その後からも、半切れ胴衣に白襷の数人が十手を手に飛び出してくる。

一尺八寸の長十手。捕方《とりかた》だ。数十人の捕方が現れ、篝火《かがりび》が付いた。静寂と闇が消え、辺りの風景は一変する。

杉七が初を抱えて走る。円恵の雄叫《おたけ》びを聞いた気がしたが、幻だったかもしれない。初は半ば気を失っていた。

我に返ったとき、杉七は既に旅支度を整えていた。

「すぐに江戸を出る。とっとと支度をしな」

忙《せわ》しい口調で告げられる。

「え……旅に出るってこと」

「まあな。ただ、今度はいつ江戸に帰ってくるかわからねえ。五年後か十年後か。もしかしたら一生、お江戸の土を踏むこたぁねえかもしれねえぜ」

逃げるのだ。

初は全てを悟った。杉七は自分を連れて、逃げるつもりなのだ。

裏切ったからだ。一味を裏切り、余州屋への襲撃を密告した。でなければ、ここにこうしていられるわけがない。いまごろは捕縛され、引き立てられ……いや、殺されていたかもしれない。生きていたとしても、いずれは打ち首となり獄門台《ごくもんだい》にさらされるだろうが。

「早くしろ。用意は全て整ってるんだ」

杉七に促されて、初は手早く身支度を済ませた。そのまま、まだ明けやらぬ空の下を西に向かって発《た》つ。高輪《たかなわ》の大木戸を出るまで、杉七は一度も振り返らなかった。

言った通り、道中手形も路銀も用意してあった。それをどういう手配で受け取ったのか、初には見当がつかない。ただ、安堵していた。身が溶けるような安堵だった。

人を殺さなくて済んだ。

夜盗の一味から抜けられた。

杉七は初のために、初を一味に加えないために頭目たちを裏切った。その事実に、はたと気付いたとき、江戸を出て既に数日が経っていた。


江戸を荒らし回った夜盗一味が捕縛され、獄門に処されたと聞いたのは、上方に向かう途中、小さな旅籠《はたご》の店先でだった。旅人たちの話が耳に入ったのだ。

僧形の男は市中引き回しの折も、首を落とされる寸前も、ずっと念仏を唱えていたらしい。一味の頭目は捕方を二人殺し、最期は自ら喉を突いたとか。まだ、生き残りがいるとの噂もあって、町方役人が必死に探索しておるそうな。

早口で、訛《なまり》のある旅人同士のやり取りは聞き辛くはあったが、意味はわかった。

「なんや百人の上、人を殺しとるて言うやないか。女、子どもも容赦なかったそうやで。江戸っちゅうとこには、ほんま、きょうとい者がおるんやなあ」

「人やない。鬼や。人の皮を被った鬼や。獣や」

「獣っちゅうたら、この先に、ももんじいを食わせる店があるよって案内するわ」

「そりゃ、よろしいな。そっちのおごりやったら、なおよろしけどな」

「何をぬかしとんねん。懐が軽いんはお互い様やないか」

旅人たちが笑いながら遠ざかっていく。

頭目が死んだ。円恵も死んだ。

今度は安堵さえ覚えなかった。むしろ、寒気がした。

生き残りとは誰のことだ？　おれたちのことか？

それはないだろう。あれだけの捕物の網をかいくぐり逃げられたのは、たまたまではない。杉七が密告の代償として、逃げ道を得ていたからだ。奉行所とすれば、二人の逃亡は見逃すべきものだったはずだ。初も杉七も、あの場にはいなかったと同じだ。とすれば、他に逃げ延びた誰かがいるのだろうか。

寒気が強くなる。なのに、腋《わき》には汗が滲んだ。

円恵の高笑いが、耳底からゆらりと立ち上ってきた。


「おまえ、髪を伸ばしな」

その夜、杉七に言われた。

「え？　髪を？」

「そうだ。そして、女髷を結うんだ。髷だけじゃねえ、形も女にするんだ。名前も変える」

初は口をつぐんだまま、杉七を見詰めた。何のためにと問うたりはしない。逃げ切るために決まっている。

「おれは今更無理だが、おまえなら女に化けられる。ちっと辛抱がいるかもしれねえが、この先、女の形で生きるんだ。そうすりゃ、おまえだけでも助かる見込みは高くなる」

「止めてくれよ。おれは、自分だけ助かろうなんて思っちゃいねえよ。杉七さんも一緒じゃねえと、嫌だよ」

「生温いことを言うんじゃねえ。いいか、よく聞きな。おまえが上手く女に化けられたなら、おれの隠れ蓑《みの》にもなるんだ。若《わ》けえ男を連れていれば目を付けられるが、若い女ならかえって目くらましになろうってもんだ」

「杉七さん。生き残ったやつは、本当にいるのか」

「わからねえ。確かめる術はねえからな。どこまでが事実なのか、ただの噂話なのか見極められねえんだ。だからこそ、用心しなきゃならねえ。奉行所が取り逃がしたやつがいたとしたら、そいつが、おれたちの命を狙ってくることは、十分、考えられる。一度、悪事にはまり込むとな、抜けるのは容易じゃねえ。おれたちは、それをやっちまったのさ。覚悟を決めて、子持ちの狐みてえに用心深く生きる。それしかねえ」

そこで杉七は軽やかに笑った。

「大丈夫だ。心配するな。一味の生き残りなんぞ、おそらくどこにもいねえよ。知ってるか？円恵がさらし首になっても念仏を唱えているだの、頭目の幽霊が青白い炎を纏って、江戸の空を飛び回ってるだの、突拍子もねえ噂が出回ってんだ。そういうもんよ。あれだけの捕物の後には、必ずこの手の噂が独り歩きするもんさ。一味の生き残りがいるなんてのも、そういう下世話に過ぎねえ。けど、用心に越したこたぁねえだろう。それだけのこった」

「けど、杉七さんはおれのために」

「その呼び方は止めろ。おれも名ぁ変える。おれもおまえも別の誰かに生まれ変わるんだよ。根っこからは無理でも、花と葉っぱぐれえは違うものに変えられるさ」

杉七は初というより自分に言い聞かせるように、ゆっくりとそう言った。

初は、それから一月後には大坂《おおさか》の芝居小屋にいた。これも、どういう伝手を頼ってか、杉七が座長に預けたのだ。〝初〟の名は、そこで手に入れた。座長の鍬内初之丞《くわうちはつのじょう》の一文字を貰《もら》い受けたのだ。女形として舞台に上がる初之丞は、女としての所作やら心持を惜しむことなく、初に教えてくれた。

「あたしはね、杉さんにはちょいと恩があるんや。あんた一人預かるぐらいのことはせなあかん恩や。けど、お客さん扱いはせえへんで。下働きをしっかり、してもらわんとな」

化粧を施した初之丞が妖艶に笑む。白粉の香りにむせながら、初は黙って頭を下げた。

杉七はいない。「三年経ったら、迎えに来る」。一つの約束を残していずこともなく姿を消していた。ここで、杉七さんを待つ。気持ちは固まり、揺るぎはしない。

三年後、約束を違えることなく、杉七は初の前に現れた。

「ふむ。見事に化けられるようになったじゃねえか。てえしたもんだな」

女姿の初に目を細め、小さく息を吐き出す。初は暫く声も出なかった。

あまりの変わりようだった。

髪は白く変わり、引き締まって屈強そのものだった身体は萎み、顔には深い皺が何本も刻まれていた。十も十五も老けて、老人としか言いようのない見場だ。

「杉七さん……」

「才蔵さ。杉七はもう死んだ。おまえの前にいるのは、才蔵って名の爺《じじい》だ」

才蔵はにやりと笑い、「初」と呼んだ。

「どうする。おれと来るかい？　このまま、この一座で世話になってもいいんだぜ」

「行くよ」

躊躇う間もなく答えていた。「一緒に行くよ、お頭」。

「お頭だと？」

「そうさ。ずっと考えてた。今度逢ったら、何て呼ぼうかって。杉……才蔵さんは、おれの頭だ。おれに、新しい道筋を教えてくれた。お師匠さまや先生じゃなかろうし」

おとっつぁんや親父でもない。親分、親方、旦那。あれこれ思案して、ああお頭だと思い至った。夜盗の頭目とは違う。人の殺し方ではなく、生き方を指南してくれた長《おさ》だ。

「好きにするがいいさ」

才蔵がまた、笑った。


風鈴が鳴る。

下り芝居の一座に紛れ、江戸に帰ってきてから十年が過ぎた。えにし屋稼業を始めてから、今年で六年目だ。

「お頭、そんなことが」

息を呑んでしまう。背中はまだ痺《しび》れている。

眼を閉じる。青白い炎に包まれた男がぐわりと口を開け、声のないまま笑っていた。

八

涼風が立ち始めると、江戸の秋は一気に深まる。

この前までうるさく耳についていた蟬や蛙《かえる》の声に替わり、虫の音が闇《やみ》に響く。

何事もなく日々が過ぎた……わけではない。えにし屋としての仕事はたっぷりとあって、初は江戸の町々を巡り、ときには牛込《うしごめ》のあたりまで足を向けた。才蔵など、川越《かわごえ》と神奈川《かながわ》につごう三度も出向かねばならなかった。

母親を含めた家族との縁を断ち切りたいと願う職人、昔、理不尽に別れさせられた女と夫婦の縁を結びたいと訴える老いた商人、美しく高慢な娘の行く末を案じる母、家の跡取りに悩む旗本の奥方。さまざまな身分、立場を越えて人は縁を求めに、あるいは捨てにやってくる。

「初、人を扱う商いをおれと一緒にやってみねえか」。それが才蔵の、えにし屋を始めるきっかけの台詞《せりふ》だった。

「人を扱う？　口入屋のことか」

「似ちゃあいるが、ちっと違うな。商うのは仕事先じゃねえ、縁さ」

意味がわからず戸惑う初の前で、才蔵はにやりと笑って見せた。初の戸惑いをおもしろがっている風な笑みだった。

「おまえはともかく、おれは堕ちるところまで堕ちた男さ。そういう男にどんな堅気の商売ができるか。ずっと思案してたのよ。で、思案の行き着いた先がえにし屋さ」

「えにし屋?」

「人と人の縁を結ぶ。あるいは切る。それを生業とするんだよ」

「けど、そんな商売、どうやるんだ。お頭、わかってるのか」

思わず問うてしまった。魚屋なら河岸《かし》で魚を、八百屋ならやっちゃ場で青物を仕入れて売る。小料理屋なら酒と料理をだして銭を貰う。研ぎ師は刃物を研ぎ、按摩《あんま》は人の身体を揉《も》んで商いをする。

では、えにし屋とは?

まるで浮かんでこない。幻や影よりもさらに淡々《あわあわ》として何も見通せない。

「手本はねえよ。だから、手探り足探りでやっていくしかねえな。けどまぁ、何とかなるのが人、何とでもなるのが江戸ってところさ。やってみようぜ、初」

目を細め、才蔵はまた笑った。

笑えるのなら付いて行こう。そう思った。才蔵は修羅を潜《くぐ》ってきた男だ。そういう男が楽しげに笑う。他人を害するのではなく、踏み躙《にじ》るのでもない。殺しも苦しめもしない。そんな商いを才蔵が見つけたのなら、付いて行く。

初は頷く代わりに、笑みを返した。

手探り足探りの年月が過ぎ、えにし屋の商いは滑らかに回っている。苦労も困難も迷いも挫《くじ》け折れたこともある。それでも商いを止めずにここまで来た。ここまで来られた。

今も一つ、仕事を為し終えての帰りだ。疲れてはいるが、気持ちは軽い。

初はふっと空を見上げた。

月が浮かんでいる。

満月にはやや足らない月は、それでも煌々《こうこう》と地を照らし、夜にくっきりと映えていた。

月以外に明かりはない。浅草寺に近いこの辺りは、寺と田地しかない。幸龍寺《こうりゅうじ》と万隆寺《ばんりゅうじ》に挟まれた路地に入ると、人はおろか生き物の気配は消え去った。虫の声さえ途絶える。

ざわっ。

頭上で木の枝が揺れた。寺の塀越しに伸びた楓《かえで》の枝が黒い塊に見える。

初は足を止めた。今日は裕福な商家のお内儀姿だ。羽織の紐《ひも》を解き、気息を整える。

束の間雲に隠されていた月が顔を出す。路地が僅かに明らんだ。その仄かな光に刃が照らし出される。青白く闇に浮きながら、初に真っ直ぐに向かってくる。

九寸五分。匕首《あいくち》だ。

身体を回し、辛うじて避《よ》ける。背中が寺の土塀に強く当たった。

「誰だ」と問うても、答えが返ってくるわけがない。男だというより他には何もわからない。

男は黒い頰被りに黒い小袖装束だった。尻端折りにして、やはり黒い股引を穿《は》き足袋跣足《たびはだし》だ。

声も足音もほとんど立てない。殺気だけが突き刺さってくる。

慣れてやがる。

人を殺すことに慣れている。魚屋が魚をさばくように、場師《じょうし》が庭木の枝を掃《はら》うように人を殺せる。今、向き合っているのはそういう手合いだった。

人殺しを生業としてきた者の刃が襲い掛かってくる。

速い。

今度は避ける間がなかった。懐剣の鞘を払い、相手の匕首を受け止める。肩先まで痺れるような衝撃が来て、危うく短刀を落としそうになった。

ふっ。黒尽くめの男が微かに笑う。

「やはり、ただの鼠《ねずみ》じゃねえな」

初は塀を背に足を開き、懐剣を構えた。

「殺し屋風情に鼠扱いして欲しくないね」

ふふっ。男が今度ははっきりと笑声を漏らす。

「おもしれえ。なかなか活きのいい女だな」

凄みのある笑みだ。吉野家の屋敷から出てきた男に間違いなかった。

「吉野さまを殺ったのは、あんたかい」

「さて、どうだったか。いちいち覚えちゃいられねえんでな」

「今の台詞、閻魔さまでも顔を顰めるだろうよ。金で殺しを請け負う。いったい、どれほどの悪行を続けてきたんだい」

初が言い終わらない内に、男が跳んだ。

大きな蝙蝠《こうもり》のようだ。いや、漆黒の鷹だ。鋭い爪と牙で獲物を狙う。鼠は鷹のかっこうの餌になる。本物の鷹と鼠なら、鼠に勝ち目はないが。

初は身を屈め、男の一振りをぎりぎりで躱《かわ》した。躱しながら、前に出る。

「ぐわっ」

男が奇妙にひしゃげた叫びを上げた。脇腹《わきばら》を押さえ膝をつく。押さえた指の間から、血が滴った。初は素早く退《の》き、袖で刃の血汚れを拭き取った。

女とみて侮《あなど》った。それが僅かの隙を作らせた。初が男の形をしていたら、生まれなかった隙だ。

膝をついたまま、男が呻く。

「お生憎《あいにく》。あたしは鼠じゃないんでね。おめおめ餌になるわけにはいかないんだよ。で、人殺しの旦那、あたしを殺ってくれと誰に頼まれたんですかね。まあ、尋ねなくてもわかるっちゃあわかるけどさ」

男がよろめきながら起き上がってくる。血だらけの手に匕首は握られたままだ。

「もう、お止めな。下手に動くと傷がさらに開いちまうよ。命取りにならない内に、さっさと医者のところに転がり込みな。今なら、まだ間に合うだろうさ」

「しゃらくせえ」

匕首が飛んでくる。それを払い落とした瞬間、風が唸った。身体が動く。

動かなければ、死ぬ。

生々しい感覚に突き上げられ、横に跳ねる。一瞬の後、腕の付け根が震えた。炎を押し付けられたような痛みに、初は膝をついた。懐剣が手から滑り落ちていく。

「避けやがったか。ふふん、やはり、並の鼠じゃねえようだな。けど、もうお仕舞だ」

男は三本目の匕首を懐から取り出し、歯を見せて笑った。息は荒いが、目の色は落ち着いている。揺らぎなどどこにもない。脇腹は夥《おびただ》しい血で濡れているというのに、男はまだ初を諦めてはいないのだ。

自分の命が危うくなろうとも、まず獲物をしとめる。

確かに玄人だ。殺しの玄人……。

全身の血が冷えていくみたいだ。痛みより凍えを覚える。

「逃がさねえぜ」

男が匕首を振り下ろすより寸の間早く、地面を転がる。

「逃がさねえと言っただろうが。おとなしく、死ね」

信じられない。あれほどの傷を負っていながら、まだ迫ってくる。信じられない。

「はっーっ」

呼び声がした。道の向こうから提灯《ちょうちん》の明かりが近づいてくる。

「ちくしょうめが」

男が二、三歩、よろめいた。血色の唾を吐き捨てる。背を向けると、やや乱れた足音を残し、闇の中に消えていった。

「初、初、大丈夫か。しっかりしろ」

抱え起こされる。

「お頭……」

「どこをやられた。すぐに医者に連れて行ってやる」

才蔵が手拭いで肩口を強く縛った。

「お頭、どうしてここに……」

「虫の報せってやつだ。どうにも胸騒ぎがしてな。おまえが帰ってくる道はわかってるからよ、迎えにきたんだ。そしたら、嫌な気配に嫌な物音だ。身の毛がよだったぜ。まあ、間に合ってよかった。立てるか？　おれが負ぶってやる」

「まさか。年寄りに負ぶわれるほど弱っちゃいねえよ」

無理やり笑って見せる。

「強がるな。傷は浅くはねえぞ」

「大丈夫だって。これくらい、何ともねえさ」

歯を食いしばって歩き出す。

しかし、えにし屋に帰り着いたとたん、全身から力が抜けた。歩くことはおろか、立っていることすらできない。土間に倒れ込む。土の匂いと冷たさを頬に感じながら、安堵の息を漏らしていた。

生きて帰れた。

目を閉じる。すぐに何もわからなくなった。

負ぶわれている。

広い背中だ。微かに汗が匂う。

振り向く。

炎だ。紅と臙脂とが絡まり合い太い火柱となっている。夜空を突き上げているかのようだ。火花が弾け、四方に散る。

炎の中で屋敷が崩れていく。

炎が屋敷を呑み込んでいく。

「後ろを見るんじゃねえ」

背中越しに太い声が伝わってきた。背中は硬く引き締まって、掴まっていると安心できた。

大丈夫だ。何も恐れることはない。

でも、あの炎は？　燃えているお家《うち》は何？

「おっかさんは？　おとっさんは？」

「しゃべるな。目を閉じてろ。傷に障るぞ」

きず？

〝きず〟が〝傷〟に結びついたとたん、腕から背にかけて痛みを覚える。ここにいるぞと、傷が吼えているみたいだ。

「いたい、いたいよ」

「我慢しろ。それくれえの傷、おまえなら我慢できる」

我慢できないよ。痛いよ。

おっかさんはどこ？　おとっさんはどこ？

痛い、痛い。助けて。

「背中にもたれて、目を閉じろ」

太い声が命じるままに、もたれかかり目を閉じる。

大丈夫だ。何も恐れることはない。

あの安らぎが戻ってくる。心配も不安も薄れ、消えていく。

「そのまま寝ちまいな、ぼうず」

うん、ねんねするよ。眠いもの、とっても眠い。

ぎりっ。傷がまた吼えた。


目を開ける。

天上の木目がくっきりと見えた。汗で身体が濡れていた。喉がひりつく。水が飲みたい。

「気が付いたか」

横合いから、才蔵が覗き込んできた。深い皺を刻んだ顔に光が揺れる。障子窓から日が淡く差し込んでいるのだ。

「ここは……おれの部屋か」

「そうだ。水、飲むか」

「うん。飲みたい」

童のような返事をしてしまった。なぜか、恥じる気にはならない。身体を起こすと、軽い眩暈がした。しかし、傷の疼きはさほどでもなく、渇きの方が耐え難かった。

「ほらよ」

水の入った湯呑が差し出される。ひったくるように受け取ると一息に、飲み干す。喉から胸に真っ直ぐ水が流れ、やがて、じわりと全身を潤していった。

「美味い」

手の甲で口元を拭うと、深い息が零れ落ちた。

「水がこんなにも美味いものだとはな。初めて知ったぜ」

「死に水にならなくてよかったな」

「お頭、笑えねえ冗談は無しにしてくれ。この程度の傷で死ぬわけがねえだろう」

才蔵が目をすがめる。

「毒が塗ってあったそうだ」

「え……」

「匕首の刃さ。そこに毒が塗られていたらしいぜ」

思わず肩口を押さえる。晒《さらし》がきっちりと巻かれていた。

「おれは……どのくらい眠ってたんだ」

「丸一日と半。ちっとばかり熱も出た。しかし、毒のわりには軽く済んだ方だとよ。医者の手当てがよかった。おまえの身体が毒に強かった。傷がさほど深くなかった。その三つが上手いこと絡んで、命拾いしたって診立《みた》てだ。まあ、なにより効いたのは、医者の手当ての確かさだろうと千両《せんりよう》先生は言ってたがな」

才蔵はそこで、笑みを浮かべた。

一分千両《いちぶせんりよう》は浅草寺近くの長屋に住む医者だ。酒と気儘《きまま》が何より好き、というより、酒しか眼中になく、気儘としか言いようのない生き方をしている。かつては、さる旗本の三男だか四男だかであったのを窮屈な武家暮らしを厭うて、家を飛び出した。飛び出された方は厄介払いができたと喜んだのかどうか、行方を捜すでもなく放っておいたとか。そのままであれば一分千両などとふざけた名前の医者に姿を変えて、それなりに身に合った一生を過ごせたはずだ。ところが、三年ほど前、旗本の実家から呼び戻されるはめになった。

理由は至ってわかりやすい。

家を継ぐべき兄たちが次々と早世してしまったのだ。病に罹った者も、喧嘩《けんか》の果てに相討ちとなった者も、不意に心の臓が止まった者もいたらしい。後嗣《こうし》がいなければ家は潰れる。武士においては家を守ることより大切なものはない。そのためなら、一度は厄介者と見放した男でも致し方ない、連れ帰り当主の座に据える。

そんな巡りあわせになり、誰より慌てふためいたのは千両だ。せっかく手に入れた気儘勝手、酒浸りの日々を手放して、格式と決まり事と儀礼ばかりの世界に帰るなどとんでもないと、えにし屋に飛び込んできた。

実家との縁を断ち切ってくれと。

才蔵も初もずい分と骨を折った。武家の跡継ぎ絡みの件ほど、面倒なものはない。が、苦労の甲斐あって、何とか千両と実家の縁を断つことができた。しかも、実家の後嗣まで見つけ出すというおまけ付きだ。いや、おまけではない。見つけ出せたから、千両の望む通りの縁切りができたのだ。

病死した長兄には若いころ手を付けた下働きの女がいた。その女が子を孕《はら》んだとき、さる大家の息女と祝言間近だった長兄は僅かな手切れ金を渡しただけで、屋敷から追い出した。

才蔵は、その女と子どもの居場所を突き止めてきたのだ。子は男子だった。長兄にも、他の兄たちにも子はおらず、その男子が唯一血統に繋がる者となる。

子はまだ十二歳だったが、武士の子弟として躾けられ、聡明で、何より長兄によく似た顔立ちをしていた。居住まいを正すことさえ億劫《おっくう》がる千両より、よほど武家の主に相応しい。誰の目にもそう映った。叔父から甥《おい》へ、当主の座は速やかに移譲された。

裏はある。小細工も大細工もした。が、ともかくえにし屋はえにし屋の職分を全うし、千両は再び家から解き放たれたのだ。しかも、この先、一切関わらぬとの絶縁状一筆と引き換えに、少なくない金子を実家から引き出すこともできた。むろん、えにし屋の仕事の内だ。

千両は小躍りし、才蔵に〝一生の恩義〟を誓った。いい加減で、野放図で、酒徳利《さかどくり》を抱いて寝るような男だが、人の根は誠実で義理堅い。実家から受け取った金子をきっちり半分、えにし屋の仕事料として差し出した。

深い付き合いはそこから始まった。

医者としての千両の腕前はなかなかのもので、元武士だからなのか金瘡《きんそう》の手当てにはとりわけ優れていた。ただ、酔い潰れて診療できないときが多々あるのが難ではある。

初の治療の折は、珍しく素面《しらふ》であったらしい。治療の前に、才蔵は初の正体を告げたが、千両は驚きも戸惑いもしなかった。舌打ちを一つして、「参ったな。おれは男相手じゃその気になれないんだ。小股《こまた》が切れ上がったいい女だとばかり思ってたのに、口惜《くちお》しいことだ」と、残念がりはしたそうだが。

「口止め料に、酒の一斗樽《いっとだる》を寄こせと言われたぜ」

才蔵が苦笑する。

「あの先生なら言いそうな台詞だな」

初は手の中で湯呑をゆっくりと回した。

野遊びの子らが青い筆で描かれている。さる大尽《だいじん》から仕事の礼にと譲られた器だ。吉野作之進の気を引いた呉須の一品だった。

「お頭、違ったぜ」

「うん？」

「おれを襲ったやつ、冥鬼丸の一味じゃなかった」

一味の生き残りであるなら、初の正体を知っている。あの男は女と信じて疑わなかった。

才蔵がちらりと初を見る。妙な眼つきだった。

「今朝のことだが、吉原《よしわら》帰りの客を乗せた猪牙舟《ちょきぶね》がな、大川に浮いている男の死体を見つけたんだとよ。真っ裸で、身体のあちこちに刺し傷があったそうだ」

「え、それは……」

「わからねえ。まさか仏の面を確かめるわけにもいかねえしな。けど、おれはおまえを襲った刺客だとふんじゃあいる。おまえの始末をしくじった。その咎で自分が始末されちまったって筋書じゃねえかと、な」

口の中が苦くなる。湯呑を枕元《まくらもと》に置くと、初は日差しに白く輝く障子を見詰めた。

「仲間がいるとなると、新手《あらて》の刺客が現れるかもしれねえな」

「さあ、それはどうかな」

才蔵が首を傾げる。

「おれだったら、一度ケチのついた仕事からは手を引く。手を引いて、暫くは鳴りを潜める。人殺しを生業とするなら、それくれえの用心はいるぜ。しかし、きれいに手を引いてもらうためには、殺しの頼みそのものを取り下げさせなきゃなるまいな」

「ああ、だな」

「これは、おまえが蒔《ま》いた種だ。自分で刈り取りな」

「わかってる。そのつもりだ」

「なら、いい。おれがとやかく言うことはねえよ。下でお舟と太郎丸がやきもきしてる。二階に上がってくるなと言い付けといたからな。おまえが目を覚ましたと教えてやろうかい」

才蔵は立ち上がり、小袖の前を叩いた。

「お頭」

出て行こうとする男を呼び止める。

「夢を見た。昔の夢だ。おれは小さなガキで、誰かに負ぶわれて焼け落ちる屋敷から遠ざかっていた」

才蔵の眼が、心持ち細められた。

「腕がひどく痛くて、泣いていた。きっと、この傷のせいで見た……思い出した夢なんだろうな。ガキのおれも同じところから血を流していた。けど、負ぶわれている背中が広くて温かくて、ガキなりに安心できたんだ」

才蔵は何も言わない。黙って、初を見下ろしている。

「あれは、お頭の背中だよな。では、燃えている屋敷ってのは……」

「聞きてえのか」

才蔵の声は低く、重ささえ伝わってきた。

「聞きたい」

答える。夜盗の一味と暮らす以前、自分がどこから来たのか、どこで生まれ、育っていたのか、才蔵に問うより他に知る術はなかった。今まで一度も問わなかったのは、忘れていたからだ。今を生きるのに懸命で、昔を振り返る気も要も感じなかったからだ。

痛みが引きずり出した記憶に煽《あお》られて、己の来し方を尋ねる。ここで尋ねなければ知る機会はもう巡ってこないかもしれない。

才蔵が再び座る。そして、

「燃えているのは、おまえの家だ」

投げ出すように告げた。辺りを見回し、舌を鳴らす。

「ここには煙草盆がねえな。話し辛《づれ》えや」

懐から煙管を取り出し、空のまま口にくわえる。年季の入った火皿が鈍く光った。初は心持ち、顎を上げた。

「夜盗がおれの家を襲ったってわけか」

「そうさ。おまえの家は大商いの材木問屋だった。蔵が三つ、四つ、並んでたぜ。だから、冥鬼丸に目を付けられた。やつの仕事振りは、よくわかってんだろう。おまえの一家は皆殺し、屋敷は火を付けられた」

「皆殺しじゃないだろう。おれが生き残ったんだ」

才蔵の口元が僅かに歪んだ。煙管を固く握り締める。

「皆殺しになるところを、お頭が救い出してくれたのか」

才蔵は歪んだ口元を薄笑いに変えた。眼の奥が白々と光っている。酷薄な笑みだった。

「甘《あめ》えな、初」

「甘い？　何がだ」

「その思案が甘えのさ。おれも夜盗の一味だった。それなら、おまえの家に火を付け」

才蔵はそこで一息を呑み込み、続けた。

「親や兄貴を殺したのはおれかも、しれねえんだぜ」

えっと声を上げそうになった。

「おれに、兄貴がいたのか」

「いたな。七つ、八つになっていたんじゃねえのか。父親が庇って逃がそうとしたところを、父親もろとも斬り殺された。母親も背中を割られて炎の中に投げ込まれた。おまえを抱きかかえて、最期までおまえの命乞いをしてたよ。『この子だけは殺さないでくれ』ってな」

「……何で、おれだけ殺されなかったんだ」

冥鬼丸たちのやり方は、よくわかっている。乳飲み子だろうが病人だろうが老人だろうが容赦はしない。「後腐れがないようにきれいに始末するのが、わしらの流儀というもの。後に累を残さず。実に見上げた心得ではないか。御仏も満足されておられよう」と、円恵がよく嘯《うそぶ》いていた。

才蔵が視線を逸らせる。淡い光に浮き出した横顔は、ひどく老けて、弱々しかった。

「頭目が、気に入ったからだ」

思いがけない答えだった。息を詰めてしまう。

「眼が、よかったんだとよ。まだ、やっとこ口が利けるぐれえのガキのくせに、こっちを真正面から睨んできやがった。あの冥鬼丸が一瞬、怯むほどの眼つきだったぜ。おれは、頭目のすぐ後ろにいたが、確かに並じゃなかったな」

そこで、才蔵は小さな笑声を零した。

「だからよ、おれは時たま考えんのさ。おまえが何事もなく、あの商家で育っていたらどうなったかってな。親にも財にも恵まれた中でぬくぬくと育っていたらどうなってたかって」

初は無言で、笑う男を見詰める。

「考えたってわからねえよ。けどな、ありゃあ堅気の暮らしを全うできるやつの眼じゃなかった。それだけは言える。頭目が気に入って、生かしておいたほどだからな」

「お頭……」

「頭目はおれを振り返って顎をしゃくった。それだけさ。そのときは、おまえの母親はまだ生きていた。血塗れになって、息も絶え絶えだったけどな。なのに、『この子だけは殺さないでくれ』と叫び続けていたぜ。おれが、おまえを抱き取ろうとしたら必死にしがみついてきた。あんなに驚いたこたぁなかったぜ。死に掛けた女のはずが、ものすげえ力だった。おれは怖くて……、ふふっ、おれもまだ若かったからな。怖くて、それで叫んだのさ。『この子はおれがあずかる。おれが育ててやる』ってな。そしたら、力が緩んだ。母親は血だらけの顔でおれをじいっと見据えたんだよ。じいっと、な。紅い血の中で目ん玉だけが真っ黒で……。やっぱり身震いするぐれえ怖《こえ》えのによ、とてつもなく綺麗だった。人の目ん玉を怖いだの綺麗だのと感じたのは、後にも先にもあのときだけさ」

「おふくろは、そのまま死んだのか」

「円恵が炎の中に投げ込んだ。炎に包まれても、声一つたてなかった。おそらく、もう息絶えてたんだろうな。その後は、おまえの夢の通りさ。おれは、おまえを背負って逃げた。頭目は、おまえのことなど忘れたかのように、まるで気に掛けなかった。だから、おれが育てた。おまえの母親との約束を反古《ほご》にできなかったんだよ。笑えるだろう。殺しもした。盗みもした。女を騙して売り飛ばしもしてきた。今までさんざん悪行三昧《あくぎょうざんまい》だったくせに、殺した女との約束を守ろうとするなんざ、おれにも自分の心内がわからなかった。今でも、よくわかりゃしねえがよ」

才蔵は自分の顔を撫でる。唇の皮が乾いて剝けかけていた。

「おふくろを殺ったのは円恵だろう。お頭じゃねえ」

自分の声も罅割《ひびわ》れそうなほど乾いていると、初は思った。

「円恵は死体を炎の中に投げ捨てただけさ。母親を背後から斬ったのは、おれだ」

風が浅草寺のざわめきを運んでくる。障子窓が微かに鳴った。

「だから、おれはおまえの親の仇《かたき》なんだよ、初」

告げた後才蔵は、ははと妙に軽やかに笑った。

「ずい分と急な白状になっちまったな。まあ、いつか告げなくちゃならなかったからな。おまえの夢がいいきっかけを作ってくれたぜ」

「告げて、どうするつもりだったんだ」

初の問いに答えず、才蔵が腰を上げる。

「お頭」

「どういうつもりもねえよ。真実を知ってどうするか、決めるのはおれじゃねえ。おまえだ。仇がこの先の道をどう選ぼうと何にも言えねえよ。どうしようもねえ」

　そこで長い息を吐き出し、才蔵はまた僅かばかり笑んだ。

「正直、ほっとした。ずっとおまえに秘密にしとくのも、荷が重かったからな」

「おれが仇を討つって言ったら、どうするんだ」

「だから、どうしようもねえだろうが」

　全てに甘んじると才蔵は言っている。その覚悟はとうにできていたのだろう。

「あ、もう一つ。昨日、お舟にもおまえが男だと告げておいた。もう、構わねえだろう」

「……ああ」

　才蔵が出て行く。

　座敷の中は静まり返る。耳をそばだてれば、人のたてる音や声が聞こえもするが、それさえ静寂を際立たせてしまう。鳥がぶつかったのか、窓の障子がかさりと鳴った。

　ずるいな、お頭。

　決めるのはおまえだと言い放った男を、胸の内で責める。

　討たれてもいいだと？　全部、こっちに押しつけるのかよ。ふざけんな。

　階段を駆け上がる足音がして太郎丸が飛び込んできた。

「初さん」

　夜具に座った初に、抱きついてくる。

「よかった、よかった、よかったよー」

太郎丸の顔は既に涙と洟《はな》でぐしょぐしょに濡れていた。

「おいおい、汚ねえな。ほら、洟ぐらい拭けよ」

手拭いで鼻の下を拭ってやる。

「だって……だって、初さんが……し、死ぬかもって……思って」

「馬鹿野郎。おれがそう容易く死ぬわけがねえだろう。ほら、もう泣くなって」

太郎丸は初の腰にしがみつき、嫌々をするように首を振った。

「嫌だよう。もう、ほんとにこんなの嫌だよう。初さんと爺さまが死んじゃったら、おれ、またひとりぼっちじゃないかよ。馬鹿ぁ。そんなことしたら許さないぞ。ほんとに……許さな……くて、ほんとに……ほんとに……」

しゃくりあげる太郎丸の背中をさする。しっかりと肉の付いてきた背中が震えていた。

「太郎ちゃん、もう一人、お忘れじゃないの」

お舟が盆を手に入ってくる。一日で機嫌が悪いと知れる仏頂面だ。

「死んで困るのは、お初さんと旦那さまだけかい。あたしは、どうでもいいんだね」

「え？　そんなこと、ないよ。お舟さんもいなきゃ困るよ」

「ふん、取ってつけたように言うんじゃありません。お初さん、薬ですよ。丸薬はたいそう苦いので、水と一緒に一息に呑み込むんだそうです。後で、お粥《かゆ》とお茶を持ってきます。それでいいですね。はい、置きますよ」

乱暴に盆が置かれる。

「お舟さん、何でそんなに怒ってんの」

太郎丸が、おそるおそるお舟を見上げた。お舟の眉尻が吊り上がった。

「これが怒らずにいられますか。ちょっと、お初さん」

「……はい」

「あたしはね、今の今までずっと『えにし屋』の一人だと思ってきましたよ。仕事は違ってもお初さんや旦那さまと一緒に、この店を支えているってね。言わば、家族のようなものだってずっと思ってきたんですよ。けど、それはあたしの思い違いだったんですね」

お舟が前掛けで目頭を拭う。

「あたしだけ蚊帳《かや》の外だったなんて。太郎ちゃんまで知っていたお初さんのこと、あたしだけ知らされていなかったなんて……、あんまりじゃありませんか」

「あ、お舟さん、それは折を見て話さなきゃならないとは思ってたんだ。ほんとに、そう思ってはいたんだ。だけど、何かと忙しくて……」

「言い訳はいいですよ。ようするに、あたしは通いの女中に過ぎないってことですよね。ただの奉公人、お三人とは違うってことですよね。二階に上がってきちゃいけないのも、だからなんですね。お初さんのことをあたしに内緒にするために……」

お舟の大きな身体が揺れ、涙が頰を転がる。

「爺さまが黙ってろって言ったんだよ」

太郎丸が声を張り上げた。

「おれも初さんも、お舟さんのことただの奉公人だなんて思ってないよ。おっかさん……じゃないけど、おっかさんの姉さんみたいな、えっと……」

「伯母《おば》さん、だな」

そっと助け舟を出す。太郎丸が大きく頷いた。

「そう、伯母さん。おれ、お舟さんのこと伯母さんだと思ってるよ」

「まあ、太郎ちゃん」

お舟がぐすっと洟をすすり上げた。

「おれは伯母さんに隠し事なんかしたくなかったよ。でも、爺さまがいい折を見つけて話すからって、おれや初さんに口止めしたんだ」

「そうなの、旦那さまが……」

「お舟さん、ごめんなさい」

太郎丸が殊勝に頭を下げる。お舟が笑顔になった。

「もう、いいよ。あたしも泣いたりして、大人げなかったね。ごめんなさいよ。ええ、そういうことなら、旦那さまにたっぷり文句を言ってやるよ。お初さん、これからは遠慮なく二階も掃除させてもらいますからね」

「あ、はい。頼みます」

「お薬、ちゃんと呑んでくださいよ。傷が膿《う》むと大変ですからね」

どすどすと足音を残して、お舟は階下に下りていった。「旦那さま、旦那さま」。下りながら才蔵を呼んでいる。

「おまえ、なかなかやるな。舌先三寸で世渡りできるぜ」

太郎丸の耳元で囁く。

「だって本当のことだもの。口止めしてたの爺さまだろう」

「そりゃそうだが、下じゃこれから一悶着《ひともんちゃく》だぜ。事と次第によっちゃあ、お舟さん、拗《す》ねて飯を作ってくれなくなるかもな」

「えっ、そんなの困るよ。今でも腹が減ってるのに。おれ、様子を見てくる」

太郎丸が飛び起きる。襖戸のところで振り向き、束の間、初を見詰めた。

「初さん、ほんとに死んだりしたら駄目だからな」

「ああ、もう、こんなドジは踏まねえよ」

「ならいいけど。あんまり心配、かけんなよな」

「は？」

「まったく、大人ってのは世話が焼けるよなあ」

ため息を一つ残し、襖が閉まる。堪《こら》えきれなくて噴き出してしまった。

おかしい。

堪《たま》らなくおかしい。

喉の奥から漣になって笑いが上ってくる。笑えば傷が痛むけれど、止められない。

なぜ、笑っているのだろう、笑えるのだろう。才蔵の白状を聞いた後だというのに、笑っている自分が不思議だった。けれど胸の内は意外なほど凪《な》いでいた。よみがえった記憶の中で、傷の痛みと広い背の温みだけが鮮やかだった。後は朧《おぼろ》で何一つ確かな形とならない。〝えにし屋の初〟として生きてきた日々は、さらにくっきりと際立ち、初の内に刻まれていた。

怨みはない。才蔵を父母・兄の仇と怨むには、あまりに長い年月を共に生きてしまったと思う。けど、お頭、もう二度と戻るまいぜ。

あの人道を外れた場に二度と戻らない。おれもあんたも、な。

「だからお舟さん、爺さまが悪いんだって」

「馬鹿を言うな。おれは適時ってものを考えてたんだ」

太郎丸と才蔵の言い合いが伝わってくる。

おかしい。また笑いが込み上げる。

初は秋の日差しの中で一人、笑い続けた。

蟋蟀《こおろぎ》が鳴いている。

澄んで美しくはあるけれど、どこか儚げに感じるのは夜風のせいだろうか。

この前までの残暑が幻であったかのように、寒い。涼しいを通り越して寒い風が吹く。

吉野孝子は空を見上げてみた。

月は雲に隠れ、星の瞬《また》きだけが夜を飾っている。そういう空も寒々と目に映る。

吉野家の屋敷は静まり返り、物音一つしない。全ての者が死に絶えたような静かさだ。

「寒いこと」

一人呟いて、孝子は裾を引いた。自分の呟きなど瞬く間に夜の静寂に呑み込まれてしまう。

部屋に戻る。菊乃に言い付けて火鉢に炭を足しておいたから、中は仄かに温かだった。

今日も一日が終わった。けれど、すぐに明日が来る。

明日？　明日一日をわたしはどうやり過ごせるのだろう。

作之進の初七日の後、遠縁の老人に言われた。

「一周忌が終われば、婿取りを考えねばならんぞ。吉野の家を潰すわけには参らぬからな」さすがに、今持ち出す話題ではあるまいと周りから諫《いさ》められ口をつぐみはしたが、つぐむ前に「それがおまえの役目であるぞ」と続けた。

また男だ。

一年経てば、また、新しい男が夫になる。見も知らぬ男と夫婦になり、夜ごと抱かれ、早く子を生せと責め立てられる。子ができなければ謗《そし》られる。誰も吉野家の行く末を案じはするが、孝子の心内の安寧を気に掛けようとはしない。

安寧など訪れようはずもないか。

息を吐く。蟋蟀の音より儚い吐息だ。

「何を憂えておいでです」

声がした。よろめくほど驚く。

「何者！」

とっさに懐剣を握り締め、誰何《すいか》する。

「後ろにおります。お騒ぎなさいますな」

振り返る。

行灯の傍に、黒い影が片膝をついていた。

そんな、部屋に入ってきたときは誰もいなかった……はず。

「盗人《ぬすつと》か」

「まぁ近いものかもしれやせんが、今宵《こよい》は品や金を頂戴《ちょうだい》するためではなく、奥方さまに用があり参上いたしました」

影が僅かに前に出て、行灯の明かりの中に入る。

黒い筒袖の上着に短袴。脚絆《きゃはん》も手甲《てっこう》も顔半分を覆った覆面も黒だった。束ねて背に垂らした髪は烏羽色《からすば》だ。艶やかに黒い。唐突に白髪《しらが》を思い出した。今朝、鏡を覗いたとき鬢に見つけた一本の白い毛。たった一本なのに重いと感じた。摘んだ指先が痺れるようにも感じた。

「狼藉者。人を呼びますぞ」

誰かと叫ぶ前に後ろから口を塞がれた。もう一人賊がいたのかと思わせるほどの、素早い動きだ。口を塞いだ手から微かに香が匂った。

この香り……まさか。

「刺客に吉野さまを殺させたのは、孝子さま、あなたでございますね」

女の声音で囁かれる。耳朶にかかる息は冷たかった。

「そなた、まさか」

身を捩る。手は容易く離れ、孝子は賊と向かい合った。

「ご無礼をいたしました。ご寛恕《かんじょ》くださいませ」

腰を下ろし、賊は覆面を取った。

「ま……」

絶句してしまう。まさか、まさかと胸が震え、口が一息の間に乾いていく。

「……花江」

「そうは名乗りましたが、偽りでございます。お許しください」

紛れもなく若い男の声だった。男はこぶしをつき、頭を下げる。

「えにし屋の初と申します。お見知りおきください」

若いけれど深い声。幾層にも重なり、人を包み込むようだ。聞き惚れてしまう。

孝子は上座に座り、小さく笑んでみた。

おもしろい。

「そなた男であったのか。女であるのか」

「奥方さまのお望みのままに」

「望みのままとは、また面妖《めんよう》なことを言やる。相手によってどのようにも変わるとでも申すか」

「男であるとか女であるとか、さほど気に掛けはいたしておりません」

「戯けたことを。この世は男と女しかおらぬ。男なら男として、女なら女であるが故に背負わねばならぬ重荷も苦労も、役目も務めもあるであろう」

初が顔を上げる。闇の中に白い顔が浮かぶ。

男とも女ともつかない。

孝子は膝の上で指を握り込んだ。胸の鼓動が速くなり、息が苦しい。

「重荷も苦労も、役目も務めも背負わねばならぬのは人の定め。男だ女だと言う前に、人は人としての定めを生きております。どのような形をしていようと、我は我でしかありません」

「戯言を重ねるでない。そなたに女子の何がわかる。ただ、姿形を真似てみたとて何もわかりはすまい。化けるだけなら役者で十分じゃ。ふふん、三文役者にしてはよう化けたものよ。作之進はそなたの正体を知っておったのか？　いや、知らなかったであろうな。鈍い男であったゆえ。知らずに、そなたの手管《てくだ》にしてやられたか」

「吉野さまは男でも女でもない、男でもあり女でもあるわたしに異なものを感じられたのでしょう。そして、絵心を揺り動かされた、それだけのこと」

一心に絵筆を動かしていた作之進の姿が脳裏を過った。孝子は目を閉じる。

「なのに、あなたはつまらぬ妬心から吉野さまを亡き者にしてしまった」

目を開ける。

「あまりにも愚かだと恥じはなさいませぬか」

頭の中が燃える。身体の芯が燃える。心が燃える。燃える怒りが孝子を包む。

「そなた、わたしが妬心から作之進を殺したと思うておるのか。そのようなことあろうはずがない。わたしにとって、作之進は犬や猫と変わらぬ。ただ飼《こ》うてやっただけじゃ」

初と視線が絡んだ。

「では、孝子さまが刺客を雇い、吉野さまを殺したとお認めになりますね」

孝子は唇を噛んだ。

謀られた。

初は、孝子の妬心など端から信じてはいなかったのだ。おめおめと乗せられ、我が罪を口走ってしまった。

「わたしに刺客を差し向けたのも孝子さまですね。上手くはいきませんでしたが」

さっき全身を包んだはずの怒りは束の間で消え、燃え滓ほどの熱さもない。代わりのように気怠さが染みてきた。このところ、ずっと続いている怠さだ。

「ああいう剣呑な男たちをどこで知りました」

「知らぬ。金で殺しを請け負う者たちがいると、菊乃が聞き及んできたのよ。菊乃に差配は任せた。わたしはただ金子を渡しただけじゃ」

「吉野さまを殺すための金子、わたしを殺すための金子をですか」

初の口調に咎める響きはなかった。それが、かえって孝子を苛立たせる。その苛立ちを見せたくなくて、無理にも笑おうとした。

「安堵するがよい。あやつら手を引くと申してきた。そなたの襲撃をしくじったゆえ、手を引いて、暫く江戸から離れるそうじゃ。ただ渡した金子は返ってこなんだがな。ふふ、臆病なほど用心深いことよのう」

笑おうとしたけれど口元は引きつったまま、思うように動かない。

我が身さえ思うようにならぬとは。何と忌々《いまいま》しいことか。

「吉野さまを殺したのは、なぜです」

初が一歩、踏み込んできた。

「妬心ではないとしたら、なぜ、あの方を殺したのです」

初を見る。初に見詰められる。

「殺さねばならない、どんな理由《わけ》がありました」

初の眼差しはやはり、孝子を咎めてはいなかった。ぎらつきも尖りもしていない。拒みも厭いもしていない。養父の眼はぎらついていた。夫は……。

「わたしを憐れんだからじゃ」

口ではなく喉を突き破って、言葉がほとばしる。そんな気がした。

「わたしを憐れみ、全てを許すと言うた。それが我慢できなかったのじゃ」

わたしは何を口走っているのだろう。

孝子は戸惑う。

得体の知れぬ者を相手に、何もかもしゃべろうとしている。謀られたと知りながら、胸の内を明かそうとしている。

戸惑う。焦る。けれど、蕩《とろ》けていくような安気も覚えた。

これでもう、一人、暗い秘密を抱えずに済む。

残らず吐露すれば、心身は軽くなるだろうか。思いきり息が吸えるだろうか。口に入れた物を美味だと感じられるだろうか。深く眠れるだろうか。明るい空を美しいと嘘でなく思えるだろうか。もしそうであるなら、嬉しい。

「吉野さまは、あなたと先代当主との関わりを問い質したのですか」

初の声音が初めて揺らいだ。語尾が掠れる。

孝子は顎を上げ、微かに息を吐いた。それが答えだ。

生母と死に別れ、吉野家に引き取られたとき、孝子は七つだった。そして十七になった年の夏の終わり、孝子にとっては伯母にあたる養母が亡くなった。その満中陰《まんちゆういん》の法要を終えた夜、養父は孝子の閨《ねや》に忍んできたのだ。

驚いた。

驚いて一声も出せなかった。養父も無言のまま伸《の》し掛かってくる。寝所の闇の中で、両眼が青くぎらついていた。鬼の眼だった。

熱い手が身体をまさぐり、秘所に触れる。孝子は抗わなかった。抗いなどできない。鬼に食われる恐怖に身も心も強張っている。それに、生まれたときからずっと、男に逆らうことを戒められてきた。「女子は何事も従順に、決して殿方に背いてはなりませぬ」。亡くなった生母からも養母からも事あるごとに言い聞かされて育った。男の、まして当主である養父を拒むなどできようはずもない。

脚を押し広げられた。荒い息が聞こえ、突然、言いようのない痛みが身体を貫いた。生身が引き裂かれる。痛みより恐怖に孝子は気を失った。

翌朝、目覚めたとき、部屋は白々と明るく、庭で遊ぶ小鳥の地鳴きが聞こえた。

いつもと変わらぬ朝だった。

夢を見たのだ。

何と怖い夢を見たことかと胸に手をやる。

乳房に触れた。襟元が大きくはだけられ、肌に指跡が紅く残っていた。太腿には血がこびりつき、腰から下がずくずくと疼く。夜具からも、自分からも、血なまぐさい異様な悪臭が臭った。

昨夜の出来事は、夢ではなく現だと告げてくる臭気だ。

養父は中風で倒れ身動きがままならなくなるまで、三、四日に一度は孝子を慰みにやってきた。もう、怖くはないけれど、おぞましくはあった。かりにも娘と呼ぶ女を弄《もてあそ》ぶ養父も、父と呼ぶ男と目合う己もおぞましい。

おぞましさが孝子を殺していく。心がゆっくりと生を止める。風景や人の言葉や音曲に動き、高鳴り、膨らんでいた心が硬く乾いて、欠けていく。

晶子という古参の女中が、養母が亡くなるずっと以前から養父の女であったと知ったときも心は揺れも、乱れもしなかった。むしろ、ありがたくさえ、ある。養父が晶子の許を訪れた夜は、一人寝ができた。孝子の身体は孝子だけのもので、ぐっすりと眠ることができたのだ。晶子のおかげだと手を合わせていた。

養父が忍んでくる閨は苦痛でしかなかった。いつ終わるともわからぬ苦痛だ。

森宮作之進との縁談を告げられたのも、閨の中だった。

「わたしが……婿を取るのですか」

まさかという思いだった。養父の慰み者として果てると覚悟していた。

「そうだ。吉野の家のために、子を産まねばならんだろう」

「でも、そんな……。わたしは……」

養父が孝子の身体を抱き寄せる。胸元に指を這わせる。

「子を産め。森宮ではなくわしの子を、な」

婿取りは世間からの隠れ蓑、二人の関わりを隠すための方便に過ぎず、ただの飾り物だと養父は言い捨てた。

養父の選んだ婿、森宮作之進と初めて顔を合わせたとき妙に納得してしまった。

ああ、これなら。

線の細い、いかにも気弱そうな男は、到底、養父に太刀打《たちう》ちできる相手ではない。何もかもを受け入れ、知らぬ振りをして、諦める。そういう男だから吉野の家に迎え入れるのだ。

この男では、わたしを救い出せない。

作之進に茶をたてながら、孝子はその場に泣き伏したい情動を懸命に抑えていた。

形ばかりであっても夫婦は夫婦だ。身体を重ねねばならない夜もあった。作之進との婚《くながい》は淡く、養父との記憶を僅かも追いやってはくれなかった。

縁談がまとまってほどなく、養父は倒れた。婚礼の半年前のことだ。だから作之進は、物も言えず、起き上がりもできない病人の養父しか知らない。孝子を鬼から救ってくれたのは、生身の夫ではなく病だった。

「養父が病に陥り、亡くなったのは、神仏の加護だと信じておる」

初を見下ろし、言う。

養父の葬儀の後、孝子は事あるごとに仏間にこもった。故人の冥福《めいふく》を祈るためではない。養父をこの世から消してくれた神仏に手を合わせるためだ。欲を言えば、もう少し早く、もう少しだけでも早く、消して欲しかった。

「吉野さまは通夜の折、あなたのなさったことを見ておいででした」

「そうであろうな。わざと見せたのだから」

初の双眸が見開かれた。驚愕がはっきりと面に現れる。

愉快だ。

からからと哄笑《こうしょう》したいほど愉快だ。この、全てを見透かしたような相手に一矢報《むく》いた気分になる。孝子は袖で口元を押さえ、眼だけで嗤った。

「わざと見せたのよ。口に含んだのは人ではなく鳥の炙《あぶ》り肉。小刀で脚の肉を抉《えぐ》りはしたが、口になど入れるものか。考えただけで胸が悪くなる」

できれば切り刻んでやりたかった。死体ではなく生きたまま、あの男を苛んでやりたかった。

なぜしなかったのか。できなかったのか。己の弱さが憎い。初が身じろぐ。

「では、先代の後追いをした女中の肉が、削《そ》がれていたというのも……」

「わたしが削いだ。作之進が確かめるとわかっておったからな。晶子は行く末を儚んで、自害した。愚かな女ではあったが、役には立った。わたしの鬼女振りを、さらに作之進に見せつけられたからな」

「鬼女を演じたのは、吉野さまを屋敷から追い出す方便だったわけですか」

初の口調はもう落ち着いていた。それが忌々しい。

「そうじゃ。作之進は臆病者ゆえ、仰天して逃げ出すと思うたのよ」

男などいらぬ。養父も名ばかりの夫も去った屋敷の内で、わたしはやっと一人になれる。

「けれど、吉野さまは逃げ出さなかった。逃げ出さず、あなたと向かい合い、共に生きようとなさった」

「思い上がりじゃ」

叫んでいた。語尾が引きつれ、声音が甲高《かんだか》く尖る。

「孝子、すまぬ」

あの日、作之進は深く頭《こうべ》を垂れた。

「わしが至らなんだ。そなたの苦しみを何一つ解しようともしなかった。気取りさえできなんだ。許してくれ。しかし、これからは違う。能う限り、そなたを支えていく。な、孝子、もう一度祝言じゃ。今度こそ、本物の夫婦として生きていこうぞ」

そう言って、孝子を引き寄せた。そして、囁いた。涙声だった。

「かわいそうに、かわいそうに、辛かったな。もうよいのだ。わしを許してくれ。わしもそなたを許すぞ、孝子」

この男を殺す。

憎しみが湧き上がる。養父に対してよりさらに濃い憎悪だった。

かわいそうに、かわいそうに……。そなたを許すぞ。

憐れまれたまま男と生きる。

耐えきれない。

この男は今、憐れな女を救った、汚れた女を許した己に酔っている。酔いが醒《さ》めたとき、憐憫も許しも、いとも容易く蔑《さげす》みに変わるだろう。

耐えきれない。

わたしを憐れんだ男が憎い。憎くてたまらない。許すと言い放った男を殺す。

「菊乃が金で殺しを請け負う者がいると、聞き及んできた。まさかと思うたが、菊乃は本当に探し出してきてのう。ふふ、後がどうなったか、そなたも承知であろう。作之進は罰を受けた。身の程知らずに、わたしを憐れんだ罰じゃ」

「菊乃さまは、どこにおられます」

「菊乃？　知らぬ。おおかた部屋にでも籠《こも》っておるのであろう」

火鉢に炭を足すよう言い付けてからは、姿を見ていない。しかし、菊乃がどこにいようと構いはしないだろう。

　初が僅かに低頭した。

「菊乃さまにお伝えください。ご用心なされますようにと。刺客に雇った男たちと二度と会わぬのなら結構。しかし、この上、関わりを持つのは危のうございます」

　初が立ち上がる。孝子を見据える。

「孝子さま、どうして吉野さまを殺したりなさいました。あの方だけが、あなたを人に留める力がおありだったのに」

「なに？」

「吉野さまは、あなたを憐れんでいたわけではない。本気で愛しんでおられたのです。あなたの来し方も含めて、全てを愛しもうとされていた。人として穏やかに暮らす日々をあなたと共に作っていくおつもりだったのです。あなたは、その日々をご自分で閉ざしてしまわれた。人ではなく鬼と化してしまう道を選んでしまった」

　また、燃える。

　燃え滾《たぎ》る怒りに身を包まれる。

「別れたいのなら、そう告げればよかったのです。あなたのためであるなら、吉野さまは躊躇うことなく身を引かれたでしょうに。それなのに、あなたはあまりに愚かでした。ええ、愚かなのはあなたですよ、孝子さま」

「下郎が。黙れ」

懐剣を引き抜き、背を向けた初に斬り掛かる。

手首を摑まれ、捩《ね》じられた。懐剣が畳に突き刺さる。頬が鳴った。

その衝撃に孝子はよろめき、後ろに倒れ込んだ。したたかに腰を打つ。口の中に血の味が染みてきた。

「馬鹿野郎が。人を殺した者はみんな鬼になるんだ。一度鬼になると人に戻るのは至難さ。あんたは、そんなことも知らないで殺しに手を染めた。一番殺しちゃならねえ人を殺しちまったんだ。てめえの影を確《しか》と見てみやがれ。鬼の証が見えるだろうさ」

影……。

孝子は身を起こし、横を向く。白い襖に影が映っていた。行灯の明かりに照らされた揺れる影だ。悲鳴を上げていた。

影には二本の角が生えている。

まさか、まさか、そんな。

瞬きをする。影のどこにも角などない。

「嘘だよ」

背後で初が低く呟いた。

「角なんて生えねえ。けど、あんたは見た。自分の本当の姿をな。形は人であっても、鬼に化しているとわかっているから見ちまうんだ。あんたは人道から外れた。このまま鬼畜の道を行くのか、何としても人の道に戻るのか。戻ろうとしても、もう助けてくれる人はいねえぜ。あんた一人で足掻くしかねえんだ」

風が吹きこんでくる。行灯の炎が揺らぐ。

振り向いたけれど、誰もいなかった。

誰もいない。

血の味の唾を呑み込む。

孝子は襖の上で揺れる影を、見続けていた。


「これで三度目だぜ」

声を掛けられ、初は息を呑み込んだ。

「お頭、いつの間に」

えにし屋の二階、初の部屋の戸口に才蔵は立っていた。

「さっきから、ずっとここにいるぜ。おれの気配も気取らねえってのはちょぃと頂けねえな、初。おれが敵ならずぶりと殺られているぜ」

「殺気だったらとっくに勘付いてたさ。で、何が三度目だって?」

後ろ手に戸を閉め、才蔵が胡坐を組む。

「ため息だ。おれが立っていた間だけで三度、だ」

「三度もため息を?」

肩を竦める。苦笑いしかできなかった。

「初、何度も言うがな。おれたちの商い、拘り過ぎると身動きが取れなくなるぜ」

「……ああ、わかってる」

「わかってるなら割り切りな。吉野さまが殺されたのは、おまえのせいじゃねえよ」

「そうとも言い切れねえだろう。おれが余計なことを忠言したから、吉野さまは……」

「あの方は、本気で奥方に惚れていた。怖くて本気で縁を切りたいのなら、さっさと屋敷を飛び出していたさ。うちに来たのは、縁を切るためじゃなく、切らずに済むやり方を探したかったからだ。吉野さまが自分の本心に気付いていたかどうかはわからねえがな。だから、いずれは奥方に告げたはずだ。おまえが鬼であっても人であっても夫婦でいたい、とな」

初は、窓の外に目をやった。

庭の木々はもう、ほとんど葉を落としている。小春日和《こはるびより》の青い空が染みるほど眩しかった。

ぼそり。才蔵が囁く。

「川に女の死体が浮かんだそうだ」

「先だっての刺客とよく似ている。丸裸でめった刺しにされて、ご丁寧に薦《こも》に巻かれていたってよ。太肉《ふとりじし》の大年増《おおどしま》だったらしい」

「菊乃か」

「おそらくな。大方、金のことで揉めたんだろうよ。これもおそらくだが、その菊乃って女、刺客たちに支払う金の上前をはねてたんじゃねえのか。あるいは、上乗せした金子を奥方から引き出していた」

「剣呑な橋を渡っちまったわけか」

「玄人の怖さを知らなかったのさ。金に目が眩《くら》んで、狼《おおかみ》を飼い犬ぐれえに見誤っちまった。命が幾つあっても足りねえよ」

鬼に堕ちて、鬼のまま生きる。そういう男たちの所業を孝子はどう受け止めたのか。

また、ため息を吐きそうになる。

「お頭」

「うむ？」

「吉野さまの死を無駄にはしねえ。今度は、上手くやる。客の命を危うくするような真似、二度としねえぜ」

己の未熟さ、至らなさ、愚かさから眼を逸らすまい。そういう者だと噛み締めつつ、えにし屋であり続ける。

才蔵が目を細めた。

「初、おまえ……」

「おれは、えにし屋だ。人の縁を生業にする。それで構わねえだろう、お頭」

枝に百舌《もず》が止まる。裸の枝を啄《ついば》み、すぐに飛び去って行く。小春日和が過ぎた明日は、冬の風が江戸を吹き通るのかもしれない。

お舟は店先を掃いていた。

落葉の季節が終わりに近づきほっとする。

「もし、こちらはえにし屋さんでしょうか」

供を連れた商人風の男が問うてきた。

「はい。あら、お客さまでいらっしゃいますか」

「ええ、わたしは京橋《きょうばし》東中通りの『会津屋《あいづや》』の主で弥平治《やへいじ》と申します」

会津屋弥平治。お舟は軽く頷いた。

聞いている。今日、約束のあった客だ。

「どうぞ、お上がりください。いますぐに店の者を呼んで参ります」

愛想笑いを浮かべ、中に案内する。弥平治は慇懃《いんぎん》な物言い、身振りであったが眼つきは暗かった。顔も身体も強張っている。疲れ果てているようだ。

こういう客を見ると、大丈夫ですよと言ってあげたくなる。

えにし屋に任せれば大丈夫です。ご安心なさいな、と。

むろん、そんな出過ぎた真似はしない。胸の内で語り掛けるだけだ。

座敷に上げ、茶を出す。

それから二階に向かって呼ぶ。

「旦那さま、初さん、お客さまがお出でになりましたよ」

「はいよ。すぐに下りていきます」

初の返事に被さるように、百舌が鳴いた。

お舟は項垂れる弥平治の背中に、もう一度、声に出さずに語り掛ける。
大丈夫ですよ。ご安心なさいな。
百舌がまた、高く鳴いた。

著者略歴

あさのあつこ
1954年、岡山県生まれ。青山学院大学文学部卒業。91年に『ほたる館物語』でデビュー。96年に発表した『バッテリー』およびその続編で、野間児童文芸賞、日本児童文学者協会賞、小学館児童出版文化賞を受賞。2011年『たまゆら』で島清恋愛文学賞を受賞。著書は、現代ものに「The MANZAI」「ランナー」シリーズほか『チームFについて』『ハリネズミは月を見上げる』など、時代ものに「燦」「弥勒」「おいち不思議がたり」「闇医者おゑん秘録帖」「針と剣 縫箔屋事件帖」シリーズほか『烈風ただなか』『人を乞う』など多数。

Kadokawa Haruki Corporation

あさのあつこ

えにし屋《や》春秋《しゅんじゅう》

*

2020年9月18日第一刷発行

発行者 角川春樹
発行所 株式会社 角川春樹事務所
〒102-0074 東京都千代田区九段南2-1-30 イタリア文化会館ビル
電話03-3263-5881(営業) 03-3263-5247(編集)
印刷・製本 中央精版印刷株式会社

ISBN978-4-7584-1362-6 C0093
http://www.kadokawaharuki.co.jp/
初出「ランティエ」2019年5月号〜 2020年5月号